EL NIÑO
de la
CASA
AMARILLA

RAY SANDERS

LUCIDBOOKS

Para Stephanie.

Eres mi mayor admiradora, mi porrista y mi confidente. Eres mi mejor amiga, el amor de mi vida y la mujer a quien tengo el privilegio de llamar esposa. Sin tu aliento y apoyo, este libro habría quedado solo en una buena intención. Gracias a ti, me atreví a dar el paso, a desnudar mi alma y a abrir mi corazón a todos los que quieran leer este pequeño manojo de palabras.

Gracias, Stephanie. Eres mi todo. Compartes conmigo este trabajo hecho con amor. Está dedicado a ti y al Señor que amamos.

NOTA DEL AUTOR

Detrás de toda gran historia hay un villano malvado, una damisela en apuros y un héroe encantador que aparece justo a tiempo para salvar el día.

Una buena narración captura nuestra imaginación y nos ayuda a escapar de las realidades de la vida cotidiana. A medida que nos perdemos entre las páginas de un buen libro, nos acomodamos y dejamos de lado nuestras preocupaciones mientras nos sumergimos en la vida de los personajes que conquistan nuestro corazón y nuestra mente.

A todos nos encanta una gran historia, especialmente cuando está basada en personas reales que vivieron para contarla. Ese es el origen de esta historia. Une a un elenco de antagonistas, mujeres y niños que anhelan ser rescatados, y a innumerables héroes: personas comunes que solo pueden describirse como ángeles disfrazados.

He hecho mi mejor esfuerzo por capturar el corazón y el espíritu de una historia real, en la que soy solo uno entre muchos personajes pintorescos. Ciertamente, no todo lo retratado en este libro ocurrió exactamente así, pero está increíblemente cerca de la realidad y del espíritu de ese momento en el tiempo.

Los nombres han sido cambiados para proteger tanto a los culpables como a los inocentes, así como para aligerar la carga de aquellos que tal vez esperaban una mejor versión del papel que desempeñaron.

EL NIÑO DE LA CASA AMARILLA

Mi deseo es que los lectores se involucren tanto en la historia que también experimenten las emociones, los sentimientos y la tensión que formaban parte de la vida diaria de una familia joven profundamente afectada por maldiciones generacionales, disfunción, así como abuso sexual, doméstico y de alcohol.

Como en toda tragedia, hay luz: momentos de alegría, aventura e inspiración. Lo sé porque lo viví. Yo soy el niño de la casa amarilla.

P.D. Me encantaría saber de ti. Mi oración es que, de alguna manera, esta historia lleve esperanza, sanación e inspiración a cualquier persona cuya vida haya sido intensa. ¡Conectemos! Puedes escribirme a: ray@raysanders.com o llamarme al 405-640-3235. No te sorprendas si yo mismo contesto.

CONTENIDO

AGRADECIMIENTOS ESPECIALES

Muchos amigos se han interesado especialmente por este proyecto. Cada uno ha desempeñado un papel único para hacer de El niño de la casa amarilla lo que hoy es. Siempre estaré agradecido por sus aportes, ideas y correcciones.

Anita Powers
Brian y Vickey Banks
Elizabeth Evans
Emily-Rose Hill
Makenzy Sanders
Marty Hardell
Patsy Ann Kolar
Michael Gooch
Randy Peck
Sammy Holmes
Matthew Miller
Sophia-Rae Sanders
Robert Shelton
Alan Klein
Doug Hall
Wade McCoy
El equipo de Lucid Books:
Megan Poling, Carol Jones y Alisa DeMarco

Nadie llega a donde está sin la influencia e inspiración de otros. Estoy en deuda con quienes me ayudaron a convertirme en el hombre que soy hoy:

Mr. y Mrs. Brown
Coach Daniel Wilson
Joan Harper
Rev. Michael y Terri Catt
Oliver y Anita Powers
Rev. Charles Draper
Dr. Robert Haskins
Douglas Coe
Bill Counts
Dr. Anthony L. Jordan
Cowboy Charlie
Darrel Lightner
Stephanie Sanders

CAPÍTULO 1

El sol se colaba por la ventanilla del nuevo auto familiar, haciendo que Anna sintiera más que calor. Se marchitaba en el asiento trasero, apretada entre cuerpos y bañada por la luz del día. El auto era nuevo, sí, pero no tenía el tan ansiado aire acondicionado.

Por desgracia para Anna, le había tocado la pajilla corta que la condenaba al lado soleado del vehículo. Sin embargo, decidió sacarle provecho y mejorar su bronceado mientras sacaba la mano por la ventana, cabalgando el viento, moviendo la palma arriba y abajo sobre los postes que bordeaban la nueva carretera estatal de dos carriles, la Ruta 66.

La familia de Anna tenía una buena posición económica. Su padre, Woodriff McMillan —"Riff" para todos los que lo conocían—, era un banquero en pleno ascenso. Un gran ascenso lo había llevado rumbo a un pequeño pueblo de Oklahoma para dirigir la sucursal local. No estaba nada mal para un chico con un pasado irregular y una tendencia peligrosa a tomar malas decisiones.

La familia estaba compuesta por seis miembros: tres adorables hijas, un hijo travieso que no paraba de hurgarse la nariz, y su leal caniche estándar. Todos iban camino a Junction City. El perro jadeaba, desesperado por un poco de agua, mientras mamá y papá ponían el broche a otra pelea familiar en el trayecto.

Riff le gritaba a su esposa Maggie por una tontería que había convertido en tragedia. Parecía que nada de lo que ella hiciera era suficiente para complacerlo. Todo en Maggie le crispaba los nervios. Si le preguntaban a Riff, él era la persona más inteligente en cualquier sala, y desde luego, mucho más listo que la maldita mujer con la que se había casado. Ponerla en su lugar era su pasatiempo favorito.

Los niños se habían vuelto insensibles al caos, a los gritos, a las peleas que terminaban en batallas campales. La guerra civil de sus padres no era novedad. Iban en busca de una nueva oportunidad, pero parecía que habían empacado los viejos problemas y los llevaban con ellos. Anna apoyó la cabeza contra el cristal tibio de la ventanilla trasera y, con un suspiro pesado, cerró los ojos, intentando imaginar qué le esperaría en Junction City.

* * *

Dwight Sanderson era el menor de cinco hijos: cuatro varones y una niña. Su hermano mayor, Sam, se había marchado hacía años, y David, el siguiente en edad, estaba en algún rincón del mundo combatiendo en la selva. Eso dejaba a Dwight y a su otro hermano mayor, Pete, trabajando en la granja. Pero Pete se ausentaba mucho por estar en la Guardia Nacional de Infantería de Marina, y trabajar duro no era precisamente el fuerte de Dwight. La verdad era que, a sus veintitrés años, se sentía atrapado en una vida que no quería. Pero tampoco parecía tener prisa por madurar, y a su mamá eso le venía de maravilla.

No había dudas: Dwight era un niño de mamá. A sus ojos, él no podía hacer nada mal, aunque el resto de la familia Sanderson y los amigos veían la realidad. Los problemas parecían seguir a Dwight Sanderson dondequiera que fuera, pero su mamá, Naomi, tenía un don para reescribir la historia. Podía retorcer cualquier situación para que Dwight fuera o la víctima o el héroe, según lo que mejor conviniera en el momento. Sus lentes de color rosa también distorsionaban la realidad del propio Dwight, una percepción errónea que lo acompañaría toda la vida. Si tenía un talento, era su capacidad de usar su buena apariencia y sonrisa cálida para conseguir lo que quisiera. Pero su encanto no servía de mucho a su padre ni a la granja que se venía abajo.

La vida en la granja no era fácil. Liam, el patriarca de la familia, había desarrollado problemas cardíacos. Y con solo un hijo dispuesto a trabajar, que además pasaba la mitad del tiempo sirviendo al país, mantener la granja se volvió una carga insostenible. Liam se atrasaba cada vez más en los pagos al banco. Así que, cuando la ejecución hipotecaria lo forzó a actuar, cargó su vieja camioneta con lo que quedaba después de la subasta y partió rumbo al pueblo: Junction City.

La camioneta de la granja y el auto familiar avanzaban por caminos distintos, pero ambos iban hacia una encrucijada, cada uno con la esperanza de empezar una nueva vida.

CAPÍTULO 2

Junction City era más pequeño de lo que habían imaginado. El nombre hacía que sonara mucho más grande de lo que realmente era. La carretera de dos carriles que conducía al pueblo fue la primera pista de que las luces de la ciudad no iban a mantener despierto a nadie por las noches. Solo había un semáforo en el centro del pueblo. Anna lo notó justo cuando el sonido de las llantas dejó de golpear las juntas de la autopista. Era fin de semana, así que casi todo el pueblo estaba cerrado. Había algo de actividad en el elevador de granos, pues la cosecha tardía tenía a los jornaleros llenando los silos con trigo recién cortado. Nubes de polvo se alzaban detrás de sus camiones mientras unas enormes barrenas succionaban el grano desde las cajas de madera hacia las estructuras más altas en kilómetros a la redonda. No eran rascacielos como Riff había imaginado, pero imponían. Tampoco estaban llenos de hombres y mujeres con trajes elegantes y maletines de cuero, sino que estos tubos gigantes que se alzaban hacia el cielo contenían millones y millones de granos de trigo.

Había sido una cosecha excepcional. El clima había ayudado, y el sol había hecho lo suyo. Agricultores de kilómetros a la redonda llegaban para descargar su cosecha, llenando los elevadores antes de enviar su esfuerzo por ferrocarril a molinos más grandes. Allí, los ingredientes clave para buenos panes, panqueques y otros productos horneados eran procesados, empacados y, finalmente, colocados en los estantes de los supermercados locales.

El nombre empezaba a tener más sentido. Junction City era un punto de encuentro justo en medio de tierras de cultivo que parecían no acabar nunca. Rodeado de caminos de tierra, algunas cercas y pocos vecinos, Junction City era el lugar donde todo convergía. Una pequeña tienda general, una lechería, una gasolinera, una taberna, una iglesia metodista, otra bautista, una iglesia católica, una licorería, el elevador de granos y el banco donde Riff sería el director, hacían de este pequeño pueblo algo más que una simple intersección entre caminos de grava y una carretera estatal pavimentado.

Antes de ir a la nueva casa, Riff metió el auto en el estacionamiento del banco. Los mudanceros habían llegado horas antes y estaban ocupados descargando las posesiones terrenales de la familia. No se dirigió directo a casa porque dijo que no quería interrumpirlos, pero la verdad era que no podía resistirse a presumir un poco y que Maggie y los niños vieran dónde estaría colgado su sombrero el nuevo gerente de sucursal. Apagó el motor, se recostó en el asiento delantero, estiró los brazos y salió de la station wagon para mirar más de cerca. Había aceptado el trabajo en la sucursal rural sin haberla visto antes. Era más pequeña de lo que esperaba, pero sin duda era el edificio más bonito del pueblo.

El banco atendía principalmente a agricultores y a gente del pueblo que viajaba todos los días a trabajar en fábricas de

Oklahoma City. Pero para Riff, ese empleo era un ascenso. En las sucursales de la gran ciudad, era un pez pequeño en un estanque enorme. Aquí, entre agricultores y obreros, él sería el del traje y la corbata, con sus zapatos de charol con punta de ala y sus calcetas hasta la rodilla. Tendría poder sobre esos palurdos, y a él le encantaba ser quien llevaba las cartas.

La familia corrió al frente del edificio, feliz de estar por fin fuera del auto. Pegaron la cara a los ventanales del banco, los niños reían y se empujaban por ganar un mejor lugar. Riff se cubrió los ojos con las manos para poder ver el vestíbulo del banco. Había dos ventanillas de cajero, un pequeño escritorio para el oficial de préstamos, la bóveda, y allá al fondo, casi donde sus ojos esforzados apenas alcanzaban, estaba su oficina. Su propia oficina. El lugar donde tomaría decisiones que afectarían el futuro de otras personas. Tomó la mano de Maggie y le guiñó un ojo con picardía. Luego lanzó un silbido agudo que indicaba que era hora de irse y que todos debían alinearse.

Mientras rodeaban la esquina del banco, Max, el caniche estándar, se estaba aliviando en la llanta trasera de la station wagon. A Riff ya no le quedaban fuerzas para preocuparse. En lugar de tener que meter a todos de nuevo al auto, les prometió que verían sus habitaciones y jugarían en el gran patio de la nueva casa que quedaba justo bajando la calle y dando la vuelta desde el banco. Su plan funcionó. Las ganas de ir al baño o las quejas de hambre se desvanecieron ante la emoción de conocer su nuevo hogar.

La casa era preciosa. Más grande que la que habían dejado atrás. Lo mejor de todo era que Nathan, el único hermano de Anna y el bebé de la familia (llamado cariñosamente Moco

Man por razones obvias), tenía un cuarto para él solo al fondo, junto al porche trasero. Era más bien como un gran cuarto de servicio con una cama. No le importaba compartir el espacio con una escoba y un balde de trapeador; al menos estaba solo y sin las niñas.

Las niñas compartían un cuarto. Betty, la mayor, fue asignada a la cama individual, mientras que Anna y Lindy quedaron con las literas. Anna tomó la litera de abajo, junto a la ventana, y Lindy la de arriba. Anna, que era más alta de lo que sus 14 años sugerían, tenía que tener cuidado al acostarse o levantarse o acabaría golpeándose la cabeza con el techo, algo que ya sabía por experiencia.

Maggie inspeccionó la cocina y descubrió que la estufa funcionaba con propano. Más allá del olor un poco desagradable que se desprendía al encender el quemador, no notaba mucha diferencia en comparación con una estufa de gas natural. Sobre todo, tenía la esperanza de que el nuevo pueblo trajera un nuevo comienzo.

La vida con Riff era difícil. Era un hombre complicado, con un resentimiento permanente. En público era encantador, pero en casa era alguien completamente diferente. También tenía ojos inquietos. Maggie tenía buenas razones para creer que no solo miraba, y más de una vez había hecho la vista gorda cuando Riff se comportaba como si fuera soltero y no un hombre de familia. Quizá esta vez, en este pueblo, las cosas serían distintas.

CAPÍTULO 3

Después de la emoción de llegar a Junction City, de ver el banco y la casa, Anna se dio cuenta de lo cansada que estaba. El sonido suave de Nathan y Max jugando en el patio trasero, junto con el ir y venir de los mudanceros que terminaban su trabajo, la había arrullado hasta caer en una siesta cómoda por la tarde. El ruido repentino de una camioneta la despertó de golpe. Se incorporó de inmediato, chocando la cabeza contra la litera, y soltó una maldición por lo bajo. Luego se dio la vuelta y se acomodó boca abajo para mirar por la ventana en busca de la fuente del estruendo.

No estaba segura de cómo se llamaban, pero la camioneta que vio era más ruidosa que los autos a los que estaba acostumbrada. Rugía con fuerza, como si fuera un trueno, al estacionarse en la entrada de la casa vecina. Seguía recostada sobre el vientre, con la barbilla apoyada en la almohada y los brazos doblados debajo de ella, cuando logró ver al conductor. Esperaba que de la camioneta bajara un hombre mayor, pero en su lugar apareció un joven—no tenía su edad, pero tampoco era lo suficientemente mayor como para ser el dueño de la casa.

Por su aspecto, probablemente ya había terminado la secundaria. Anna acababa de concluir el noveno grado y empezaría la preparatoria en otoño. No parecía de su edad, algo que tenía a Riff siempre con la escopeta al alcance de la mano. La pubertad había llegado temprano para Anna, y su figura, bien desarrollada y femenina, no correspondía a la de una adolescente tan joven.

A menudo la confundían con una alumna de último año de preparatoria. Anna no solo era madura para su edad, también era hermosa. No era algo que presumiera ni le gustaba alardear, simplemente era así. Desde que tenía memoria, la gente siempre había comentado sobre su belleza. Aunque a veces eso generaba tensiones con sus hermanas, atraía atenciones indeseadas de los chicos y preocupaba aún más a su padre, Anna se negaba a dejar que su aspecto definiera o limitara su vida.

Maggie también era una belleza natural. Había sentido la admiración de hombres mayores y sabía cómo usar su atractivo para conseguir lo que quisiera de ellos. Sin embargo, había terminado enamorándose del hombre equivocado, una historia que estaba decidida a no permitir que Anna repitiera. "Recuerda, Anna, la belleza es superficial, pero la fealdad llega hasta el hueso." Anna siempre se reía cuando su madre le decía eso, tomándolo como una broma. Pero Maggie sabía que la belleza era un privilegio pasajero, y que lo que de verdad importaba era la belleza que permanece: la de un corazón bondadoso, un alma gentil y una mente aguda. Su vida con Riff le había enseñado cuánto más valiosas eran esas cualidades.

Sus ojos volvieron a la ventana. El chico... ¿hombre? del vecino fumaba un cigarrillo mientras intentaba bajar un cortacésped de empuje de la caja de la camioneta. El humo se le metía en la cara mientras inclinaba la cabeza, entrecerraba los ojos y fruncía un poco el ceño para evitar el escozor que el humo le provocaba en los ojos. Anna sabía que a su padre no le agradaría en absoluto aquel joven. Riff solía fumar un apestoso puro de vez en cuando, acompañado de más de una copa de whisky, pero los vicios no eran permitidos en su casa. Nadie podía ignorar el mensaje claro: entregarse a ellos solo traería problemas y una fuerte reprimenda.

Observando desde la ventana de su habitación, Anna no pudo evitar pensar que quizá ese tipo de problemas era justo lo que necesitaba. Se rió sola ante la idea—no era del tipo rebelde. Conocía demasiado bien el ardor que dejaba la mano de su padre por el más mínimo error. Pero aun así... una chica podía soñar, ¿o no?

El calor abrasador del verano hacía que el joven vecino sudara. Estaba sin camisa, y el sol iluminaba sus músculos cada vez que se flexionaban mientras sacaba el pesado equipo de la parte trasera de la camioneta. Su cabello era oscuro y rizado, un poco más largo de lo que ella acostumbraba a ver. Imaginó cómo se sentiría pasar los dedos por esos pequeños rizos en espiral que parecían suaves y juguetones.

Nunca había tocado a otro hombre que no fuera su padre o su rechoncho hermano mayor. ¿Cómo sería deslizar la mano por el brazo musculoso de aquel vecino intrigante que había capturado su atención? Había algo en él que le provocaba un cosquilleo, y ni siquiera sabía su nombre o por qué se sentía así. Era una sensación nueva, y le gustaba.

El sonido fuerte de un vidrio estrellándose la sacó de su ensoñación. Saltó de la litera y asomó la cabeza por la esquina del pasillo que daba a la cocina. Su madre estaba en el suelo, llorando sobre una caja rota llena de platos hechos pedazos. Los platos habían sido de su bisabuela. Se habían conservado con cuidado por años, y ahora estaban hechos trizas en cientos de fragmentos diminutos. Riff había dejado caer la caja a propósito, presa de un ataque de ira porque Maggie le había puesto mostaza a su sándwich de mortadela en vez de mayonesa. Su temperamento era tan volátil que nunca sabían qué podía hacerlo estallar. El sándwich, con una mordida apenas, yacía en el piso junto a los restos de los platos rotos. Su padre se alzaba sobre su madre, mientras Maggie sollozaba, incrédula de que las reliquias que tanto atesoraba yacieran en pedazos bajo los pies de su marido despiadado.

Anna se deslizó silenciosa por el pasillo y salió por la puerta principal. Se sentó en el columpio del porche, admirando los grandes rosales que estaban en plena floración. El aroma era embriagador, un deleite para los sentidos. Mientras se inclinaba para oler los pétalos, volvió a divisar al mismo tipo de problema que ahora empujaba la podadora sobre el césped del vecino.

Seguía fumando mientras giraba con agilidad, vestido con pantalones cortos de mezclilla y descalzo. Al girar la podadora, de pronto la miró, sonrió, y le hizo un saludo rápido acompañado de un guiño. El gesto fue tan inesperado, tan desconcertante, que Anna se sobresaltó y se pinchó el dedo con una espina.

Se le cortó la respiración, aunque no sabía si por el pinchazo de la rosa o por el encanto magnético del hombre al otro lado del jardín. Por un momento se preguntó si estaría soñando. Sentía que despertaba a emociones que hasta entonces solo había encontrado en las páginas de las novelas románticas.

Él volvió a mirarla por encima del hombro desnudo y bronceado mientras regresaba por la hilera de césped recién cortado. Aquello podía ser un problema, y Anna lo sabía. Pero ese tipo de problema, aunque advertido, era un escape bienvenido al caos y la disfunción que era su hogar. Ese problema, pensó, no podía ser tan malo... ¿o sí?

CAPÍTULO 4

Anna supo su nombre mientras él pagaba en la tienda de abarrotes. Llevaba uno de esos cinturones occidentales hechos a mano, personalizados, con el nombre tallado en la parte trasera. "Dwight" estaba grabado con toda claridad en el cuero. *Dwight*, pensó ella. Le gustaba cómo sonaba.

La campanita de la puerta anunció su salida justo cuando ella maniobraba el carrito de compras desde la sección de frutas y verduras hasta la caja donde él acababa de estar. Sus ojos lo siguieron al salir por la puerta.

—Todo un coqueto —comentó la chica de la caja mientras Anna colocaba los huevos y el pan en el mostrador—. Si no viniera tan seguido a comprar cigarros, tal vez caería ante esos ojitos de cachorro. Pero soy bautista, y nosotros no bebemos, no fumamos ni bailamos, y estoy casi segura de que él es bueno en las tres cosas. Mi papá me mataría viva. Ese muchacho puede parecer un sueño, pero créeme, es una pesadilla en la vida real. Está a medio crecer, todavía vive en casa, y pasa de mujer en mujer como si se fueran a acabar. Va a hacer falta una mujer bien fuerte para enderezarlo.

Anna absorbió cada palabra con una sonrisa callada. Dwight Sanderson ciertamente sonaba a problema, pero había algo en él irresistiblemente cautivador, como si lanzara un hechizo del que ella no podía librarse. Tenía una mezcla magnética de encanto y picardía, una atracción rebelde que atrapaba a las chicas jóvenes, como ratoncillos que caen en la trampa sin darse cuenta. Sacudiendo la cabeza para espantar el pensamiento, agarró sus dos bolsas de víveres y salió de la tienda rumbo a casa.

Iba caminando, a un cuarto de milla de llegar, cuando escuchó el sonido familiar de los escapes ruidosos de la camioneta. Sabía quién era y no pudo evitar preguntarse si él la notaría mientras volvía hacia su vecindario compartido. El sonido del motor se suavizó, los frenos chillaron un poco cuando la Chevy roja conocida se emparejó con ella.

—Algo me dice que tú y yo vamos en la misma dirección. ¿Te gustaría que te lleve, señorita? —preguntó él.

Anna dudó un poco. Dwight le dedicó una sonrisa encantadora, esperando, como con la mayoría de las chicas a las que prestaba atención, que ella subiera sin pensarlo.

—No muerdo... bueno, tal vez solo un mordisquito — bromeó, acompañando la frase con un guiño.

Anna bajó la mirada y siguió caminando mientras Dwight avanzaba despacio junto a ella.

—Vamos, solo bromeaba. No seas tonta. Vivo justo al lado de tu casa. ¿Cómo no iba a ofrecerle un aventón a la chica bonita de al lado? —Sus palabras eran tan persuasivas que costaba resistirse. Contra su mejor juicio, Anna asintió y se acercó a la puerta. Dwight se estiró desde el asiento para abrirla y tomó las bolsas de sus brazos mientras ella subía. Por primera vez en mucho tiempo, sintió una sensación de libertad, un respiro de la tensión que habitaba su hogar.

No tardaron nada en recorrer la corta distancia de regreso. Antes de que se diera cuenta, ya estaban en su entrada, y él la ayudaba a llevar las bolsas hasta la puerta. Cuando ella abrió la puerta mosquitera, se giró y tomó las bolsas de sus manos. Él la miró a los ojos y dejó que su dedo recorriera el hombro descubierto de su vestido de verano.

—Esperaba poder conocerte. Fue un placer llevarte, pero nada me haría más feliz que saber tu nombre —susurró Dwight en su oído antes de que ella se encogiera de hombros y se apartara.

El resorte de la puerta mosquitera la cerró entre ellos. Anna lo miró, atrapada en sus ojos marrón profundo, casi sin poder hablar.

—Anna. Me llamo Anna. Gracias por llevarme —logró decir.

En las semanas siguientes, los viajes de ida y vuelta a la tienda se convirtieron en una costumbre. Pronto empezaron a tomar el camino largo de regreso a casa, compartiendo refrescos, mentas de chocolate y besos robados. Últimamente, él conducía con una mano en el volante y la otra descansando sobre la pierna dorada por el sol de Anna, un roce que hacía subir un cosquilleo emocionante por su muslo, despertando sensaciones que no sabía que existían.

Anna se estaba enamorando, y rápido. En un paseo en particular, la mano de Dwight subió por el interior de su muslo y rozó brevemente el borde de su ropa interior. ¿Había sido un accidente o lo había hecho a propósito? Anna se lo preguntaba. Tomó su mano y la colocó en un lugar más apropiado, cerca de la rodilla, mientras él le dedicaba una de sus sonrisas características. Desde ese día, sus insinuaciones fueron encontrando menos resistencia, mientras el encanto de Dwight derretía poco a poco las inhibiciones de Anna.

Esa noche, Anna permaneció despierta en su cama, incapaz de dormir por el solo pensamiento de las manos cálidas de Dwight recorriendo su cuerpo. Se cubrió la cabeza con las sábanas y dejó escapar un gemido frustrado.

¿Qué me está pasando?, pensó.

De pronto, un leve rasguido en la malla de su ventana la hizo volver en sí. ¿Sería algún animal nocturno husmeando en el jardín? ¿O peor aún, alguien intentando entrar a robar? Asomó la cabeza por debajo de las sábanas, con un ojo todavía escondido, y entonces lo vio: ¡era Dwight!

—¿Estás loco? —le susurró Anna en un murmullo apurado—. ¿Qué estás haciendo? ¡Si no tienes cuidado, mi papá te va a disparar!

—¿Quieres ir a nadar? —preguntó Dwight con una sonrisa radiante que la luna resaltaba en su rostro.

—¿Nadar? Estás completamente loco. Son las tres de la mañana. ¿Quién va a nadar a esta hora? —protestó ella.

—Vamos, no seas gallina. Mira, traje toallas, una manta y un six-pack de cerveza —dijo con tono convincente.

—Pero ni siquiera tengo traje de baño —replicó ella.

—No lo vas a necesitar —respondió él.

Antes de que pudiera pensarlo bien, ya corrían en la oscuridad hacia la camioneta que Dwight había estacionado unas casas más abajo. En cuestión de minutos, Anna estaba en la ribera del río South Canadian, bebiendo su primera cerveza junto a una fogata, besándose en una manta con el chico de al lado, bajo la luz de la luna de un verano que ya empezaba a despedirse. Dwight destapó dos cervezas más, le pasó una a Anna y dijo:

—¡Salud! —y se bebió la suya de un solo trago—. Vamos, niña, no te me quedes atrás —la picó en tono juguetón, y Anna lo imitó.

De pronto, Dwight se levantó de un salto y corrió hacia el agua, despojándose de la ropa mientras llegaba a la orilla. Saltó desnudo, se dio una palmada en el trasero y lanzó un grito de júbilo al zambullirse.

—¡Lánzate! El agua está buenísima —entonó con entusiasmo.

—¡No puedo! —suplicó ella—. Me da mucha vergüenza. ¡Vas a ver mis... mis pechos! —Y para reforzar su punto, se cubrió el pecho con ambas manos, riendo mientras se quitaba los zapatos.

Dwight notó que el alcohol empezaba a surtir el efecto deseado; no era la primera vez que jugaba a esto. No era la primera chica que llevaba a ese rincón del río. Noches como aquella eran bastante comunes para él. Estaba acostumbrado a obtener lo que quería de las mujeres, y esa noche no sería la excepción.

—¡Voy a mirar para otro lado! No seas tímida. Hasta cerraré los ojos. Además, solo estamos nosotros y la luna. ¡Vamos! Va a ser divertido —la animó, con la cabeza apenas asomando sobre la superficie iluminada del río.

Anna se bajó el cierre de los shorts y se quitó la blusa por la cabeza. Miró por encima del hombro para asegurarse de que él tenía los ojos cerrados, luego desabrochó el sostén. Dudó apenas un instante, después deslizó las panties por sus piernas suaves, cruzando los brazos sobre el pecho. Descalza y precavida, avanzó de puntillas hacia el río turbio. Su mente le gritaba que se detuviera, pero el impulso y la emoción la empujaban sin remedio. Soltando un chillido, se lanzó al agua, hundiéndose de inmediato para ocultarse bajo la superficie.

Dwight nadó hasta ella y la abrazó fuerte mientras el agua corría alrededor de sus cuerpos desnudos. Anna temblaba de frío, pero los brazos fuertes de él la envolvían, y el calor de su cuerpo le transmitía una calidez en más de un sentido. La besó y la sostuvo de maneras que nadie había hecho antes. No sabía si era la cerveza o la sensación de sus manos recorriéndola lo que le nublaba la mente.

Él deslizó la mano por la parte baja de su espalda y le apretó suavemente la curva de la cadera.

Anna jadeó y luego soltó un gemido. *¿Qué me está pasando?*

Apenas podía respirar, sus pensamientos y su corazón iban a toda velocidad. Dwight sabía exactamente hasta dónde llevarla y cuándo detenerse. Tomándola de la mano, la guió de regreso a la orilla. Sus cuerpos desnudos se encontraron bajo la manta mientras ella sentía el peso de él sobre su cuerpo. Él buscó un pequeño paquete cuadrado en el bolsillo de los pantalones que estaban junto a la fogata.

—Voy a ser delicado —dijo mientras se colocaba el preservativo sobre su pene completamente erecto. Ella estaba fascinada, asustada, pero también completamente dispuesta a lo que vendría después.

—Esto debe ser lo que se siente enamorarse —susurró ella al sentir la plenitud de él entre sus piernas. Un dolor agudo la atravesó cuando Dwight se empujó dentro de ella. Sus movimientos fueron rápidos y de todo menos delicados, sin considerar nada más que su propia necesidad.

Todo terminó tan pronto como había empezado. Anna no sabía bien qué esperar, pero de alguna manera había esperado algo más.

Bueno, esto es, pensó. Supongo que ya no soy virgen. Había perdido su inocencia con un hombre que había pasado el verano persiguiéndola y llenándola de una atención que ella ni siquiera sabía que deseaba.

Dwight rodó hacia un lado y ella estiró la mano para acariciarle la espalda. De pronto, él maldijo en voz alta y se levantó de golpe.

—¡Mierda! ¡No puedo creerlo! ¡Se rompió!

—¿Qué se rompió? —preguntó ella, captando de inmediato el cambio en su humor.

—¡El condón, estúpida! —escupió él—. Esta mierda barata que compré en el baño de la gasolinera... se rompió. ¡Maldita sea! Vístete.

Dwight no le dirigió más palabra alguna. Tiró sus cosas en la parte trasera de la camioneta, destapó la última cerveza y arrancó alejándose del lago. Anna sabía por experiencia que era mejor no decir nada. Se quedó callada, tan callada y pequeña como pudo en el asiento del acompañante. Sin importarle hacer ruido, Dwight se metió en su entrada, azotó la puerta al bajar, y ni siquiera se despidió de Anna antes de entrar furioso a su casa.

Conteniendo un sollozo, Anna se metió por la ventana de su habitación, haciendo una mueca cuando el marco le raspó la espinilla. No se molestó en cambiarse de ropa. Se dejó caer en la cama y, finalmente, el llanto que había contenido se desató en un torrente de lágrimas calientes y frescas.

CAPÍTULO 5

Anna llegó tarde, pero intentó no preocuparse. No tenía sentido sacar conclusiones precipitadas. ¿Qué probabilidades había de quedarse embarazada la primera vez? El verano había sido un torbellino de cambios, y con el estrés del nuevo curso escolar, no era raro que no le bajara la regla. El estrés ya lo había provocado antes.

Entonces llegaron las náuseas matutinas. Al principio, las descartó como un virus estomacal. ¿Pero por qué solo le atacaban por las mañanas? Eso no cuadraba. Tampoco era una intoxicación alimentaria; seguramente el resto de la familia también estaría enferma. Poco a poco, empezó a comprender la verdad. Solo lo había hecho una vez, pero una vez fue suficiente. Las señales eran claras: estaba embarazada. Y por si las náuseas no fueran ya suficientes, la idea de contárselo a sus padres le revolvía aún más el estómago. Noches de insomnio, ansiedad persistente y un profundo arrepentimiento la dejaban completamente abrumada.

—Cariño, ¿te encuentras bien? —preguntó Maggie mientras estaba en el pequeño baño familiar con Anna—. Parece que estás perdiendo peso, tienes ojeras y te oí vomitar esta mañana. ¿Qué pasa?

Anna rompió a llorar. Maggie cerró la puerta y ambas se desplomaron en el suelo al ver cómo las piernas de Anna cedían. Apoyó la cabeza en el pecho de su madre, incapaz de hablar. Se quedó sin aliento. Solo pudo sollozar desconsoladamente.

—Cariño, ¿qué pasa? ¿Estás bien? Dile a mamá qué pasa —la animó Maggie mientras le apartaba el pelo de los ojos.

—Mamá… —empezó a decir Anna, pero se le atascaron las palabras. "Mamá, creo. Creo que podría…

Maggie interrumpió las siguientes palabras de su hija. Le tapó la boca a Anna con la mano, la abrazó fuerte y rompió a llorar con incredulidad. Seguramente esto no estaba pasando. Era demasiado pequeña. Solo una niña en muchos sentidos. ¿Quién haría algo así? ¿Uno de los nuevos del colegio? ¿La habrían violado? Alguien iba a rendir cuentas, pero Maggie no tenía ni idea de quién sería.

—¿Cómo? —Fue lo único que Maggie pudo decir.

—¡Mamá, lo siento! —Anna empezó a llorar desconsoladamente otra vez. Jadeó y luego explicó cómo había sucedido todo. Estaba avergonzada y muerta de miedo por lo que pasaría cuando su padre se enterara.

—¡Dwight! ¿Dwight Sanderson se aprovechó de ti? ¡Ese pequeño cabrón malcriado! Maggie rara vez maldecía, pero ahora estaba furiosa—. Le voy a volar las pelotas. Espera a que tu padre se entere. Solo puedo decir que ese chico salga corriendo. Riff lo limpiará como si fuera leche derramada. Probablemente será un eunuco antes de que tu papá termine con él.

Madre e hija se abrazaron hasta que ambas se calmaron.

—No le digamos a nadie esto hasta que estemos seguros —insistió Maggie. Conozco a un médico en Minco al que podemos visitar en privado. Está acostumbrado a este tipo de cosas. Puede hacer que todo desaparezca y nadie tendrá que enterarse. Lávate bien y veré si puedo conseguir una cita con él después de que cierre su clínica el viernes. Hasta entonces, este será nuestro pequeño secreto. ¿Me oyes?

Anna entendió perfectamente lo que decía su madre.

El viernes llegó justo a tiempo. Esperaron calle abajo del consultorio del médico hasta que se fue el último paciente y el personal médico abandonó el edificio por el fin de semana. La madre de Anna estacionó el auto y juntas entraron. Una vez allí, le pidieron a Anna que se sentara en el vestíbulo mientras Maggie y el médico se reunían en privado en su consultorio. Finalmente, salieron y la acompañaron a una sala de reconocimiento, donde, sin previo aviso, le pidieron que se desnudara frente al médico. "Lo siento, no tengo tiempo para las formalidades y no tengo personal de enfermería, así que tendremos que superar esto". Le entregó una sábana y le pidió que se subiera a la mesa de reconocimiento. Ella se deslizó hasta el borde de la mesa y puso los pies en los fríos estribos. Esta era solo la segunda vez en su vida postpubescente que Anna había sido vista desnuda por un hombre adulto. En silencio, esperaba que esta vez pasara tan rápido como la primera. El médico terminó su examen y se quitó los guantes.

Miró primero a Anna y luego a Maggie.

—No creo que la hayan violado —dijo—. Creo que la pequeña Anna podría haber salido a divertirse y la pillaron con los pantalones bajados. Hagamos unas pruebas y te puedo dar los resultados a principios de la semana que viene. Si está embarazada, necesito que vuelvas cuanto antes. Cuanto antes nos ocupemos de esto, mejor para todos. ¿Sabemos quién es el padre?

Anna fulminó con la mirada al médico.

—No soy esa clase de chica —protestó—. ¡Claro que sé quién es el padre! —Luego se volvió hacia su madre—. ¿Y qué quiere decir exactamente con... "encargarse de ello"?

Esperó una respuesta mientras el médico y su madre se miraban.

—Vamos, Anna... —empezó su madre.

—No —gritó Anna. Sé que esto no es nada bueno, pero nadie me va a arrebatar a mi bebé. Saldré corriendo antes de que eso pase. ¿Me oyen? Escúchenme los dos. Si estoy embarazada, voy a tener a mi bebé.

Anna se levantó de la camilla, se vistió y salió de la clínica. Se sentó en la acera y dejó que las lágrimas le resbalaran por la cara.

—¿Qué ha sido de mi vida? —Sollozó para sí misma—. Mudarme a Junction City ha sido lo peor que me ha pasado.

Maggie se asomó a la puerta del consultorio y le pidió a Anna que volviera a entrar para hacerle unas pruebas. Según el médico, "si el conejo moría", estaba embarazada. Como su madre explicaría más tarde, antes se usaba un conejo para comprobar si una mujer estaba embarazada. Si el conejo moría, la mujer estaba embarazada. Anna no podía evitar desear que el conejo viviera para ver la Pascua.

Maggie pagó al médico en efectivo y le agradeció que se tomara el tiempo de verlos tan tarde. Mientras conducían de vuelta a casa, Anna apoyó la cabeza en el interior de la puerta del auto y miró por la ventana. Solo les quedaba esperar.

A mediados de la semana siguiente, Maggie volvió al consultorio del médico para recoger una nota en un sobre cerrado que el médico había dejado en el mostrador. Regresó al auto y, con manos temblorosas, abrió el sobre. No podía creer lo que leía. Anna estaba embarazada.

Apoyó la cabeza en el volante y lloró hasta que se le acabaron las lágrimas. ¿Y ahora qué? Maggie sentía que le había fallado no solo a Anna, sino a todos sus hijos. ¿Por qué había seguido en este matrimonio con Riff? En muchas ocasiones, había pensado

Huyendo, pero con cuatro hijos y sin educación ni habilidades para la vida, sintió que era mejor soportar el infierno en casa que poner a todos los demás en riesgo. Así que se quedó. Pero ahora no podía evitar pensar que esto no le habría pasado a Anna si se hubiera ido de Riff y nunca se hubiera mudado a ese pueblo olvidado de Dios.

Al llegar a casa, le contó a Anna los resultados. Anna asimiló la noticia y dijo: «Bueno, pues ya está. Mamá, lo dije en serio: me quedo con este bebé y nadie me va a hacer cambiar de opinión. Ni tú, ni papá, ni el médico, y cuando se entere, ni siquiera Dwight». Era la primera decisión adulta que Anna tomaba en su vida, y la primera de muchas que vendrían en las que tendría que proteger la vida de su hijo.

CAPÍTULO 6

Maggie se sentó en el porche junto a Dwight y Riff. A Anna le pidieron que se quedara adentro. A esas alturas, todos sabían perfectamente el lío en el que estaban. Junction City era un pueblo pequeño. No pasaría mucho tiempo antes de que el vientre de Anna comenzara a notarse. El secreto ya no podría mantenerse.

No era la mejor situación para el nuevo banquero del pueblo. Riff esperaba minimizar el escándalo tanto como fuera posible, porque si las cosas se salían de control, podría perder el trabajo. Especialmente si alguien empezaba a hurgar demasiado en su pasado.

Como Anna se negó a considerar otras opciones, era evidente que el bebé llegaría en un futuro cercano. Ahora la única cuestión era si ese niño nacería de una madre soltera o no.

—Quiero hacer lo correcto —dijo Dwight—. Asumo la responsabilidad de lo que pasó. Conseguiré un trabajo de tiempo completo, me casaré con ella y cuidaré del niño.

Su propuesta no fue particularmente encantadora ni convincente. No mencionó el amor verdadero ni el deseo de formar una familia. Riff y Dwight lo discutieron como si negociaran la compra de un auto usado. Anna no tenía nada que decir al respecto. Estaba decidido. Fijaron una fecha que les permitiría disimular el embarazo, para que la gente no notara que el bebé había llegado antes de lo que correspondía. Aun así, se casarían antes de que el niño naciera y Riff salvaría las apariencias.

Anna tenía 15 años el día de su boda. Dwight, 23. Ocho años de diferencia entre ellos. Había un pastel, un ministro y algunos familiares presentes, pero faltaban las sonrisas y la alegría que normalmente acompañaban a un evento así.

No era exactamente un matrimonio forzado, pero se le parecía. Una tristeza pesada flotaba en el ambiente mientras la novia, alguna vez inocente y de ojos grandes, era despojada de su infancia y empujada sin preparación al mundo implacable de los adultos. Hizo su mayor esfuerzo por mantenerse entera, pero ya empezaba a darse cuenta de cómo sería la vida con Dwight. Lo peor era que le resultaba demasiado familiar a la vida que ya conocía. Había soñado con escapar del hogar, y en cambio se encontraba atrapada en una prisión propia, siendo una niña con un hijo en camino y casada con un hombre inmaduro y egocéntrico que la trataba igual que su padre trataba a su madre. Un solo momento de vulnerabilidad y curiosidad la había llevado por un camino sin retorno. Estaba atrapada en una vida que jamás se imaginó para sí, con la responsabilidad de traer un bebé al mundo.

Cuando en la nueva secundaria supieron que estaba embarazada, la expulsaron. Le dejaron claro que no era bienvenida. Permitir que una chica como ella siguiera asistiendo podía alentar a otras a hacer lo mismo. Ya no la querían allí. El director se lo dijo sin rodeos: Anna había literalmente hecho su cama, y ahora tendría que acostarse en ella. Sin compasión. Sin orientación. Ningún tipo de apoyo.

El futuro se le presentaba incierto, ensombrecido por la duda y el miedo. Con pocas opciones por delante, se prometió a sí misma que haría todo lo posible por ser una buena madre y una buena esposa. Ella cumpliría su parte, pero ¿cumpliría Dwight la suya? ¿Qué significaba realmente que él "haría lo correcto"? ¿Un anillo bastaba para sellar una promesa? ¿Y el honor, el respeto, esos votos solemnes, "en la riqueza y en la pobreza"? ¿Tendrían algún valor? Ella quería creer que sí, pero ni siquiera Anna estaba segura. Y ¿cómo aplicar esas palabras sagradas a un hombre que empezaba a parecerse más a un monstruo que al compañero con el que alguna vez soñó?

CAPÍTULO 7

Al principio no se dio cuenta. Era algo sutil, pero a medida que su vientre crecía y las estrías comenzaban a aparecer, ya se estaba alejando del hombre con rostro de niño que le había arrebatado la inocencia. Quería amarlo. Al principio se sentía así, pero el resentimiento iba creciendo dentro de ella como la sombra al caer la tarde: más grande, más oscura con cada momento que pasaba. Y él lo hacía fácil de odiar. Cada noche llegaba más tarde, con el aliento cargado de alcohol. El olor a cigarrillos y perfume barato era imposible de ignorar cuando se metía en la cama a su lado. Se desmayaba y quedaba ahí tirado, vistiendo solo una camiseta interior sin mangas.

Una noche, Anna tuvo que salir hasta el camino de grava para apagar el auto y las luces. Él había llegado tan borracho que ni siquiera recordaba cómo manejar lo básico. Dwight odiaba ese auto tanto como parecía odiar volver a casa. Tuvieron que vender la camioneta para pagar el depósito de la renta. De todos modos, no era práctica. Ahora eran una familia y las familias manejaban autos familiares, no camionetas modificadas de carreras.

Al regresar a la cama, el olor penetrante a cenicero le recordó en lo que se había convertido su vida. Cuando se agachó para recoger la camisa de Dwight del suelo, allí estaba, una prueba más de que quizá no era la única mujer en su vida. Anna conocía el tipo de mujeres que frecuentaban los bares de billar y las cantinas escondidas en los caminos rurales. No iban en busca de diversión. No, ellas iban por negocios.

Pensar en lo que Dwight podría estar haciendo en todas esas noches fuera de casa no la dejó volver a dormir. Acostada, frotándose el vientre, se preguntaba si la criatura que crecía dentro de ella sería un niño o una niña.

Con la primera luz del día, Anna se levantó como cada mañana para prepararle a Dwight un café negro, sin azúcar y con un poco de crema. Si se equivocaba, la recibía una ráfaga de insultos que le recordaban cuán inútil la consideraba él.

Los huevos debían estar tibios, con las claras un poco líquidas. Si el tocino no estaba en el punto exacto de crujiente, lo arrojaba, a veces contra ella, siempre acompañado de algún recordatorio de que era tan estúpida que ni siquiera sabía freír tocino. La humillaba, la reducía a una niña a sus ojos... hasta que el deseo se encendía y entonces no era más que un recipiente para su satisfacción. Para él, no era más que un objeto: su desahogo sexual, la madre de su futuro hijo y su criada sin sueldo.

¿En qué se había metido? Ninguna chica sueña con una vida así. Era peor que la infancia que ya había soportado.

¿A quién quería engañar? Si esto aún era su infancia. Seguía siendo una niña con un bebé. Tan joven. Tan ingenua. Se odiaba a sí misma. Sentía vergüenza, humillación, y muchos días deseaba morirse. Quizá sería mejor. Acabar con todo de una vez, antes que vivir una vida de esclava doméstica bajo un amo cruel. Podía tragarse un montón de pastillas, pegarse un tiro en la cabeza o lanzarse desde un puente al río. Pero entonces recordaba que ahora eso significaría acabar con más de una vida. Y como había prometido aquel día en el consultorio del doctor, nadie le quitaría la vida a su bebé, ni siquiera ella misma.

El sonido de Dwight vomitando mientras corría al baño la sacó de su ensoñación. Estaba abrazado al inodoro, expulsando pedazos de chicharrones, cáscaras de maní y huevos en vinagre por la boca y por la nariz. Las venas del cuello se le marcaban, y los ojos se le saltaban tanto que Anna pensó que le iban a estallar.

Él la miró con ojos rojos y enfermos.

—Lárgate, perra. ¿No ves que me estoy vomitando las tripas? —gruñó antes de doblarse de nuevo para vaciar el resto de los excesos de la noche.

Ella cerró la puerta y lo dejó solo en su miseria. Quizá no era amable de su parte, pero en el fondo le gustaba verlo sufrir así. Bien merecido lo tenía. Ojalá su dolor le sirviera de algo, o al menos lo hiciera cambiar.

Había escuchado que solo Jesús podía transformar una vida como la de Dwight. Pero había algo seguro: eso no iba a pasar pronto. Él estaba de rodillas, sí, rogando por misericordia, pero no en un altar de iglesia. Por ahora, conducir el autobús de porcelana era lo más cerca que estaría de redención.

Los huevos se habían quemado para cuando regresó a la cocina. Al principio pensó en tirarlos a la basura, pero temía que él los encontrara y la obligara a comérselos como castigo por su estupidez. Además, seguían siendo comestibles. Salvo el sabor a carbón, aún servían para lo que eran.

El dinero escaseaba, así que no iba a desperdiciarlos. Comenzó a preparar el desayuno de nuevo, decidiendo que ella comería los huevos quemados cuando él se fuera al trabajo.

—Me pregunto si al bebé le gustarán los huevos quemados —murmuró para sí misma—. Probablemente no —reflexionó, dándose una palmadita en la parte superior del vientre—. Bueno, ya lo averiguaremos, ¿cierto?

En ese momento, Dwight salió del baño, limpiándose la boca con el dorso de la mano. Se puso algo de ropa, azotó la puerta mosquitera al salir de la casa y salió derrapando de la entrada. Iba tarde al trabajo y no tenía tiempo para su rutina matutina.

Cualquiera habría llorado. Anna simplemente sonrió, se sirvió una taza de café, tiró los huevos quemados a la basura y se sentó a disfrutar el buen desayuno campestre que él había dejado intacto. Sentía que, por un momento, recuperaba un pequeño pedazo de control sobre su vida. Él se había ido, la casa estaba tranquila, y por ahora, en paz.

Cuando terminó, volvió al dormitorio para arreglarse para el día. Al doblar la esquina del pasillo, sintió una masa viscosa que se le escurrió entre los dedos de los pies.

—¡Oh, por Dios! ¡Simplemente lo dejó aquí para que yo lo limpiara! —gritó con asco—. ¡Qué imbécil! ¡Ughhhh! ¡Lo odio!

Empezó a llorar mientras la realidad de su vida de recién casada se desplegaba ante ella, y no pasaría mucho tiempo antes de que trajera un bebé a esa dura realidad.

* * *

—Dwight, el bebé... ya es hora —dijo Anna. Fue lo único que logró para despertarlo de su profundo sueño. Por suerte, esa noche había decidido regresar a casa en lugar de quedarse de juerga. Dwight se incorporó de golpe, se puso ropa a toda prisa, agarró las llaves y se dirigió a la puerta. Al abrirla, un viento helado lo recibió de frente, aumentando su frustración.

—Maldita sea —dijo.

Anna se acercó despacio hasta la puerta y miró por la pequeña ventana que revelaba un mundo cubierto de hielo. Rara vez nevaba en Oklahoma, pero las tormentas de hielo eran comunes. Cuando llegaban, lo hacían con fuerza y dejaban todo cubierto por capas gruesas de hielo sólido.

Para su desconsuelo, Anna vio que el porche no había sido la excepción. Bajar por esos escalones resbalosos sería peligroso, especialmente en su condición. Afuera estaba oscuro y mortalmente silencioso. Nada se movía. Se preguntaba si lograrían llegar al hospital a tiempo, si es que lograban llegar.

Dwight encendió un cigarrillo y caminaba tambaleante como un cervatillo recién nacido intentando sostenerse. Resbaló, cayó, se levantó, y volvió a caer. Las maldiciones llenaban el aire mientras trataba de mantener el cigarro encendido. Finalmente, logró afirmarse y forzar la puerta del conductor. El auto tardó en encender. Las luces delanteras se atenuaban por el esfuerzo en medio del frío. Pero tras varios intentos, el motor acabó rugiendo.

Anna podía ver su silueta a través del parabrisas congelado. El cigarrillo se encendía con cada bocanada profunda que él inhalaba antes de expulsar el humo por una rendija en la ventanilla del conductor. Tras unos veinte minutos, Dwight salió temblando por el frío e intentó raspar el hielo del parabrisas, derritiéndose apenas lo suficiente para abrir un pequeño hueco por el que poder ver la carretera. Como de costumbre, estaba a medio preparar: la camisa desordenada y colgando fuera del pantalón mientras raspaba el vidrio.

El hielo que desprendía caía dentro de sus zapatos. La ausencia de calcetas hacía que el frío fuera aún peor. Incluso desde la distancia, Anna podía ver que la rabia le hervía en la forma en que lanzaba la colilla al aire helado.

Anna se abotonó el abrigo y tomó con firmeza la pequeña maleta que había preparado para ese momento. Era real. Si lograban llegar sanos al hospital, en cuestión de horas tendría a su bebé en brazos.

—¿Qué diablos esperas? —ladró Dwight—. ¡Mueve el trasero al auto antes de que me congele! Esto va a ser una mierda, sobre todo con esas malditas llantas lisas.

Anna no dijo una palabra. No tenía sentido. Caminó hacia el auto sin ayuda. Estuvo a punto de caer varias veces mientras él la observaba con desprecio desde la puerta del conductor. Nada de caballerosidad. Ella tiró de la puerta del pasajero, giró con cuidado y se acomodó en el asiento.

Las contracciones ya habían comenzado mientras esperaba a que él calentara el auto. El dolor era horrible, pero no se atrevía a decir nada por miedo a que Dwight se enfadara aún más. Lo necesitaba concentrado y tranquilo mientras el auto derrapaba al incorporarse a la autopista.

El hospital estaba a solo 12 millas en El Reno, pero a la velocidad que llevaban, y suponiendo que no quedaran atrapados o terminara el auto en una zanja, llegarían en poco más de una hora, dos como mucho. Los dolores de parto empezaban a intensificarse. Anna comenzó a hacer los ejercicios de respiración que había aprendido en un folleto que había recogido en el consultorio del doctor.

—¿Qué estás haciendo? ¡Déjate de esas estupideces! Estás empañando los vidrios —la reprendió Dwight—. Suenas como una perra en celo. Casi me estás poniendo cachondo.

Anna recostó la cabeza en el asiento e intentó mantenerse tranquila. Sentía un dolor y una presión intensos entre las piernas. Hacía un esfuerzo sobrehumano por no gritar con todas sus fuerzas. Se sentía mareada mientras todo dentro del auto empezaba a girar ante sus ojos.

—¡Dios mío! ¡Creo que el bebé viene! Tenemos que parar. No puedo detenerlo. ¡Dwight, para el auto! —gritó en pánico—. Tienes que hacer algo.

—¡Vamos, Anna! ¡No soy doctor, por el amor de Dios! ¿Qué se supone que debo hacer? —protestó Dwight mientras aceleraba—. Solo aguanta. Cruza las piernas o algo. ¡Actúas como si fueras la primera maldita mujer en tener un bebé!

Estaba en agonía. Hacía lo posible por contener lo inevitable. Si algo no sucedía pronto, tendría a ese bebé en el suelo del viejo auto.

Delirante por el dolor, su mente la llevó semanas atrás, cuando viajaba en el asiento trasero de ese mismo auto, con el vientre ya a término, tenso bajo el vestido. Recordó que Dwight la había hecho sentarse atrás después de ver, al parecer, a una de sus amigas de las noches de parranda, caminando por la calle.

En su recuerdo, Dwight se detuvo y le ofreció llevarla. Entonces fue cuando a Anna la mandaron al asiento trasero y la "amiga" subió adelante, le guiñó un ojo a Anna, masticó su chicle con fuerza y se acurrucó al lado de Dwight en el asiento del copiloto.

Anna no podía asegurarlo, pero parecía que la autostopista le metía la mano por el frente del pantalón a Dwight. El auto se tambaleó y la pasajera risueña dijo:

—Tranquilo, tigre. No tan rápido. No lo hagas más difícil de lo que ya es.

Ambos se echaron a reír.

Anna miró por la ventana mientras Dwight estacionaba en la entrada de la casa, le ordenaba que bajara y le decía que regresaría más tarde. Al bajarse, ella quedó sola en la entrada, abandonada y aislada, mientras su esposo y otra mujer se dirigían, sin duda, a la taberna para hacer lo que solo Dios—y todo el pueblo menos Anna—ya sabía.

El recuerdo se desvaneció cuando la puerta del pasajero se abrió de golpe y una ráfaga de aire helado la devolvió a la realidad. Anna casi cayó al pavimento cuando Dwight la jaló fuera del auto justo cuando le sobrevino la siguiente contracción.

La sangre le corría por la parte interna de la pierna. Bajó la mano y, para su asombro, sintió lo que debía ser una pequeña mano... ¿o tal vez un pie? Su propio pie resbaló sobre el pavimento helado y se desplomó, golpeándose la cabeza contra el apoyabrazos de la puerta. Quedó inconsciente y no recordaría nada más hasta que varias horas después despertó con el sonido de un bebé llorando.

Cuando abrió los ojos lentamente, lo primero que vio fue una pequeña cuna con un bebé precioso envuelto en una manta de hospital. ¡Había sobrevivido! El bebé también. Era un milagro, lo más alejado de un error. Su bebé había nacido, y por un instante, la vida parecía buena.

La enfermera se acercó con unos trocitos de hielo y le dio la noticia:

—Nos diste un buen susto esta mañana. Eres toda una guerrera. Estuvimos a punto de perderte a ti y al bebé. Tuvieron mucha suerte de que el doctor ya estuviera en el hospital atendiendo otro parto. De lo contrario, no sé qué habríamos hecho.

Anna trató de hablar.

—¿Qué... qué...? —El parto de emergencia la había dejado sin fuerzas. Finalmente, logró pronunciar la pregunta—: ¿Es niño o niña?

La enfermera tomó al bebé y lo acomodó junto a su madre, quien sintió cómo el pequeño empezaba de inmediato a buscar el pecho.

—Es un niño —susurró la enfermera—. Y es un niño grande. ¡Pesó casi diez libras! Deberías estar orgullosa. Es hermoso.

Anna comenzó a llorar. Ese momento hacía que todo hubiera valido la pena. Estaba madurando a pasos agigantados. La vida la estaba golpeando fuerte. Había sido tan ingenua, pero esa ingenuidad se desvanecía a medida que la realidad de ser madre se anclaba en lo más profundo de su ser.

Su esposo podía ser un imbécil egocéntrico, pero ella no iba a criar a su hijo de la misma manera. Iba a criar a un líder. A un hombre que respetara a las mujeres, que cuidara de su familia y que marcara una diferencia en el mundo.

Comprendió que no era tan importante dónde comenzaba uno en la vida, sino a dónde llegaba. Y mientras dependiera de ella, ese niño se elevaría por encima de este infierno y sería alguien digno algún día.

Apartó la manta que lo envolvía y lo contempló de pies a cabeza. Quizá era parcial, pero para ella era el niño más hermoso que había visto. Y era suyo.

CAPÍTULO 8

Durante un tiempo, las cosas mejoraron. Dwight estaba orgulloso de su hijo. No hablaba de otra cosa. Parecía distinto. Bebía menos, llegaba a casa a la hora de la cena e incluso ayudaba un poco con los quehaceres. Hasta cambió un par de pañales cuando la situación lo exigía.

—Mira a ese niño, colgado como una mula. Igualito a su padre —proclamaba Dwight con orgullo a cualquiera que estuviera cerca mientras cambiaba un pañal.

La mayoría de sus chistes eran de mal gusto y mal momento. Pero Anna tenía que admitir que ese, en particular, sí le causó risa.

Pasaron los meses, y su dulce bebé dejó de amamantarse, empezó a comer comida de mesa, e incluso intentó dar algunos pasos. La mayoría de los días eran dulces, y Anna los atesoraba profundamente en su corazón. Dwight seguía teniendo días malos, aún volvía tarde a casa, todavía se pasaba con las copas en la taberna, pero en general, era un buen papá.

Un día, el Tío Lyle Sanderson, a quien Dwight llamaba cariñosamente Tío Corp, pasó a visitar al pequeño que llevaba su nombre.

—¿Cómo está mi muchachote? —preguntó—. ¿Tu mamá te está alimentando bien?

Todos rieron con ese comentario, porque era evidente que a ese niño no le faltaba comida.

El Tío Corp era veterano de la Segunda Guerra Mundial. Se había enlistado y llegó hasta el rango de cabo antes de recibir un Corazón Púrpura. Había despejado una trinchera justo antes de que explotara una granada. Se volvió para asegurarse de que todos estuvieran a salvo, y la explosión le incrustó metralla en el rostro. Por poco perdía un ojo. Ese ojo herido se había vuelto opaco, con un aspecto turbio, y solo podía ver con el ojo bueno. Las cicatrices en su rostro lo hacían difícil de mirar, pero cuando la gente conocía su historia, dejaban de ver sus heridas y prestaban atención al hombre que era.

Dwight tenía una relación muy cercana con el Tío Corp. De alguna manera, conectaban a un nivel más profundo que el que Dwight lograba con casi nadie. Por eso no sorprendió a nadie que quisiera nombrar a su hijo en honor a su querido tío.

—Corp Sanderson II —bromeó Dwight en el hospital—. Es broma, es broma. No lo llamaremos Corp. Pero sí quiero llamarlo Lyle Sanderson II. Qué mejor forma de honrar al Tío Corp.

Anna no estaba segura de que el nombre Lyle le gustara más que Corp. Le caía bien el Tío Corp como persona, pero el nombre simplemente no le sonaba bien.

—Vamos, Anna —la animó Dwight—. El Tío Corp dijo que nos daría mil dólares si le poníamos su nombre. Además, lo habría hecho de todos modos.

Sorprendentemente, Dwight no insistió con el nombre Lyle, y cuando Anna propuso una alternativa, no puso demasiada resistencia.

—¿Qué te parece Kyle Sanderson? Sé que no es exacto, pero se parece —propuso Anna con una sonrisa—. ¿Qué opinas?

Dwight aceptó, y quedó decidido. Kyle Sanderson, su hermoso bebé, ya tenía nombre. Dwight estaba lo suficientemente contento, y al Tío Corp le gustó tanto que prometió otros quinientos dólares cuando el niño cumpliera su primer año.

El cumpleaños llegó y pasó, pero como el Tío Corp rara vez estaba en el pueblo, nadie esperaba que cumpliera su promesa a tiempo. Sin embargo, fiel a su palabra, el Tío Corp regresó para celebrar al pequeño. Compartió una cerveza con Dwight, fumaron un cigarro y jugaron con Kyle en el suelo. Fue una escena enternecedora. Ver a un héroe de guerra y a un joven padre jugando con un niño de piernas regordetas trajo una risa rara en medio de un ambiente normalmente tenso.

Antes de irse, el Tío Corp besó a Anna en la mejilla, revolvió el cabello rizado de Kyle y miró directamente a los ojos de Dwight para darle una advertencia clara:

—Más te vale cuidar de este niño y de su mamá, o regresaré y te meteré una bota militar talla 10 por el trasero. ¿Me oíste?

Dwight solo se rio.

—Te lo digo en serio. Más te vale arreglar tus cosas, porque ella va a dejarte un día de estos. Y no podría culparla, con lo que se dice por el pueblo.

Dwight bajó la mirada. La opinión del Tío Corp le importaba.

—Te quiero. Y estoy orgulloso de ustedes por haber hecho lo correcto. Pero, Dwight, tienes que hacerlo mejor. Mi consejo es que salgan de este pueblo miserable y empiecen una nueva vida lejos de todo lo que los está deteniendo.

Entonces Dwight lo miró a los ojos.

—Una última cosa. Este dinero es para Kyle. Mantén tus malditas manos lejos de él. Úsalo para su educación. ¿Entendido?

Dwight asintió.

Y con eso, el Tío Corp se marchó. No volvieron a verlo por años. Pero cada vez que regresaba, siempre dejaba algo de dinero para su ahijado. Para Anna, él representaba esperanza. Tal vez alguien, algún día, lograría hacer entrar en razón a Dwight.

Y así fue: Dwight siguió el consejo del Tío Corp y, en cuestión de meses, hicieron las maletas y se mudaron a la gran ciudad. Consiguió un buen empleo en una empresa de transporte.

Resultó que sus años en la granja habían valido la pena, porque sabía manejar equipo pesado. Al principio trabajaba en el turno nocturno, operando un montacargas en el muelle. Los horarios eran raros, pero perfectos para mantener a un hombre ocupado y alejado de las cantinas.

Anna no miró por el retrovisor cuando dejaron Junction City. Había pasado tanto allí. Nada bueno, salvo el bebé. No cabía duda de que Kyle había traído alegría a sus vidas, y mientras acariciaba su vientre, esperaba que el bebé que llevaba ahora dentro solo viniera a sumar a esa dicha.

Con otro bebé en camino, un nuevo trabajo y una hermosa casa amarilla esperándolos en la ciudad, tal vez, solo tal vez, las cosas empezarían a estabilizarse en Yukon.

CAPÍTULO 9

Timmy nació pocos meses después de que se mudaran a la casa amarilla. Sufría de cólicos y lloraba mucho, pero fuera de eso, la vida de Anna empezaba a tomar forma. Sentía que tenía un propósito y se estaba convirtiendo en una gran esposa y madre.

Nadie cuestionaba ya su edad. Se veía mayor, actuaba como una adulta y tenía dos hijos. Nadie sospechaba que seguía siendo una adolescente. Lo más importante era que Dwight ya no parecía avergonzarse de su edad. Nadie conocía su historia, y así les gustaba. Hay cosas que es mejor dejar sin decir.

Dwight estaba bien en el trabajo. Lo pasaron al turno diurno, y eso le permitía llegar a casa para la cena.

Solo había un problema: el camino de regreso lo obligaba a pasar por la taberna local. Tarde o temprano, se convirtió en una tentación demasiado grande para resistir. Incluso si se pasaba de copas, siempre lograba llegar, dormir la mona, superar la resaca y cumplir con su jornada completa en el muelle.

Hacía calor en verano y frío en invierno, pero era un trabajo estable, con beneficios, y le daba buen ingreso a una familia joven de clase trabajadora.

Cada mañana, Anna le preparaba a Dwight el almuerzo con esmero. A él le gustaba sencillo: pan blanco, una gruesa rodaja de mortadela, un tomate fresco de huerta y mayonesa untada con cuidado en ambos lados. Si se pasaba con la mayonesa, se armaba. Añadía una bolsita de papas Lays y un Twinkie, y Dwight quedaba satisfecho.

Dwight regresaba a casa cansado o borracho. Su rutina incluía dejarse caer en su sillón reclinable y beber un par de cervezas mientras Anna daba los últimos toques a una cena completa. La quería caliente y puntual. No demasiado caliente, no demasiado fría. Servida en el plato, justo cuando el último trago de cerveza tocaba su lengua. El olor a trabajo llenaba las fosas nasales de Kyle, que se sentaba en silencio junto al sillón esperando órdenes. Era un aroma inconfundible, mezcla de sudor, tierra, aceite y mal olor corporal. El overol de peto estaba remendado y desgastado. Era señal clara de un día duro de trabajo.

Cuando lo ordenaba, Kyle le desataba las botas de cuero beige. Los cordones amarillos eran largos y estaban doblemente enroscados para mayor firmeza. A veces los nudos dobles eran un reto, pero la mayoría de las veces cumplía su deber sin ayuda.

Dwight quería que le quitaran las botas de cierta manera. Kyle sabía que no debía jalar al azar. La técnica talón-punta era esencial para lograrlo sin quejas.

Luego, Kyle debía encender la televisión y sintonizar el noticiero. A veces había que mover las antenas para evitar la estática.

Si se requería cambiar de canal, Dwight solo tenía que decirlo, y Kyle se ponía de pie al instante para girar la perilla al programa indicado.

Mientras Dwight se tomaba un par de cervezas más y Anna terminaba de servir la cena, Kyle espiaba dentro de la lonchera gris con asa negra de su padre. Si tenía suerte, los restos de un Twinkie quedarían en el fondo del envoltorio. Kyle se lo terminaba y luego lamía el cartón en busca del último rastro de crema. Era de sus cosas favoritas, y sentía que era una pequeña recompensa por toda la ayuda que daba al rey de su pequeño reino.

La casa amarilla era una especie de mansión de 84 metros cuadrados, con dos dormitorios, un baño —con bañera pero sin ducha—, una cocina pequeña, sala de estar y comedor. El garaje para un solo auto servía de patio de juegos cuando bajaba la temperatura. Un invierno, Dwight instaló allí un columpio. Era estrecho y difícil de maniobrar, pero era divertido y daba una sensación de aventura.

La casa de estructura de madera se calentaba con gas natural. Una gran rejilla metálica en el suelo expulsaba el aire caliente. En las mañanas frías, pararse sobre esa abertura mandaba calor directo por debajo de la bata de Kyle. El calor de la caldera era intenso. Un paso en falso podía causar quemaduras serias y cicatrices permanentes en forma de plancha para waffles.

Un calentador de gas montado en la pared, con ladrillos de porcelana, mantenía caliente el baño. Si uno se agachaba demasiado, acababa con el trasero quemado haciendo juego con las marcas del calefactor del piso.

Era un calor algo primitivo, sí, pero mejor que cargar troncos para una estufa de hierro. Tal vez algún día tendrían calefacción y aire acondicionado central, como la gente que vivía más lejos de las vías del tren. Por ahora, las llamas piloto de gas limpio debían ser suficientes.

—¿Qué demonios te está tomando tanto? ¿Me vas a matar de hambre? —gritó Dwight a Anna, asomándose desde su sillón.

Kyle saltó y corrió a la cocina a ver a su mamá.

—¡Maldita sea, mujer! ¡Vamos a comer! Sírveme el plato. Voy después de mear, y más vale que esté en la mesa —gruñó Dwight mientras se iba hacia el fondo de la casa.

La mesa estaba perfectamente puesta. Platos de vidrio, servilletas, limonada fresca y una margarita solitaria como adorno. Pollo frito, puré de papas, mazorcas de maíz, frijoles carita y panecillos de levadura caseros esperaban la llegada del hombre de la casa. Una tarta de limón se enfriaba sobre la encimera, porque el postre siempre era obligatorio.

Dwight volvió por el pasillo y entró a la cocina soltando un eructo sonoro. Se había quitado el overol y la camisa sucia, y se sentó con nada más que sus calzoncillos ajustados. Nadie dijo nada mientras él empezaba a engullir la comida digna de un rey.

Kyle se subió a su silla mientras servían la cena. Anna tomó a Timmy y lo sentó sobre una guía telefónica que había puesto en su silla para que pudiera alcanzar la mesa. Era pequeño para un niño de jardín, pero le encantaba ser un "niño grande" y sentarse a la mesa.

Dwight puso los ojos en blanco cuando Anna colocó a Timmy en su lugar. Probó el puré de papas y rugió de inmediato: "¡¿Qué mierda es esto?! ¡Estas papas están frías!"

Anna intentó calmarlo.

—Dwight, amor, acabo de ponerlas en la mesa. No pueden estar frías.

Sin previo aviso, Dwight barrió la mesa con el dorso de la mano, tirando toda la comida y los platos. "¡No me contestes! Te reviento el culo aquí mismo. ¿Me entendiste?" gritó Dwight. Se puso de pie, imponente sobre Anna, y le agarró con fuerza el cabello. Le echó en la cara los restos del puré que tenía en la boca.

—Esta masa tiene demasiada sal. Sabe a mierda de perro. Me voy al bar a comerme un sándwich de carne con centeno. Y más vale que esto esté limpio cuando vuelva, o va a arder Troya. ¿Oíste? —El mensaje de Dwight quedó más que claro, y no sería la última vez que saldría enfurecido de casa.

Kyle se limpió los restos de comida de la cara y saltó para consolar a su mamá. Su rímel se le escurría por las mejillas mientras intentaba ocultar el dolor con un repasador.

—Está bien, mamá. Ya se fue. El pollo está muy rico, y el puré también. Es mejor que el de la abuela. Cocinás muy bien, mamá. Yo creo que papá solo tuvo un mal día —dijo Kyle, haciendo lo posible por consolar el corazón dolido de su madre.

Esta vez fue mejor que muchas otras. A veces, Anna terminaba en una pelea a golpes con Dwight. Sus ojos quedaban morados por días. Sus brazos y espalda se llenaban de moretones por los puñetazos cerrados de él. No se atrevía a salir por miedo a que el mundo se enterara del infierno que vivía en casa.

Juntos, Anna y Kyle recogieron la comida del suelo, fregaron la cocina y compartieron un trozo de tarta de limón con un vaso de leche fría.

Arropó a los niños en sus camas, les leyó un cuento, apagó las luces y esperó a que Dwight regresara. Por ahora, había paz.

CAPÍTULO 10

La tranquilidad de la noche se vio interrumpida por el sonido repentino de un vidrio estrellándose. Aparentemente, Dwight había perdido sus llaves en medio de una pelea en el bar, y como tantas veces antes, la violencia terminó trasladándose al hogar. Irrumpió a la fuerza por la puerta principal, en un estado en el que ya no distinguía límites. No era de los que buscaban una pelea, pero si alguien le lanzaba un comentario fuera de lugar, o si un imbécil creía saberlo todo, Dwight jamás se quedaba callado ni se iba sin responder.

No medía más de un metro setenta y apenas superaba los cincuenta kilos, pero jamás permitía que su tamaño se interpusiera entre él y una buena pelea a puño limpio. Creía firmemente en el dicho de que "cuanto más alto son, más fuerte caen". Y aunque no siempre saliera victorioso, lo que sí dejaba claro era que cualquiera que se enfrentara a él había agarrado un tigre por la cola.

Esa noche en particular, su oponente fue un irlandés de carácter explosivo, que no desmentía en nada su reputación. Todo comenzó con unas cuantas palabras junto a la mesa de billar, como suele pasar. No tardaron en cruzarse insultos y miradas desafiantes, hasta que los dos acabaron afuera, repartiéndose golpes uno a otro en el estacionamiento del bar.

Durante casi quince minutos intercambiaron puñetazos, empujones y manotazos hasta que se agotaron. La pelea se transformó entonces en una especie de lucha cuerpo a cuerpo por imponerse, revolcándose entre piedras sueltas, tierra y grava. Finalmente, Dwight logró tener la ventaja, y dejó al irlandés pecoso boca abajo, gimiendo de dolor hasta que, vencido, gritó con voz estrangulada: "¡Me rindo!"

Para entonces, Dwight tenía la camisa hecha trizas y el cuerpo cubierto de raspones y heridas por haber rodado por el suelo áspero. En algún punto de la pelea, las llaves del carro salieron volando en la oscuridad y se perdieron. Sin más opción que regresar a pie, sacudió el polvo de su ropa, se escupió en la palma de la mano como gesto de orgullo, y emprendió el regreso a casa tambaleándose.

Cuando por fin subió los escalones del porche delantero, ni siquiera se molestó en comprobar si la puerta estaba abierta. En su estado de ebriedad, la idea más lógica que se le ocurrió fue romper la ventana del frente y meter la mano para abrir la cerradura desde adentro.

No encendió ninguna luz al entrar. Avanzó a tientas, y en cuestión de segundos, tropezó con una alfombra, pisó un tractor de juguete que le hizo perder el equilibrio, y se golpeó la pierna contra el revistero. De allí cayó de lleno contra la vitrina, haciendo temblar los pocos platos que todavía quedaban en los estantes tras las puertas de vidrio.

Para ese momento, Anna ya había corrido al escuchar el estruendo y encendió la lámpara que estaba junto al diván.

—¡Pero qué demonios, Dwight! ¿Estás bien? —exclamó al verlo cubierto de polvo, con sangre bajándole por el brazo, resultado del corte que se había hecho al romper el cristal.

—Estoy bien, estoy bien —respondió él, jadeando con una sonrisa torcida—. Le partí la madre a ese irlandés flacucho. Cuando lo tumbé al suelo, gritaba como un cerdo. Se lo tenía bien merecido.

Se tambaleó hacia la cocina y agregó: "Prepárame el desayuno. Me voy a bañar, dormir un par de horas, y luego tengo que arrastrarme al muelle a trabajar."

Anna lo miró con cautela. "Lo siento, no quedan huevos. Pensaba ir al supermercado por la mañana," explicó. "Puedo hacerte tocino y pan tostado. ¿Está bien con eso?"

Dwight giró con brusquedad y la abofeteó sin previo aviso. Luego la empujó con fuerza hasta tirarla al suelo, y le dio una patada en el costado.

Ya sin pantalones puestos, y sabiendo perfectamente lo que se avecinaba, Anna reaccionó con rapidez. Extendió los brazos y lo agarró con fuerza donde sabía que más le dolía. Le arañó los muslos con furia y hundió los dientes en su pantorrilla.

El grito que soltó Dwight fue de dolor puro. Furioso, comenzó a golpearla con la misma violencia con la que había atacado al irlandés minutos antes.

La sangre brotaba de la nariz de Anna, que colgaba torcida y rota, desfigurándole la cara. Sus piernas temblaban y apenas podía cubrirse de los golpes.

Los niños, despiertos por el ruido, se asomaron al pasillo. Se quedaron inmóviles, paralizados por el terror, abrazándose con desesperación. Ya habían visto a su padre en ese estado, pero jamás lo habían visto así. Aquella era una furia desconocida, más salvaje y peligrosa.

Anna, con la poca voz que le quedaba, gritó: "¡Corran, corran ya!"

Kyle, al ver la puerta principal abierta, levantó a su hermanito en brazos y salió corriendo a través del cristal roto con sus pies descalzos. Anna los siguió, tambaleándose, en su camisón empapado de sangre.

En menos de un minuto llegaron al porche del señor y la señora Brown, la pareja que vivía al lado. Anna golpeaba la puerta con los nudillos ensangrentados, una y otra vez, rogando que respondieran antes de que Dwight los alcanzara y los arrastrara de vuelta para continuar la pesadilla.

La puerta se abrió de golpe, y la señora Brown los recibió con los brazos abiertos. A los niños temblorosos, a la mujer magullada, a la desesperación.

Anna se giró para mirar atrás, y justo entonces un relámpago iluminó la calle. Allí estaba Dwight, de pie en medio del asfalto, en estado de shock, como si no pudiera comprender lo que estaba pasando. ¿Qué esperaba? ¿De verdad pensaba que Anna y los niños seguirían aguantando, soportando su infierno, sin intentar huir?

La certeza de que estaba perdiendo el control sobre ella encendió un fuego de furia todavía más peligroso en su interior. Respirando con dificultad, tambaleándose, se dio la vuelta y regresó a la casa, con la mirada perdida, mientras la oscuridad lo tragaba como si fuera parte de ella.

CAPÍTULO 11

Una vez dentro, la señora Brown no hizo muchas preguntas. Preparó un colchón improvisado en el suelo para los niños y un lecho temporal en el sofá para Anna, y luego se ocupó de curar sus heridas. La casa de los Brown olía de maravilla, producto de su negocio de velas artesanales, lo que le daba una calidez única al ambiente. No había lugar como ese en la tierra. Era verdaderamente una casa segura. Un refugio para los traumatizados.

Finalmente, apareció el señor Brown. —Bueno, mírenlo nada más —dijo mientras intentaba recuperar el aliento—. Si no son esos chicos guapos y su linda madre de la casa de enfrente. Los niños lo miraron de arriba abajo, notando que no llevaba puesta su pierna prostética. Abrieron los ojos con asombro.

El señor Brown no ofreció ninguna explicación. Simplemente continuó: —Siéntanse como en casa. Mañana la señora Brown nos preparará un gran desayuno. Y cuando terminemos, les mostraré mi colección de rocas. —Y con eso, se dio vuelta y regresó a la cama. Ni él ni la señora Brown señalaron lo obvio. No hacía falta. Era evidente que esa pequeña familia estaba en crisis y había llegado al lugar correcto.

A la mañana siguiente, el aroma de tocino frito reemplazó al de las velas aromáticas. Kyle se sentó junto a su mamá en la mesa. Notó que su rostro estaba amoratado e hinchado. No lo sabía en ese momento, pero su nariz requeriría atención médica. Anna tomó un sorbo de café y luego inclinó la cabeza cuando el señor Brown pidió que todos se tomaran de las manos para decir lo que él llamaba una oración de gracias. Fue una oración sencilla y una de las primeras que Kyle recordaría haber escuchado. Con los años, el señor Brown se convertiría en una especie de amigo especial. No exactamente una figura paterna, pero sí una figura con tintes de abuelo y mentor, que siempre hizo que Kyle se sintiera especial y amado.

Después del desayuno, Anna miró por la ventana del frente esperando ver si Dwight ya se había ido a trabajar. Casi había olvidado que había perdido sus llaves del auto. Lo vio salir de la casa con el juego de llaves de repuesto en la mano mientras caminaba hacia la taberna, donde su auto había pasado la noche.

Estarían a salvo por un rato. Probablemente volvería a casa sobrio y arrepentido por lo ocurrido la noche anterior. Las cosas mejorarían durante unos días, pero todos sabían que eventualmente volverían a caminar sobre cáscaras de huevo, y Dwight descargaría sus frustraciones sobre su saco de boxeo favorito. Era un ciclo que ya llevaban años viviendo.

El peso de todo comenzaba a pasarle factura a Anna. Pero, ¿qué podía hacer? Ni siquiera tenía un diploma de secundaria, mucho menos habilidades fuera de cocinar, limpiar y ser el adorno de Dwight cuando no estaba cubierta de moretones.

La idea de obtener su G.E.D. cruzó por su mente. Aprobar el examen general de equivalencia podía ser justo lo que necesitaba para tener las opciones necesarias y así asegurar su independencia. Había notado un volante en el supermercado que anunciaba clases nocturnas para ayudar a los estudiantes a aprobar el examen del G.E.D. Si lograba pasarlo, tal vez podría calificar para un certificado en cosmetología en la escuela técnico-vocacional local.

Era lo más cerca que había estado de trazar un verdadero plan para alcanzar la libertad de ella y de sus hijos.

CAPÍTULO 12

Habían pasado semanas desde aquella noche en casa de los Brown. El golpe en la puerta sacó a Anna de su ensoñación. Al principio pensó que podría tratarse de un policía o un patrullero estatal. Nunca se sabía, considerando con qué frecuencia Dwight bebía y conducía. Pero el golpe en la puerta trajo una sorpresa aún mayor. Al abrir, Anna se encontró con un hombre alto y apuesto, vestido con uniforme y sosteniendo el sombrero en la mano, esperando ser recibido.

Era, sin duda, la última persona que habría imaginado ver parada en su porche. ¡Era el mismísimo Hombre del Moco! ¿Qué hacía Nathan allí? Se veía increíblemente en forma y no se parecía en nada al hermano regordete con el que había crecido.

Abrió de par en par la puerta y se encontró envuelta en sus fuertes brazos, en un cálido abrazo.

—¡¿Qué haces aquí?! —exclamó Anna mientras apretaba a su hermano con todas sus fuerzas—. ¡Te ves increíble! ¡El ejército te ha sentado bien! ¡Te has convertido en todo un hombre!

Nathan sonrió al ser recibido en la casa. Timmy y Kyle estaban en la escuela, así que estaban solos, poniéndose al día sobre todo lo que había pasado en los últimos años.

—Anna, te ves tan hermosa como siempre. Has vencido las probabilidades. Estás demostrando que todos estaban equivocados. Tienes una casa, hijos, y tú y Dwight lo están logrando. Estoy muy orgulloso de ti —dijo Nathan mientras dejaba su sombrero militar sobre la mesa de centro.

—Pero tengo una pregunta —agregó, y su voz se volvió seria mientras colocaba su enorme mano sobre la rodilla de su hermana—. Y necesito que seas honesta conmigo. ¿Qué está pasando en realidad aquí?

Anna esperaba que no se diera cuenta, pero Nathan siempre había sido intuitivo. Tal vez era porque era su hermano mayor o tal vez porque también había crecido con Riff, pero, fuera como fuera, nada se le escapaba.

La cinta médica que sostenía su nariz rota había sido retirada unos días antes, pero aún tenía ojeras marcadas y una pequeña pero visible herida en el puente de la nariz, justo donde Dwight la había golpeado.

—¿A qué te refieres? —preguntó Anna, tratando de restarle importancia a su preocupación.

—Vamos, hermana. ¿La puerta delantera con tablones, la vitrina vacía, las ojeras, el corte en la nariz? No me mientas. Él te está golpeando, ¿verdad? —preguntó Nathan, aunque ya conocía la respuesta.

Las lágrimas comenzaron a acumularse en los ojos de Anna. Nathan no era tonto. No era difícil notar las señales del abuso doméstico, especialmente cuando la que estaba siendo maltratada era tu hermana.

—No tienes que vivir así. Tienes que pensar en tu seguridad y en la de los niños. Esto solo va a empeorar. Lo sabes. Dwight ha estado fuera de control desde hace años —las palabras de Nathan eran tiernas, pero también ciertas.

Anna sabía que tenía razón. Pero ella era la que no tenía opciones, no él. Hablar era fácil. Cambiar requería valentía y, sobre todo, dinero.

—Mira, pueden irse de aquí hoy mismo. Ahora. Tú y los chicos pueden empacar y venir a vivir conmigo a la base militar. Él no podrá alcanzarte allí, y en poco tiempo serás solo un recuerdo borroso en su mente empapada de alcohol —dijo Nathan, haciendo que sonara más fácil y tentador de lo que quizá imaginaba.

—¿Y después qué? —replicó Anna, tratando de ocultar su interés—. ¿Voy a vivir contigo para siempre y conseguir un empleo como cajera en la tienda de la base? Ya tengo suficiente con todas sus actividades. No podría mantener un trabajo y atender sus necesidades al mismo tiempo.

—Si no tienes cuidado, vas a criarlos para que sean igual que él. Egocéntricos y completamente locos —las palabras de Nathan fueron como un cuchillo. Tenía razón, y ambos lo sabían.

—Hay otra opción —dijo Anna.

—¿Cuál? ¿Matar al bastardo y meterlo en la cajuela de mi carro? —preguntó Nathan con total seriedad—. No creas que no lo he pensado cientos de veces desde que me enteré de que te había embarazado. Lo haría ahora mismo si supiera que saldría impune.

—Santo cielo, Nathan. No puedes estar hablando en serio —dijo ella.

—Mírame. Si eso significara salvarte a ti y a los niños, lo haría sin dudar. Solo dime la palabra y lo saco de su miseria —afirmó Nathan sin siquiera parpadear.

—No creas que yo no lo he pensado también. A veces se acuesta completamente borracho, roncando como una locomotora. Me cuesta no ponerle una almohada en la cara o simplemente cortarle ese cuello flaco —confesó Anna.

—Entonces piensa en Kyle y Timmy. ¿Qué sería de ellos creciendo sin ninguno de sus padres? Uno muerto y el otro en el corredor de la muerte.

—¿Y si saco mi G.E.D. y después estudio para ser estilista? A las peluqueras no les va nada mal. Podría ganar lo suficiente para mantenernos sin Dwight —dijo Anna, explicando su estrategia. En su interior, sabía que tenía que encontrar la manera de hacerlo realidad.

—¿Hablas en serio? ¿Lo harías? —preguntó Nathan.

—Sí —afirmó Anna—. Solo es cuestión de reunir el dinero para lograrlo.

—Entonces hazlo, y que me manden la cuenta —dijo Nathan—. Tienes lo que se necesita. Si has podido vivir con un imbécil y recibir golpes durante media década, sacar el G.E.D. y obtener una licencia de cosmetología va a ser pan comido.

Nathan recogió su sombrero y se dirigió a la puerta. Amaba a su hermana y odiaba el desastre en el que estaba metida. No había venido a provocar un divorcio, pero por cómo hablaba Anna, tal vez estaba previniendo un asesinato. Anna lo saludó mientras él se alejaba en su auto, riéndose al escuchar el claxon y verlo agitar la mano desde la ventanilla. Últimamente, le costaba creer muchas cosas, pero una era segura: el Hombre del Moco había resultado ser mucho más que un hermano. En su libro, era un superhéroe de verdad.

CAPÍTULO 13

Anna estaba preocupada por cómo podría reaccionar Dwight ante la idea de que ella obtuviera su G.E.D. y una licencia en cosmetología. Sorprendentemente, él se mostró muy comprensivo. Ella logró asistir a clases nocturnas y aprobó el G.E.D. con excelentes calificaciones.

Una vez que los niños volvieron a la escuela, al menos durante medio día, ella comenzó las clases de cosmetología. Con el tiempo, se graduó como la mejor alumna de su generación en la escuela de belleza. Anna se sintió orgullosa cuando su instructora anunció sus logros ante una audiencia llena de estudiantes y familiares.

Dwight estaba al fondo del auditorio con los niños a su lado. Le sonrió y le guiñó un ojo. Fue uno de esos raros momentos en los que Anna sintió que tal vez él sí la amaba.

Gracias a su éxito en la escuela, pronto le ofrecieron trabajo en un popular salón de belleza local. No podía trabajar tiempo completo, pero con gusto le ofrecieron una estación como estilista a medio tiempo. Trabajaba por las mañanas y podía estar en casa temprano por la tarde para estar con sus hijos. Anna amaba su trabajo. Sus clientas la adoraban, y pronto su agenda estuvo llena de mujeres buscando cortes de cabello, lavados y peinados.

Una mañana, una señora mayor entró al salón como clienta sin cita previa. Se veía un poco desaliñada, descuidada, y olía como si necesitara un buen baño. Anna la recostó con suavidad en el lavabo del salón. Su cabello parecía más un casco que un peinado. Le aplicó agua en la zona, pero no logró penetrar las múltiples capas de cabello enmarañado. Anna frotó champú sobre la superficie de esa coraza de laca endurecida.

Nada funcionaba. Claramente, la mujer llevaba semanas, si no meses, aplicando y reaplicando fijador en el mismo peinado. Anna levantó las piernas de la señora en el asiento de lavado y le preguntó si quería relajarse unos minutos mientras ella revisaba su agenda para ver si tenía otra cita. El plan funcionó. Después de unos quince minutos, Anna regresó al sonido de una mujer profundamente dormida, roncando, con la boca abierta y un hilo de saliva cayendo por la comisura de sus labios.

Anna soltó una risa contenida y dejó a la mujer dormida otros treinta minutos hasta que el sonido del teléfono la despertó.

—Ay, Dios mío. Me quedé dormida —dijo la señora—. Espero no haberla hecho perder el tiempo.

—Pasa todo el tiempo. No hay nada como un lavado de cabeza y un masaje capilar para quedarse dormido —explicó Anna.

En este caso, al menos hasta ese momento, no había habido ni lavado ni masaje capilar, pero dejar el área en remojo había funcionado, y el rociador potente del lavabo logró aflojar el desastre. Mientras Anna comenzaba a aplicar productos en el cabello, sintió un bulto en la parte frontal de la cabeza de la señora. ¿Sería un lunar o algún tipo de tumor?

Se inclinó sobre el lavabo y separó cuidadosamente los cabellos de la mujer. Lentamente, y con absoluta curiosidad, llegó hasta la fuente de su inquietud. No podía ser. ¿Estaba viendo bien? No era un lunar ni un tumor, era un…

El teléfono volvió a sonar. Anna estaba sola en el salón mientras las otras estilistas habían ido a comprar un sándwich al local de al lado durante su merecido descanso de almuerzo. El teléfono era la conexión del salón con el mundo exterior, y todas sabían que perder una llamada podía significar perder a una clienta valiosa.

Contestó, y la voz al otro lado claramente no era la de una clienta, pero sí era alguien a quien reconoció de inmediato.

—¡Hola, hermanita! Tengo solo un minuto antes de que nuestra unidad salga para el despliegue. Estaba pensando en ti y esperaba que fueras tú quien contestara. ¡Y tuve suerte!

El sonido de la voz de Nathan iluminó su día.

—¡Estoy tan orgulloso de ti! Solo quería que supieras que te quiero, y me pondré en contacto contigo cuando regrese.

Y con eso, la llamada terminó. Apenas si había alcanzado a saludar, y él ya tuvo que colgar.

Nathan era su héroe. Saber que alguien creía en ella le daba valor y fuerza. Le hacía querer convertirse en ese "alguien" en la vida de otra persona.

Anna se sabía bendecida, y lo reconocía. Personas como los Brown y Nathan existían. Lo sabía porque su influencia y amor se hacían sentir de formas muy concretas. Sin ellos, no estaba segura de dónde estaría hoy.

Pensamientos oscuros volvían a colarse en su mente de vez en cuando, pero ahora tenía un motivo para vivir. Con dos niños pequeños y una carrera en ascenso, se encaminaba hacia días más luminosos. Había aprendido que había mucho más en la vida que Dwight.

—Cariño, ¿sigues ahí? —preguntó la señora en el lavabo desde el fondo del salón—. Me está empezando a doler el cuello de estar recostada así. ¿Podrías ayudarme a levantarme?

—Ay, lo siento muchísimo —dijo Anna mientras corría hacia ella—. Déjame enjuagarte el cabello y te doy ese merecido corte.

Al tomar la manguera para enjuagar, una masa extraña asomó entre los mechones enredados. ¡Era una judía verde! A Anna le dio un poco de náuseas, pero logró sacar los restos de entre las hebras apelmazadas. Sospechó que la mujer se habría quedado dormida comiendo y terminó con la cara en su plato. ¿De qué otra forma iba una judía verde a incrustarse en el cuero cabelludo de alguien?

Movió el agua para liberar las últimas partículas del vegetal encarcelado en ese revoltijo de pelo. También sintió pena por la señora. Qué triste debía ser no tener a nadie que te ayudara con las tareas más simples del día a día. Nadie que siquiera te advirtiera que tenías una judía verde en la cabeza.

Mientras la mujer hurgaba en su bolso, extendió la mano para pagar el corte de cabello.

—Quédate con el cambio, querida. No me sentía así de relajada desde hace meses. Esto no fue solo un corte, fue terapia —dijo con una sonrisa.

Anna le devolvió el dinero, empujándolo con suavidad hacia ella.

—Gracias, y espero que vuelva pronto. Pero esta va por mi cuenta. Fue un placer atenderla hoy —dijo Anna con una sonrisa.

Se sentía bien poder ayudar a alguien más, por fin. Sabía que quienes habían invertido en ella comenzaban a dejar huella. Devolver algo a los demás era un acto noble, y le gustaba hacerlo.

La anciana, algo maloliente, la agradeció mientras salía tambaleándose por la puerta del salón, con una hermosa cabellera y el corazón lleno de amor.

Lo que Anna no sabía era que aquella mujer había sido, en su momento, una exitosa directora de escuela secundaria y esposa de un acaudalado promotor inmobiliario. Cuando él murió, su mundo se vino abajo, y ella se volvió una ermitaña. Pocas personas se tomaban el tiempo de mirarla mientras su aspecto exterior se deterioraba al mismo ritmo que su corazón roto. Anna había sido de las pocas que la habían tratado con amabilidad y dignidad.

El domingo siguiente, Anna leyó en el periódico que la mujer había fallecido. La encontraron sentada en su mesa, con un tenedor en la mano y la cabeza hundida en un plato de judías verdes. A su lado, había un pequeño diario. La última entrada decía: "Hoy conocí a una joven encantadora. Fue tan amable y dulce mientras me arreglaba el cabello. Solo por cómo hablaba, se notaba que era lista. Como siempre he dicho: 'La inteligencia te lleva lejos, pero la bondad te lleva hasta la luna.'"

Anna no pudo evitar preguntarse cómo habría reaccionado aquella exdirectora si se hubiese enterado de su embarazo. Algo le decía que, si ella hubiera sido su directora, jamás habría tenido que sacar un G.E.D.

Al leer la nota, el director de la funeraria le preguntó a Anna si estaría dispuesta a peinar a la señora para el entierro.

Anna nunca había peinado a una mujer muerta. Pero no sería la última. Informó a la funeraria que se sentiría honrada de arreglar el cabello de aquella clienta, y que quería donar su tiempo en el futuro para peinar a cualquier otra mujer fallecida que no pudiera costearlo.

La señora de la judía verde había cambiado su vida. Anna descubrió que ayudar a otros también era una forma de ayudarse a sí misma. Sin duda, la vida podía ser difícil, pero incluso los momentos más duros se volvían más llevaderos cuando uno aligeraba la carga de otra alma herida.

CAPÍTULO 14

Ver a Naomi siempre hacía que Anna se sintiera querida y cuidada. Podía ser la madre de Dwight, pero no se parecía en nada a él. Naomi y Liam siempre habían sido comprensivos y afectuosos con Anna.

Naomi se sentía orgullosa de la mujer en la que Anna se había convertido. Le alegraba haber podido ayudarla a enfrentar los retos de ser una madre adolescente y una recién casada. Anna había superado con creces sus expectativas. Y por mucho que Naomi amara a su hijo, deseaba que él también las hubiera superado y se hubiera convertido en alguien digno de orgullo. Siendo sincera, era una decepción. Naomi no podía evitar preguntarse si ella no habría contribuido a su mentalidad narcisista al haberlo mimado demasiado de pequeño. Parecía que todos estaban al tanto del tipo de hombre en el que Dwight se había convertido.

Incluso el padre de Dwight, Liam, apenas podía hablar de su hijo sin ponerse rojo. Pero no de vergüenza, sino de enojo.

Dwight y Anna habían vivido con sus padres durante tres meses tras casarse, hasta que pudieron conseguir su propio lugar.

Sí, a veces fue incómodo, pero también fue una oportunidad para que Anna aprendiera de una de las mujeres más dulces que jamás conocería.

Naomi tomó a Anna bajo su ala y le enseñó todo lo que sabía sobre llevar una casa; y Naomi era una experta en eso. Los momentos que compartieron en la cocina preparando pan casero, pastel de chocolate y sus irresistibles platillos reconfortantes fueron de los mejores recuerdos en la vida de Anna.

Esa tarde, Anna estaba dejando a los niños con los abuelos para que pasaran el verano. Como era de esperarse, fueron recibidos con galletas de chispas de chocolate recién horneadas y vasos altos de leche. Anna y Naomi caminaron juntas entre las hileras de fresas del huerto de Liam mientras se ponían al día.

—Todo va muy bien en el pueblo. A los niños les va bien en la escuela, Dwight se convirtió en superintendente sindical en el trabajo, ¡y tengo una gran noticia! —dijo Anna con entusiasmo—. ¡Estoy embarazada!

Naomi se incorporó dejando de recoger fresas y, con una expresión desconcertada, preguntó:

—¿Estás embarazada?

Claramente, la noticia la había tomado por sorpresa.

—¡Estoy bromeando, Naomi! No estoy embarazada —dijo Anna riendo—. En realidad, voy a abrir mi propio salón de belleza mientras los niños están con ustedes este verano. Vamos a convertir el garaje en *Anna's Styling Salon*. ¿Qué te parece?

Naomi soltó la canasta, haciendo que las fresas recién recogidas se esparcieran por el suelo, mientras envolvía a Anna en un gran abrazo.

—Anna, no dejas de sorprenderme. Liam y yo estamos muy orgullosos de la mujer en la que te has convertido —dijo Naomi, soltándola suavemente y tomándola luego de las manos. Con una sonrisa enorme, añadió—: Dios tiene su mano sobre ti. Él nunca desperdicia el dolor, y nunca da a luz a un error. Lo que el mundo pensó que no valdría la pena, él lo ha transformado de una oreja de cerdo en una bolsa de seda. Es una noticia maravillosa.

Al volver a entrar a la casa, los niños corrieron hacia ellas.

—¿Cuándo llega el abuelo, abuela? —preguntó Kyle—. Me prometió que me enseñaría a manejar su tractor cortacésped este verano.

—Es impresionante lo que recuerdan los niños —le comentó Naomi a Anna. Luego se volvió hacia Kyle y le dijo—: Debería llegar alrededor de la hora de la cena. ¡Apuesto a que está deseando enseñarte a cambiar de marcha y cortar el pasto ahora que tus pies ya alcanzan los pedales!

Anna les dio un abrazo largo a los niños, los besó en la mejilla y los dejó bajo el cuidado amoroso de una mujer a la que admiraba profundamente.

No todo lo relacionado con Dwight era malo. Tenía unos padres maravillosos, y por eso Anna se sentía agradecida mientras regresaba a verificar el avance de su nuevo salón de belleza.

Para cuando volviera a recoger a los niños, no solo sería esposa, madre y estilista, sino también una verdadera dueña de negocio. Con ese pensamiento, golpeó suavemente el volante con la palma por dentro y tocó la bocina.

Anna sonrió. Su sonrisa era más grande que Texas. Sacó el brazo por la ventana y subía y bajaba la mano al ritmo del viento, siguiendo la larga fila de postes de cerca que decoraban el paisaje. Había algo pacífico en esa experiencia. Le daba una sensación de libertad y serenidad.

Mucho había cambiado desde la última vez que hizo eso de niña, camino a Junction City. Quizá, esta vez, ese cambio sería para bien.

CAPÍTULO 15

Liam entró por la puerta principal con una gran bolsa de dinero. Los niños salieron disparados de detrás de las cortinas gritando:

—¡Sorpresa!

Liam siguió el juego de inmediato y se dejó caer al suelo para forcejear con los niños, cubriéndolos de besos y haciéndoles cosquillas mientras ellos reían de felicidad.

Liam fingió que los niños estaban ganando y gritó:

—¡Naomi! ¡Ven a salvarme! ¡Hay un par de ladrones aquí que quieren robarme el dinero!

Naomi llegó corriendo desde la cocina, de donde salía el inconfundible aroma de una cena deliciosa. Con su delantal amarillo favorito, decorado con margaritas y abejas, se lanzó al centro de la batalla de testosterona y risas.

Liam rodó por el suelo, sujetó a Naomi y dio la orden:

—¡Agárrenla, chicos!

Los niños cambiaron el objetivo y empezaron a hacerle cosquillas a la abuela debajo de los brazos, mientras Liam la besaba en los labios y por toda la cara. Luego presionó sus labios contra el cuello de ella y sopló con fuerza. Naomi estaba indefensa ante semejante ataque. Los niños cayeron de espaldas muertos de risa mientras el abuelo y la abuela se abrazaban con ternura.

Kyle y Timmy miraban asombrados esa muestra tan afectuosa de cariño. No estaban acostumbrados a ver adultos siendo tan íntimos y amorosos en su presencia. Entre todas las cosas que amaban de estar en la casa de los abuelos, lo que más valoraban era lo seguros y queridos que se sentían todo el tiempo.

La abuela llenó la mesa con montañas de sus comidas favoritas, y el abuelo dijo:

—¡A comer!

Si ese verano seguía la tradición de visitas anteriores, los niños terminarían sumando unos cuantos centímetros a sus cinturas.

Después de la cena, Liam volcó la enorme bolsa de dinero de la licorería sobre el suelo del salón. Él se encargaba de gestionar el acceso a las bebidas alcohólicas para el dueño del negocio local. Cuando trabajaba el turno de noche, era el responsable de llevar a casa el dinero de la caja registradora. A los niños les encantaba cuando lo hacía, porque Liam había inventado un juego muy divertido al que llamaba "el tren de monedas".

Para el tren de monedas, Liam dejaba a un lado los billetes y trabajaba con los niños para alinear monedas por toda la casa. El tren de monedas podía extenderse entre tres y seis metros, dependiendo de cómo hubiera ido el día en la tienda. Se enrollaba alrededor de las patas de las mesitas, lámparas de pie, alfombras, e incluso del piano que la abuela solía tocar de vez en cuando.

Cuando no había monedas disponibles de la licorería, después de la cena el abuelo sacaba el tablero de damas y aceptaba todos los desafíos. El dominó era otro de sus favoritos. No tanto el juego en sí, sino armar largas filas sobre el piso de linóleo de la cocina, y luego empujar una ficha para ver cómo todas iban cayendo en efecto dominó.

Visitar a los abuelos no solo era pasar tiempo con ellos, sino también con la familia extendida. Riff y Maggie se habían mudado hacía años, pero la familia del lado de Dwight —excepto él— nunca se había alejado más de ocho kilómetros del pueblo.

Al oeste del pueblo vivían los primos de Kyle, Tyler y Robby. Eran de los mayores entre los nietos. Tyler y Robby eran chicos de campo. Criaban ganado, cultivaban y cosechaban trigo, recogían algodón y acarreaban pacas de heno para ganar dinero extra cuando no estaban sudando en su granja familiar.

Su madre era Lue Ann, la hermana de Dwight, y nunca había vivido en la ciudad. Amaba el campo y pensaba morir allí. Se esforzaba mucho por alimentar a los peones y mantener feliz a su esposo Leo en casa.

Justo al otro lado de la carretera de la casa de los abuelos vivían Dean y Chubs, los hijos de la tía Adeline. Eran unos años mayores, pero no lo suficiente como para dejar de disfrutar el tiempo con los chicos de ciudad. El verdadero nombre de Chubs era Ren, pero estaba tan rellenito de bebé que el apodo le quedó para siempre, y rara vez respondía a Ren. Cuando lo hacía, era porque estaba en problemas y su madre le gritaba:

—¡Ren Alan Sanderson!

Ignorar una advertencia con los tres nombres podía costarle una oreja torcida o unas nalgadas calientes. Chubs procuraba evitar a toda costa cualquiera de esas consecuencias.

Dean y Chubs eran primos hermanos, pero para Kyle y Timmy, sus primos parecían más bien extraterrestres de otro planeta. Aunque vivían en un pueblo pequeño, su patio parecía un zoológico en miniatura. Cerdos, ovejas, gallinas y conejos por todas partes. Incluso tenían un caballo y perros de caza. Tratar de seguirle el ritmo a todos esos animales era fascinante para los chicos de ciudad.

A la mañana siguiente de su llegada a casa de Liam y Naomi para pasar el verano, corrieron al otro lado de la carretera para visitar a sus primos, justo a tiempo para las tareas matutinas. Al llegar, vieron a Chubs dándoles de comer a los cerdos. Chubs miró a Kyle y luego metió los dedos en las fosas nasales de un enorme jabalí. El monstruoso cerdo ni se inmutó y siguió metiendo la cabeza en el balde de comida. Chubs retiró los dedos cubiertos de una baba viscosa y lanzó los restos de mocos en dirección a Kyle y Timmy.

Kyle sintió náuseas de inmediato. Lo que acababa de hacer Chubs era tan asqueroso como innecesario.

¿Esto es lo que hacen los chicos de campo para entretenerse? se preguntó Kyle.

Una vez terminadas las tareas, los muchachos se reunieron alrededor de la mesa de la cocina para un desayuno campestre con panecillos de suero de leche, salsa, huevos fritos y montones de tocino.

—Este era Leonard. Gané el primer premio con él en la feria del condado —dijo Chubs mientras agarraba un puñado de tocino crujiente—. Si Dean no le hubiera pasado el tractor por encima de la pata, lo habría mostrado otra vez este año. Pero está sabroso, así que salí ganando igual.

—Chubs, ¿te lavaste las manos antes de sentarte a comer? —preguntó Kyle. Si Dwight había hecho algo bien, era insistir en que sus hijos practicaran una buena higiene. Estaba tan obsesionado con la limpieza que obligaba a sus hijos a llevar bolitas de jabón con forma de rosa en bolsas plásticas al colegio.

Sin decir palabra, Chubs se chupó los dedos que había enterrado en la cabeza del cerdo y luego revolvió todo el tocino que quedaba en la bandeja.

—¿Quién necesita lavarse las manos si uno puede chuparse los dedos? —dijo con una sonrisa maliciosa y una ceja levantada—. Pásame un par de panecillos, niño bonito.

Kyle y Timmy se miraron con asco. Por más apetitoso que luciera ese tocino especial llamado Leonard, se conformarían con los panecillos y la salsa. Chubs podía quedarse con todo el tocino que quisiera.

Cuando la tía Adeline pasó a ver cómo estaban sus pequeños hambrientos, preguntó:

—¿No les gusta el tocino, chicos?

Kyle lanzó a Chubs una mirada fulminante y mintió:

—Nuestro papá no nos deja comer tocino. Lo siento, tía Addie.

Cruzó los dedos bajo la mesa y se sintió seguro de que el buen Señor le perdonaría esa única mentira.

Después del desayuno, los niños salieron detrás del granero.

—¿Quieren un bocado? —preguntó Chubs—. Apuesto a que ustedes, los chicos de ciudad, no pueden con esto.

Sacó una bolsa blanca del bolsillo trasero. La imagen de un jefe indígena adornaba el empaque.

—Esto es tabaco para masticar. Los vaqueros duros lo meten en la mejilla y lo mastican mientras se bajan el sombrero justo antes de espolear a un potro salvaje —explicó Chubs—. Hay que ser rudo para aguantarlo. Esto no es para afeminados. ¿Se atreven?

Sin pensarlo mucho, Kyle le arrebató la bolsa de la mano y se metió un puñado del tabaco en la boca.

Chubs soltó una carcajada y explicó:

—Si eres realmente rudo, no escupes. Te tragás el jugo. Cuando las hojas estén molidas del todo, ahí sabrás que terminaste.

Al principio no fue tan terrible. El ardor era leve, pero en cuestión de minutos, la boca de Kyle estaba llena de saliva. Tragó a grandes bocados, con pedazos de hoja resbalando por su garganta.

Poco después, se puso verde y vomitó todo el desayuno. Timmy salió corriendo y se escondió detrás del cobertizo de las ovejas, mientras Kyle yacía en el suelo, rezando para que su primo no le hiciera comer eso también.

Veía doble cuando Chubs se le acercó con un balde de agua. El contenido se estrelló contra su rostro mientras Chubs reía a carcajadas.

—Caray, primo. Eres rudo de verdad. Nunca vi a nadie meterse tanto tabaco en la boca de una sola vez.

No hace falta decir que Kyle no comió mucho esa noche. Le dijo a su abuela que tenía mucho calor por haber estado jugando bajo el sol. Durmió profundamente, mientras la brisa suave se colaba por la ventana con mosquitero y danzaba sobre las sábanas de algodón crujiente que su abuela había planchado antes de su llegada.

—Hoy les diste una lección, hermano. Les mostraste quién manda —dijo Timmy con orgullo en la voz—. Papá estaría orgulloso de ti por enfrentarte a ellos.

Y con eso, Kyle se dejó llevar por el sueño, seguro de dos cosas: que nunca volvería a mascar tabaco y que jamás volvería a confiar en Chubs.

CAPÍTULO 16

Más adelante ese verano, Kyle y Timmy estaban pescando en una laguna de una granja, justo al oeste de la casa, junto con Tyler y Robby. Tyler los había dejado allí con Robby mientras él iba al pueblo a comprar más carnada viva.

Los peces estaban picando con fuerza, y los suministros de carnada comenzaban a escasear. Crappies, lobinas y bagres mordían los anzuelos casi tan rápido como los chicos podían enrollar las líneas.

El aire había estado pegajoso durante gran parte del día. Había una quietud en la atmósfera, un extraño resplandor sepia lo envolvía todo. En cuestión de minutos, el calor sofocante dio paso a un aire helado, y el viento comenzó a soplar con furia. El polvo volaba por todas partes cuando Tyler regresó corriendo por encima del dique.

—¡Vamos chicos! ¡Tenemos que salir de aquí ya! ¡Dejen las cañas y vengan conmigo! Esa tormenta eléctrica se está acercando rápido y ya se está formando una nube embudo —dijo Tyler, en pánico, mientras intentaba reunir a su hermano y a sus pequeños primos—. ¡Esto se está poniendo serio, y tenemos que llegar a la casa!

Tyler pisó el acelerador de la vieja camioneta Ford, haciendo que las ruedas patinaran sobre la grava al incorporarse al camino principal. Lo que había sido un día soleado se tornó en una oscuridad amenazante.

Granizo comenzó a caer mientras corrían hacia la casa. Un rayo golpeó un viejo cedro, que estalló en llamas de inmediato. El fuego apenas se había iniciado cuando un aguacero torrencial lo apagó de golpe. Y, de pronto, todo se volvió silencio. La presión del aire cayó de tal manera que a todos se les taparon los oídos.

—¡Al sótano todos! ¡Ahora mismo! Un tornado está por azotar y si no estamos bajo tierra en minutos, estamos tan muertos como los clavos de ese granero —gritó el Tío Leo mientras empujaba a todos hacia abajo. Cerraron la puerta justo a tiempo, cuando los vientos comenzaron a succionar todo a su paso. La cuerda que aseguraba la compuerta se rompió de su traba y la puerta fue arrancada de sus bisagras.

El Tío Leo agarró un viejo somier oxidado, que antes usaban como banco improvisado, y lo colocó contra la abertura del sótano.

Afuera, el sonido era como el de un tren de carga atravesando el corazón de la granja. Se escuchaban láminas de metal arrugándose al ser arrancadas de los graneros. Las ramas de los árboles se rompían, y la tierra parecía gemir y dolerse mientras las entrañas de la granja eran arrancadas por el viento.

Nadie podía asegurarlo, pero a juzgar por el sonido, parecía que una de las vacas lecheras literalmente había volado por encima del sótano, soltando un terrible y angustiado "¡muuuuu!" mientras desaparecía en el aire.

El viento succionador comenzó a extraer tierra y escombros incluso del refugio en el que se encontraba la familia. El Tío Leo colocó su enorme cuerpo contra la entrada y extendió sus largos brazos y piernas por la escalera, intentando mantener el somier en su lugar: su última línea de defensa contra el tornado que rugía sobre sus cabezas.

Gritó con toda la fuerza de sus pulmones:

—¡Manténganse agachados todos y agárrense unos a otros! ¡No estoy seguro de que esto aguante!

Y entonces, tan rápido como había comenzado, todo terminó. No había lluvia, ni viento, ni tornado. El sol volvió a brillar como antes, mientras el tornado se alejaba, danzando por el borde de la casa, dejando atrás el patio de la granja.

Al salir del sótano, comenzaron a inspeccionar los daños. Uno de los graneros había quedado completamente derribado, y varios árboles yacían caídos, pero más allá de eso, habían sobrevivido, y todo lo demás se encontraba en bastante buen estado, considerando lo sucedido. La puerta del sótano había terminado sobre el techo de la casa, y las cortinas ondeaban a través de ventanas donde los vidrios se habían estrellado por el enorme cambio de presión atmosférica.

Cuando la Tía Lue Ann salió a la superficie, miró hacia el este y soltó un grito:

—¡Dios mío! Leo, va directo hacia Junction City. Esto va a ser terrible.

Mientras del lado oeste del tornado todo estaba en calma y claridad, del otro lado reinaba la oscuridad. Desde su posición, aún se podía ver la cola del tornado alejarse.

La nube de pared era enorme, y el embudo del tornado debía ser uno de los más grandes jamás vistos. Leo calculó que debía tener casi una milla de ancho. Era implacable, y estaba reduciendo a polvo todo lo que encontraba por encima del suelo. Leo y los muchachos subieron a la camioneta y se dirigieron al pueblo. Temían lo que pudieran encontrar, pero sabían que debían hacer todo lo posible para cuidar a sus familiares y amigos. Lue Ann se quedó atrás para reunir a las gallinas, vacas y otros animales que, de algún modo, habían logrado resistir la tormenta.

A medida que se acercaban al pueblo, era evidente que gran parte de Junction City había sido arrasada. Parecía como si todo hubiese pasado por una licuadora y luego escupido de nuevo. Condujeron hasta donde la carretera se lo permitió; después, se bajaron de la camioneta y comenzaron a correr hacia las casas de sus parientes, una por una.

Por fortuna, todos habían logrado llegar a refugios subterráneos antes de que el tornado destruyera Junction City. Todos... excepto el Tío Corp. El Tío Corp se había mudado a la casa donde Kyle había vivido sus primeros años de vida. Desafortunadamente, con los años se había quedado sordo y no logró captar la gravedad de la tormenta que se avecinaba. Según contaron los vecinos, intentaron advertirle, pero él los despidió con un gesto mientras permanecía sentado en su porche con solo su overol, sin camisa, liándose un cigarro. Ese sería su último gesto.

Fue succionado de la vieja casa de madera en un instante. Lo encontraron con vida, enterrado entre escombros a casi una milla de su hogar. Tenía laceraciones profundas y múltiples traumatismos. Los rescatistas dijeron que lo único que repetía una y otra vez era:

—Dando vueltas... dando vueltas... dando vueltas...

El Tío Corp había vivido, literalmente, la vuelta de su vida. Tristemente, aunque resistió unos días, sus heridas eran demasiado graves para sobrevivir.

Lyle Sanderson fue enterrado una semana después, y aunque Dwight y Anna no llegaron al funeral, Kyle sabía que el futuro que se le había regalado era, en parte, gracias al hombre cuyo nombre él también llevaba.

CAPÍTULO 17

Mientras el verano comenzaba a despedirse con la puesta del sol, Kyle daba la última vuelta cortando el césped del terreno de su abuelo. Había estado ocupándose del terreno todo el verano, tras haber recibido el permiso de su abuelo para manejar el tractor cortacésped. Era su último día allí, y no podía esperar a que su madre viera lo bien que había aprendido a manejarlo.

—¡Buen trabajo, Kyle! ¡Puede que aún logre hacer de ti un granjero! —exclamó Liam, colmando de elogios a su nieto.

Kyle sonrió con orgullo bajo la adoración de su abuelo. Con Dwight, en cambio, no importaba lo que hiciera: nunca era suficiente. Cuando Kyle cortaba el césped con una podadora manual, Dwight se paraba al final del terreno con sus pantalones cortos, botas de trabajo y fumando en pipa, lanzándole órdenes y críticas. Le señalaba los surcos de pasto mal alineados y lo llenaba de desprecio. Un día, mientras Kyle removía la tierra en la huerta, Dwight le arrebató la pala de las manos y la arrojó por el jardín.

—¡Maldita sea, muchacho! ¿Ni siquiera sabes voltear tierra? A veces pienso que naciste estúpido —le gritó Dwight.

Dwight era un profesional a la hora de señalar los defectos de todos, menos los suyos.

Kyle saltó del tractor al ver que Dwight llegaba por el camino de grava de sus abuelos, preguntándose de inmediato por qué no era su mamá quien venía a recogerlo. El auto quedó estacionado a medio camino entre el césped y la entrada. Kyle supo en ese instante que algo no estaba bien, y no tardó en confirmarlo cuando Dwight se tambaleó al bajar del asiento delantero.

—¡Ven acá, pequeño cabrón! ¡Dale un abrazo a tu papá! —balbuceó Dwight.

—Parece que hiciste un buen trabajo cortando el césped del viejo. ¡Ojalá dejaras de bizquear cuando cortas el nuestro!

Entonces dirigió su mirada al tractor:

—¿Estabas con los ojos cerrados cuando estacionaste ese trasto para tu abuelo? ¡Diablos, un marinero borracho podría atracar un barco mejor que eso!

Las palabras de Dwight dolían, y el ánimo de Kyle se desplomó. ¿Por qué su papá no podía ser como su abuelo? El verano había sido tan divertido, lleno de aventuras, pero ahí estaba Dwight, listo para empujarlo otra vez hacia abajo, para recordarle su lugar bajo su pulgar.

—Déjate de estupideces, Dwight. Deja en paz al chico. Ha hecho un gran trabajo —dijo Liam, acercándose a Kyle y apoyando una mano en su hombro—. Además, ¿quién eres tú para criticar? Mira cómo estacionaste tu auto.

Dio un paso hacia él y dijo:

—Santo Dios, Dwight. ¿Cuánto has bebido?

—No lo suficiente, considerando lo loca que me tiene esa bruja con la que estoy casado. Abrió su negocio, y ahora parece que medio pueblo va a que le toquen el pelo —respondió Dwight con rencor.

—Suena como si estuvieras celoso. Deberías sentirte orgulloso de ella —protestó Liam—. También deberías estar orgulloso de estos muchachos. Son trabajadores, educados, y todos disfrutan de su compañía. Me duele decirlo, pero podrías aprender un par de cosas de ellos.

—¡Bésame el trasero! —gritó Dwight—. ¿Quién diablos eres tú para decirme cómo vivir? Échate la culpa a ti mismo. ¡Tú fuiste quien me crió!

Liam se dio vuelta y se alejó. Por más que le doliera admitirlo, tanto él como Naomi sentían una profunda responsabilidad por lo que Dwight había llegado a ser. Era una vergüenza para la familia, y ambos cargaban con esa culpa.

En lugar de entrar a la casa, Dwight gritó a los chicos que hicieran las maletas, cargaran el auto y se subieran.

—Estás demasiado borracho para conducir, Dwight —dijo Naomi, saliendo para intentar apelar al sentido común de su hijo de ojos enrojecidos—. Es demasiado peligroso. Entra, duerme un poco. Te haré un buen desayuno y puedes irte por la mañana.

—¡Ni loco! —le gritó de vuelta—. Estoy bien. ¡Chicos, suban al auto antes de que les dé una paliza! —estalló Dwight.

Con los niños a cuestas, Dwight salió dando tumbos por el camino y se metió en la carretera principal.

Naomi rodeó a Liam con los brazos y comenzó a llorar.

—Liam, ¿qué hemos hecho? ¿Qué hemos criado? Él necesita ayuda. Tenemos que rezar para que esos niños lleguen a casa sanos y salvos —sollozó Naomi mientras el auto desaparecía en el horizonte.

Dwight tomó el camino correcto para volver a casa, pero no pudo resistirse a hacer una parada en su viejo bar de siempre.

—Vamos, mocosos. Vamos a tomar una gaseosa y unas cervezas —insistió Dwight entre risas mientras les revolvía el pelo—. ¡Las cervezas para mí, las gaseosas para ustedes!

Al entrar en aquel local lúgubre, el olor del bar les dio una bofetada. El aire estaba impregnado de un aroma agrio, aunque dulzón. Botellas vacías rebosaban de los tachos de basura, desprendiendo un hedor rancio.

Los ojos de los chicos se abrieron como platos al observar lo que tenían frente a ellos. Aquello era un honky-tonk en toda regla. Los taburetes de la barra estaban repletos de hombres de clase trabajadora con gorras de camionero, mientras que las camareras, escasamente vestidas, se deslizaban entre los clientes como serpientes de lentejuelas.

Una mesa de billar y una de tejo llamaron la atención de los chicos, justo cuando el sonido de un dardo clavándose en la pared desvió sus miradas. Música country a todo volumen salía de la rockola, mientras un vaquero frotaba sus caderas contra una camarera que tenía una pierna levantada sobre su muslo.

Kyle y Timmy estaban recibiendo una "educación" normalmente reservada para hombres mayores de edad, pero por alguna razón, a Dwight no parecía importarle lo más mínimo cuán inapropiado era llevar a dos niños pequeños a semejante agujero del infierno.

—¡Mira nada más si no es Dwight el Perro Sucio! —saludó una mujer mayor, claramente habituada al lugar. Llevaba un labial rojo chillón, delineador gruesísimo y el cabello recogido en lo alto como algodón de azúcar en un palillo. Estaba claro que ambos se conocían desde hacía años, porque ella se le abalanzó y lo besó en la boca sin reparos. Dwight no solo no se apartó, sino que además le dio una palmada en el trasero y le devolvió el beso con entusiasmo.

Kyle y Timmy se miraron boquiabiertos. ¿Qué pensaría su madre si viera eso? ¿Deberían contárselo cuando volvieran a casa?

Dwight desapareció detrás de una cortina de terciopelo rojo mientras la mujer encendía una luz roja sobre la entrada del supuesto "salón de caballeros" del bar clandestino.

—Vuelvo en un minuto, chicas. Tengo que ponerme al día con un viejo cliente —dijo por encima del hombro, levantando el tacón de su pie izquierdo con coquetería—. ¡Entreténgame a los chicos un rato, ¿quieren?!

Dos camareras más jóvenes acompañaron a los niños hasta un reservado y les ofrecieron pequeñas botellas de Coca-Cola y un balde metálico lleno de maníes salados con sabor a cerveza.

—¿Tienen alguna canción favorita? Se las ponemos en la rockola —ofreció una de ellas.

Kyle se adelantó:

—No, señora. Pero gracias. Estaremos bien aquí. Agradecemos las bebidas y los maníes.

—Qué lindo eres —respondió ella con una sonrisa pícara—. Espero que vengas a visitarme otra vez cuando te salga tu primer pelito. —Soltó una risita, masticó su chicle con fuerza y se alejó moviendo las caderas como un pavo real desplegando su cola.

Finalmente, Dwight reapareció por la cortina con el cabello despeinado, la camisa a medio meter dentro del pantalón, dos botellas de cerveza en una mano y un cigarrillo encendido en la otra.

Durante las siguientes dos horas, se sentó en un taburete de la barra, bebiendo una cerveza tras otra y lanzando aros de humo con el puro que le había comprado al cantinero.

Timmy se quedó dormido en el banco tapizado de cuero rojo, acurrucado en la esquina del reservado. Kyle, por su parte, no le quitaba los ojos de encima a su padre, observando con una mezcla de asombro y desconcierto lo cómodo y feliz que se veía en ese ambiente, entre ese tipo de gente.

Eventualmente, Dwight giró sobre el taburete, miró fijamente a Kyle y señaló la puerta con el cigarro encendido entre los dedos.

Kyle sintió una tristeza profunda por las personas que había observado toda la noche. Vivir la vida desde el fondo de una botella era algo que sabía que jamás quería experimentar ni soportar.

El aire fresco de la noche fue un alivio bienvenido tras el humo espeso que invadía cada rincón del bar.

Dwight le lanzó las llaves del auto.

—Si puedes manejar ese maldito tractor, puedes manejar este carro. Sube tu trasero a ese asiento y llévame a casa, muchacho —dijo con un guiño torpe—. Yo me voy a acostar en el asiento trasero a echar una siestita. Solo mantén los ojos en la línea amarilla del lado derecho de la carretera y estarás bien.

Y con eso, Dwight cumplió su promesa: cayó inconsciente boca abajo en el asiento trasero con una botella de cerveza en la mano.

—Bueno, hermanito, sube. Voy a necesitar tu ayuda para mantener este viejo Ford en la carretera —dijo Kyle mirando los ojos aterrados de su hermano menor—. Podemos hacerlo. Somos un equipo, tú y yo.

Kyle jamás había conducido un Galaxy 500. Sus pies apenas alcanzaban los pedales y sus ojos apenas asomaban por encima del volante.

Giró la llave de encendido, y el motor cobró vida. El auto se deslizó lentamente hacia la oscuridad, y poco a poco comenzaron a avanzar por aquella carretera de asfalto, de doble sentido, entre curvas y sombras.

Pronto estuvieron completamente solos en la carretera, avanzando por la oscuridad de la noche mientras el doble escape del auto retumbaba sobre el asfalto. El olor a perfume barato de mujer llenaba la cabina del auto, testimonio persistente del reciente encuentro de Dwight, que se extendía más de lo que él probablemente habría previsto.

Los chicos bajaron las ventanillas delanteras y dieron la bienvenida al aire fresco de la noche, que olía a trigo recién cortado y girasoles. Las cigarras cantaban en busca de pareja.

Había una calma inesperada entre los hermanos mientras trabajaban juntos para guiar dos mil libras de acero entre las líneas blancas y amarillas que marcaban el camino de regreso a casa.

Hubo algunos momentos en los que las llantas del auto se salieron del borde del pavimento, y los faros de un tráiler provocaron que Kyle aferrara el volante con más firmeza. Aparte de eso, Kyle tomó el control de aquel pequeño barco como ya había aprendido a hacer en tantas otras situaciones de su vida.

Llegaron a su vecindario sin equivocarse ni una sola vez. Los muchos veranos conduciendo por esa ruta habían servido para grabarla en su memoria. Cuando los faros iluminaron la fachada de la casa, Anna salió corriendo del porche, completamente fuera de sí.

—¡Dios mío! ¿Dónde se habían metido? ¡Estaba enferma de preocupación! Tu abuela llamó hace horas para saber si ya habían llegado a casa —gritó con desesperación al ver a los chicos bajando del asiento delantero. De pronto, la realidad la golpeó de lleno—. ¡Kyle! ¿Qué haces manejando ese carro? ¿Y dónde está tu papá?

Dwight levantó la mano desde el asiento trasero del conductor, luego se incorporó con esfuerzo hasta quedar medio erguido y sonrió.

—Estamos bien. El muchacho maneja de maravilla.

Los niños agarraron sus cosas y corrieron hacia el interior de la casa. Anna los siguió y Dwight, tambaleándose, subió los escalones hasta el salón.

—¡Dwight! ¿¡En qué estabas pensando!? ¡Pudieron haberse matado todos! ¡No voy a seguir viviendo así! ¡Necesitas ayuda! —le gritó Anna como nunca antes—. Esto es ridículo. Pusiste en riesgo la vida de los niños. ¡Es una estupidez!

Dwight apretó el puño y lo estrelló con toda su fuerza en la cara de Anna.

—¡Cállate y no te metas en mis asuntos!

El golpe le rompió la nariz por segunda vez. Anna cayó hacia atrás por el pasillo mientras la sangre empezaba a fluir de inmediato desde su rostro. Dwight se lanzó hacia ella con furia, pero esta vez fue Kyle quien se interpuso entre sus padres.

La irrupción tomó a Dwight por sorpresa.

—¡Basta! ¡Déjala en paz! Solo está tratando de ayudarte —dijo Kyle con una voz firme, mucho más madura de lo que correspondía a su edad—. ¡Ya no más! ¡No voy a mirar esto! ¡Nunca más! ¡Detente!

Dwight se detuvo, miró a Kyle a los ojos, luego a Anna… y se echó a reír. Sin decir más, se dio la vuelta y se marchó.

Timmy estaba hecho un ovillo en una esquina, gritando, llorando y retorciendo un gancho de alambre entre las manos, completamente aterrado. Las cicatrices mentales se profundizaban, mientras el abuso físico y emocional parecía no tener fin.

El sonido del auto alejándose por la entrada de la casa trajo un alivio tan necesario como fugaz.

Kyle ayudó a su madre a llegar a la cocina. Abrió la puerta del congelador superior del refrigerador y dejó correr agua sobre la cubetera. Giró la manija y liberó los cubos de sus compartimientos, los echó en un cuenco y se lo pasó a su mamá.

Anna envolvió el hielo en un paño de cocina y lo colocó suavemente sobre su nariz, ahora rota por segunda vez. Mientras empezaba a llorar sin consuelo, sus hijos se sentaron a su lado, apoyando sus cabezas en los hombros de su madre. Juntos lloraron y se abrazaron con fuerza, sabiendo que el demonio al que llamaban papá los había dejado... por ahora.

—No podemos vivir así —susurró Anna apenas audible—. No puedo permitir que ustedes crezcan en este ambiente. Dwight va a volcar su furia contra ustedes y no lo voy a permitir. Lo mato antes de que eso pase.

Esa noche, Anna durmió con sus dos hijos. Apenas se movió, abrazándolos a cada uno con un brazo. Ellos eran su motivo para seguir, su ancla, su todo. Ahora vivía por ellos.

En unas pocas horas, el amanecer traería cambios drásticos. Cambios para mejor, aunque no sin consecuencias. Anna estaba decidida a romper ese ciclo. Nadie iba a detenerla esta vez.

CAPÍTULO 18

—¿Dwight? —preguntó el desconocido que apareció sin previo aviso en el muelle de carga.

—Ese soy yo —respondió Dwight mientras sacaba un montacargas del remolque del camión.

—Que tenga un buen día —dijo el hombre mientras le entregaba un sobre de manila—. Ha sido notificado oficialmente.

Dwight rasgó el paquete justo cuando vio al desconocido alejarse en una patrulla del sheriff del condado.

—¿Qué demonios es esto? —murmuró mientras leía el encabezado del primer documento—. ¿Orden de restricción? ¿Estás bromeando? —leyó en voz alta—. ¿Qué cree que está haciendo? Esto es una estupidez.

Luego soltó una carcajada.

—¿Divorcio? ¿También está pidiendo el divorcio? ¿Después de todo lo que hice por ella?

—Le voy a enseñar a esa maldita perra —gruñó lleno de furia mientras metía los documentos a la fuerza en su lonchera y abandonaba el sitio de trabajo—. Si cree que voy a tolerar esta ridiculez, se va a llevar una sorpresa.

Dwight manejó directo desde el trabajo hasta la casa. Para su sorpresa, el auto del sheriff estaba estacionado en el lote del salón de belleza.

Estuvo tentado a entrar y armar un escándalo. En vez de eso, rodeó la manzana y se dirigió al bar a buscar consejo del señor Jack Daniels. Una cerveza no bastaría para digerir esta clase de noticias.

Las horas empezaron a acumularse mientras seguían llegando los tragos de whisky. Cuanto más bebía, más enojado se ponía. Cuando cerraron el bar, estaba listo para estallar.

Impulsado por una cantidad impía de valor líquido, Dwight se metió en la entrada de su casa y marchó hacia la puerta principal.

—¿Orden de restricción mis huevos? Aquí mismo va a haber un ajuste de cuentas —masculló mientras intentaba meter la llave en la cerradura.

—¿Estás bromeando? ¡Cambió las cerraduras!

—Si cree que me voy a quedar de brazos cruzados, va a ver de qué estoy hecho.

Dwight se dirigió a la cajuela de su carro, soltando una sarta de palabrotas

Sacó la llanta de refacción de su soporte y regresó a la puerta.

Dwight no lo sabía, pero Anna y los niños lo observaban todo desde una ventana del dormitorio.

Si algo era Dwight, era predecible. Dale una cerveza de más y un mínimo motivo para molestarse, y estallaría en furia. Su blanco favorito era Anna. Pero esta vez ella estaba preparada. Llamó a la policía en cuanto él entró al camino de entrada. Ellos ya venían en camino, listos para intervenir.

Dwight levantó la llanta por encima de su cabeza y la estrelló contra la puerta. El golpe sacudió la casa. Anna y los niños corrieron al armario temiendo que la puerta no resistiera. Una y otra vez, golpeó la llanta contra la madera. Finalmente, el marco cedió y la cerradura reventó. Dwight se volteó y arrojó la llanta al jardín delantero. Rebotó justo frente a dos oficiales armados con pistolas desenfundadas.

—¡Manos arriba y de rodillas! —ordenó con voz firme y potente un oficial novato de casi dos metros de alto.

—Está arrestado por allanamiento de morada y por violar su orden de restricción.

A Dwight le gustaba una buena pelea, pero esta vez estaba en desventaja, superado en número y mirando el cañón no de una, sino de dos pistolas .38. Obedeció mientras le esposaban los brazos a la espalda y lo subían al asiento trasero de la patrulla.

Cuando las luces de emergencia dejaron de iluminar la casa y el vecindario entero, Anna salió al porche justo a tiempo para ver una grúa enganchar el carro de Dwight y llevárselo.

Miró al otro lado de la calle y vio al señor y la señora Brown en su porche. Ella estaba en bata de dormir y él, apoyado en sus muletas, se equilibraba sin su prótesis.

—¿Están bien, Anna? ¿Tú y los niños están a salvo? —gritó el señor Brown desde su porche—. Si necesitan quedarse aquí esta noche, son bienvenidos. Sabes que los queremos.

Anna contuvo las lágrimas y respondió como pudo:

—Estaremos bien. Todo va a mejorar pronto —dijo, les lanzó un beso con la mano y volvió a entrar para consolar a sus hijos, claramente despiertos por toda la conmoción.

Se veían tan tiernos e inocentes parados ahí en pura ropa interior. Eran casi las tres de la mañana, pero ese trío no estaba ni cerca de poder dormir.

—¿Quién quiere leche con galletas? —preguntó Anna con entusiasmo.

—¡Yo! —gritaron los dos al unísono.

—¡Pues vamos! Yo también quiero —proclamó ella mientras encendía la luz de la cocina.

Timmy sacó la leche bien fría del refrigerador y Kyle bajó el frasco de galletas del mostrador. Se sentaron a beber leche y comer hasta que no quedó una sola galleta. Era difícil saber si estaban de duelo o celebrando una victoria. Por las sonrisas y las risas que empezaban a empujar los miedos, claramente era lo segundo.

Ya no había vuelta atrás. El secreto estaba fuera. Dwight, el golpeador de esposas, abusador doméstico y alcohólico empedernido, estaba tras las rejas. Por fin enfrentaba las consecuencias de sus actos.

CAPÍTULO 19

Tras su visita a la cárcel del condado, Dwight decidió que lo mejor para él sería acatar la ley. No le gustaba en lo absoluto, y más de una vez estuvo a punto de desviarse y soltarle una buena a Anna, pero su mejor juicio terminó imponiéndose. Sin mencionar la amenaza constante de la policía, que patrullaba con regularidad la zona entre el bar y la casa.

Parecía que todo el pueblo se había interesado en la historia y estaba apoyando a Anna y a los niños. Para Anna resultaba algo vergonzoso, pero también le traía ayuda en muchos sentidos. Dwight no solo estaba perdiendo el control sobre ella y los chicos. Estaba perdiendo el control de su vida. Su falta de dominio propio estaba a punto de empeorar las cosas para él y para cualquiera que se le interpusiera.

Sorprendentemente, a Dwight se le permitió tener visitas regulares con sus hijos, siempre y cuando se comprometiera a comportarse y a recoger a los niños los fines de semana sin tener contacto con Anna.

La mayoría de las veces, los fines de semana con papá significaban un viaje para visitar a la familia de Dwight en Junction City. A Kyle y Timmy siempre les encantaba pasar la noche en casa de los abuelos. Además, sus primos siempre eran garantía de diversión.

En uno de esos fines de semana, Timmy tuvo que quedarse en casa porque le había caído alguna clase de virus estomacal. Esto significaba que Dwight y Kyle pasarían casi todo el fin de semana juntos.

En vez de quedarse tirados viendo caricaturas y comiendo cenas congeladas, decidieron hacer el viaje a casa de los abuelos y llenarse con comidas caseras y nuevas aventuras.

Todo había ido bastante bien. Dwight sorprendió a Kyle al comprarle una escopeta usada calibre 12. El arma era pesada y poderosa, y Dwight le enseñó a Kyle cómo usarla correctamente.

Kyle aprendió a apuntar, a bombear la recámara para cargar un cartucho, y luego a exhalar lentamente mientras apretaba el gatillo y disparaba una llamarada por el cañón, haciendo añicos una lata de hojalata en mil pedazos. Era aterrador y divertido al mismo tiempo.

Cuando el fin de semana ya estaba por terminar, Dwight decidió cerrarlo con broche de oro llevando a Kyle a un café local, un lugar sencillo donde la barra rodeaba la estación del cocinero. Los clientes se sentaban en banquitos redondos, con bases cromadas atornilladas al suelo. Los taburetes giraban con facilidad mientras los comensales se acomodaban y balanceaban los pies debajo del mostrador.

Era uno de los lugares favoritos de Kyle para almorzar. El olor a hamburguesas con cebolla frita tenía el don de duplicarte el hambre. Ese aroma tan potente se impregnaba en la ropa durante días.

—Doble carne y queso para mi muchacho —dijo Dwight al ordenar su versión del clásico "combo vaquero" del pueblo—. Y las papas bien crujientes, si no es mucha molestia.

Kyle no podía esperar para hincarle el diente a esa comida tamaño adulto: una hamburguesa apilada con una gruesa carne de res alimentada con pasto, tomates caseros, pepinillos, lechuga, queso, cebolla frita bien dorada y dos panes de ajonjolí tostados en mantequilla antes de ir a la parrilla.

La hamburguesa chisporroteaba en la plancha mientras el cocinero presionaba las carnes y les añadía la cebolla frita. A Kyle se le hacía agua la boca; sus ojos se agrandaban al ver cómo dos gruesas rebanadas de queso americano se derretían lentamente por encima. En poco tiempo, el plato llegó directo del fuego: hamburguesa, papas cortadas a mano y un batido de vainilla con cereza encima. Era tanta comida que un adulto difícilmente podría terminarla, pero Kyle no tuvo problemas en devorarlo todo. Una cosa era segura: no pediría segundos.

Al fondo del mostrador había una vitrina donde se vendían señuelos de pesca, cuchillos Buck, encendedores, barajas, municiones y pistolas. Parecía un sitio inusual para vender esas cosas, pero Junction City era un pueblo pequeño, y si había una necesidad, siempre había alguien dispuesto a satisfacerla, sobre todo si podía ganar unos dólares extra.

Mientras Dwight y Kyle se apartaban de la barra, satisfechos como garrapatas en verano, Dwight sacó su billetera del bolsillo trasero y le preguntó al dueño cuánto le costaría una de las pistolas y una caja de balas.

—Contando las hamburguesas y las bebidas, yo diría que con un billete de cien te vas contento —respondió el dueño del café—. ¡Y eso incluso incluye la propina!

—¡Me lo llevo! —dijo Dwight mientras se metía la pistola en la cintura, como si fuera un gánster a punto de asaltar un banco—. Hemos estado reventando latas de cerveza toda la mañana. Creo que le voy a enseñar al chico cómo se ganó el Oeste antes de regresar a la ciudad.

—¡Me parece bien, Dwight! —respondió el dueño—. Cuídense allá fuera, y por amor de Dios, no te dispares en el pie.

Dwight se echó a reír mientras él y Kyle se dirigían al auto.

—¿Qué dices si vamos al río a ver si le metemos un par de balazos a los peces que estén tomando el sol en la orilla? —preguntó mientras tomaba rumbo a las afueras del pueblo.

Kyle sonrió y asintió, aunque no estaba muy seguro de que fuera una buena idea.

—Antes de eso, papá va a parar a comprar una botellita de su golosina favorita, por los viejos tiempos —dijo Dwight mientras se metía en la licorería donde trabajaba Liam.

Entró y salió en un abrir y cerrar de ojos, con la clásica botella envuelta en una bolsa de papel marrón.

Kyle sabía que si su abuelo hubiese estado atendiendo, jamás le habría vendido a Dwight la causa de tantos de sus problemas. Aun así, Dwight destapó la botella de un tirón y bebió directamente, sin mezclador, sin pausa.

Ya se había tomado la mitad cuando apenas llevaban tres disparos del revólver. Dwight agitaba el arma con descuido, disparando a todo lo que se movía. El alcohol ya le estaba haciendo efecto. De manera extraña, empezó a hablar solo y pareció perderse en su propio mundo.

Caminó hasta cierto punto de la ribera arenosa y comenzó a recargar el arma como si estuviera en plena batalla.

Kyle no lo sabía, pero ese era el lugar exacto donde había sido concebido.

Dwight estaba reviviendo esa noche en su mente y, en su borrachera, disparaba una y otra vez contra las imágenes del pasado que danzaban frente a sus ojos. Gritaba fuera de sí mientras lanzaba el último disparo al aire:

—¡Maldita sea! ¡Maldita sea al infierno! ¡Ojalá nunca te hubiera conocido, perra! ¡Mira dónde terminé! ¡Mi vida es un infierno!

Se dejó caer de rodillas y empezó a golpear la arena con los puños. El arma estaba cubierta de barro y suciedad. Se arrastró hacia Kyle con espuma en la boca. Con los ojos entrecerrados, le gritó:

—¡Oye! ¿Qué crees que pensaría ella si tú no estuvieras aquí, bastardo?

Dwight tomó la caja de balas y empezó a recargar el revólver

—¿Cómo que "no aquí", papá? —preguntó Kyle, empezando a temer por su vida.

—¡Que no aquí! ¡No aquí! ¿No crees que eso la molestaría? ¿No crees que desearía no haberse metido nunca con el viejo Dwight

Dwight estaba perdiendo por completo la cordura. Parecía fuera de sí.

—¡Apuesto a que se arrepentiría de haberme pedido el divorcio!

Y con eso, apuntó el arma hacia Kyle, disparó varios tiros a sus pies y luego levantó el cañón directo hacia el pecho del niño.

—¡Papá! ¡Papá! ¡Papá! ¡Detente! ¡No hagas esto! —gritó Kyle con todas sus fuerzas. Quería correr, pero estaba paralizado por la incredulidad.

Dwight amartilló el arma. Estiró el brazo. Miró a Kyle directo a los ojos… y rompió en llanto.

Se arrodilló. Disparó el revólver hacia el río caudaloso y luego arrojó la pistola al agua turbia que corría con fuerza hacia el sur.

Empezó a llorar sin consuelo.

—¡Oh, Dios mío! Hijo, lo siento. Lo siento. Lo siento tanto —sollozaba mientras envolvía a Kyle con sus brazos.

Kyle se quedó rígido, con los brazos a los costados, incapaz de devolverle el abrazo. Estaba demasiado conmocionado. Lo único que quería era regresar a casa y estar lo más lejos posible de Dwight.

Era como si algo se hubiese activado en la mente de su padre. Un minuto era divertido y cariñoso… y al siguiente, un demonio salido directo del infierno.

Lo único que tenía claro Kyle era que iba a suplicarle a su mamá que no lo obligara nunca más a pasar tiempo con Dwight. Dwight estaba loco. Había perdido por completo la cabeza. Ningún niño debería vivir algo así.

No cruzaron ni una sola palabra en todo el camino de regreso, mientras Dwight tomaba la ruta larga hacia casa. Kyle se bajó del auto sin despedirse.

Dwight sabía que no debía tentar a la suerte.

Anna recibió a Kyle en la puerta.

—¡Entra, grandote! Tengo tu gulash favorito cocinándose en la estufa —le dijo con la voz más dulce.

Kyle abrazó a su mamá con fuerza, largo y apretado.

—¿Estás bien, cariño? —le preguntó Anna.

—Sí, señora. Supongo que... te extrañé mucho.

Anna lo miró fijamente, intentando leer en su rostro lo que pasaba por su mente. Pero entonces notó el arma en sus manos y retrocedió un paso.

—¿Qué llevas ahí? ¿Por qué estás cargando eso?

—Es una larga historia. Papá me compró una escopeta y me enseñó a matar latas de cerveza —dijo Kyle mientras caminaba directo a la mesa, atraído por el aroma de la comida de su mamá.

Mientras se sentaban a comer y Kyle le contaba algunos momentos del fin de semana, Anna notó algo distinto en él. Había algo en su expresión, en su voz, que no sabía explicar.

Cuando intentó preguntarle, él solo negó con la cabeza y dijo:

—Estoy bien, mamá. Solo que ya no quiero volver a ir con papá.

Kyle se comió dos platos de gulash, y Anna lo sorprendió con su postre favorito: pastel de chocolate con glaseado de vainilla, acompañado de gelatina de fresa con plátano. Era el remedio perfecto para todo lo que acababa de vivir. Esa cena tan cálida era un contraste absoluto con el terror que había soportado horas antes.

Mientras saboreaba su pastel, pasó por su mente el pensamiento de que tal vez nunca habría vuelto a tener una oportunidad como esta.

—Te quiero mucho, mamá. Eres una gran mamá. Siempre me haces sentir querido. ¡Y ni se diga que cocinas mejor que nadie!

Kyle estaba agotado por todo lo que había vivido. Caminó hacia el dormitorio que compartía con Timmy. El niño seguía enfermo en la cama, pero se incorporó cuando Kyle le mostró la nueva escopeta.

—Te extrañé, Bubba. Ojalá hubiera podido ir contigo a ver a papá —dijo Timmy.

—No te perdiste de mucho —respondió Kyle mientras se metía en su cama—. Buenas noches.

Deslizó la escopeta calibre 12 debajo de su cama, sabiendo que ahí estaría si alguna vez la necesitaba.

Se había enfrentado cara a cara con la muerte. Tal vez no era la lección que su padre pretendía enseñarle cuando le regaló el arma, pero Kyle había aprendido algo importante: haría lo que fuera necesario para proteger a su familia… incluso de su propio padre.

CAPÍTULO 20

A pesar de la advertencia de Kyle, Timmy insistió en que lo dejaran pasar el siguiente fin de semana con su papá. Kyle no podía evitar pensar que su hermanito estaba ilusionado con la posibilidad de recibir un regalo para él también.

Anna hizo todo lo posible por convencerlo de que pospusiera ese fin de semana lejos de casa.

Timmy empacó una pequeña mochila, besó a su mamá en la mejilla y le dio a su hermano mayor un abrazo de lado.

—Nos vemos pronto —anunció mientras se dirigía dando saltitos hacia el auto de Dwight.

Anna y Kyle se quedaron en la puerta, tomados de la mano, mirando a través de la puerta mosquitera oscurecida. Desde la calle no podían ser vistos, pero ellos sí podían ver claramente cómo el inocente corderito era entregado al matadero.

Con el tiempo, Kyle le había contado a su mamá la desgarradora historia de lo que había sucedido entre él y su padre en la orilla del río. Anna llamó de inmediato al sheriff, pero el hombre le aseguró que sería la palabra de Dwight contra la de Kyle.

—No voy a dormir hasta que esté de regreso en casa —dijo Anna mientras veía a Timmy alejarse con Dwight—. Me cuesta la vida dejarlo ir. Dwight está enfermo, pero no tengo cómo detenerlo. Lo único que me dan ganas es de huir lejos y llevarme a mis hijos conmigo.

Kyle compartía su forma de ver las cosas. Algo estaba muy mal en una sociedad donde un hombre podía golpear a su esposa, beber y conducir, y amenazar la vida de sus propios hijos. ¿Es que nadie podía ver hacia dónde iba todo esto? ¿Nadie leía las señales? Era una película de terror en la vida real, desarrollándose ante sus propios ojos.

Y fiel a su palabra, Anna no durmió en toda la noche. Caminaba de un lado a otro en su pequeña casa, retorciéndose las manos de preocupación. Ese era su bebé.

—Se supone que los tribunales y la ley están para proteger a las víctimas de violencia doméstica, no para obligarlas a volver a las mazmorras de sus captores —protestaba Anna en voz alta, sin hablarle a nadie. Recordaba bien lo que le había dicho el sheriff:

—Anna, eso suena terrible, pero realmente no podemos hacer nada hasta que él haga algo ilegal.

Anna no iba a esperar a que hiciera algo ilegal. Ya estaba harta de jugar el juego de Dwight. Con la decisión tomada, fue a su mesa de noche y sacó el pequeño revólver calibre .22 que había comprado para su protección personal. Metió la pistola en su bolso y salió furiosa por la puerta principal.

—Vuelvo en una hora —le gritó a Kyle—. Si en ese tiempo no regreso con tu hermano, llama a la policía y mándalos a la casa de tu papá.

Kyle no tenía idea de lo que pasaba por la cabeza de su madre, pero podía ver la determinación en su rostro. Miró el reloj, luego encendió la televisión, esperando alcanzar los últimos minutos de las caricaturas del sábado por la mañana. Era la distracción que necesitaba mientras esperaba, observando con atención el movimiento de las manecillas del viejo reloj de pie.

Aquel gran reloj con péndulo había sido comprado cuando Kyle era mucho más pequeño. Tenía que tener más de cien años y ciertamente había resistido el paso del tiempo. Venía de Alemania y mostraba señales de haber sobrevivido las luchas de dos guerras mundiales. La parte superior había sido reparada y barnizada luego de un incendio que casi lo destruye antes de tiempo.

La atención de Kyle se alejó del televisor y se fijó por completo en el tic-tac, tic-tac del péndulo, que oscilaba detrás de la puerta de vidrio biselado de aquella pieza de madera y engranajes, una verdadera obra de arte mecánica.

No había señales de su madre. Cuando el reloj marcó el mediodía, las campanadas lo hicieron sobresaltarse. Apretó la mandíbula mientras los minutos siguientes pasaban con lentitud. Si su madre y su hermano no aparecían pronto, solo podía imaginar lo peor. Tal vez, pensó, él sería el único sobreviviente.

Anna estacionó su auto bajo la sombra de un árbol, cerca de un parque, lo suficientemente lejos como para observar la casa de Dwight sin ser notada. Se quedó sentada en el auto con la ventanilla parcialmente baja para refrescarse un poco del calor abrasador. Pensaba en lo que vendría a continuación. Iba a tocar la puerta. Exigiría que Timmy se fuera con ella. Si Dwight se negaba, sacaría el arma y le dispararía entre los ojos.

Simplemente ya no podía más. Prefería que Dwight estuviera muerto y ella pudriéndose en el corredor de la muerte, antes que vivir sabiendo que él podría hacerle daño a uno de sus hijos.

Mientras abría la puerta del auto, el sonido de niños jugando en el parque la detuvo. Un grupo de niños corría y se turnaban para girar el carrusel.

Y justo en el centro de la diversión estaba Timmy. Reía y jugaba con todos sus nuevos amigos. Dwight, por su parte, estaba sentado en una banca fumando un cigarrillo y, como siempre, tomando una cerveza. Anna se recargó en el auto y se quedó ahí, observando con asombro cómo la vida, por un instante fugaz, parecía haberse detenido y lucía… normal.

Qué dulce podría haber sido. La idea de una familia pasando un día en el parque, riendo, jugando y disfrutando de la compañía mutua la llenaba de tristeza. Era una oportunidad perdida. Algo que jamás habían experimentado… y que ya nunca experimentarían.

El sonido de un auto que pasaba la sacó de su ensoñación. Miró su reloj. Había perdido la noción del tiempo y ya eran dos minutos pasados de la hora. Si Kyle había hecho lo que se le pidió, la policía estaría en camino. Se subió al auto y condujo a toda prisa hasta el teléfono público más cercano, sabiendo que no lograría volver a casa a tiempo.

Marcó el número con desesperación. Un tono de ocupado palpitaba en su oído. Colgó y volvió a llamar. Kyle contestó.

—¿Hola? —dijo suavemente—. ¿Mamá?

—¡No llames a la policía! ¡No los llames, Kyle! ¡Todo está bien! —dijo Anna, agitada—. ¿Los llamaste?

—Pues… estaba a punto. Levanté el teléfono para marcar, pero me dieron muchas ganas de ir al baño —respondió Kyle, soltando una risa tímida—. ¡Lo siento, mamá, de verdad no podía aguantarme!

—Uf… está bien. Ya vuelvo a casa —dijo ella, aliviada—. ¿Quieres ir por un hot dog con ensalada de col?

—¡Sí! —exclamó Kyle mientras colgaba el teléfono. Aquellos hot dogs eran de sus favoritos. Era algo típico del lugar. Nunca había probado uno igual en ningún otro sitio. Eran salchichas cubiertas con chili, queso, cebolla picada y la más deliciosa ensalada de col con mostaza que existía sobre la faz de la Tierra.

Se le hacía agua la boca mientras esperaba con ansiedad que su mamá llegara. Sintió un enorme alivio cuando vio el auto entrar en el camino de entrada. El resto de la tarde lo pasaron juntos, disfrutando de un tiempo especial entre madre e hijo.

Kyle se sentía importante, como un caballero moderno, mientras caminaba por la acera de la calle principal tomado de la mano de su mamá. Cuando llegaron a la plaza del pueblo, Anna lo retó a una carrera.

—¡El último en llegar al auto es tío de un mono! —gritó, y ambos salieron corriendo.

Kyle tomó la delantera de inmediato y llegó más de treinta metros antes que su madre. Anna se rindió pronto y se apoyó en un viejo roble que se alzaba en el césped. Cuando Kyle se dio vuelta, su cabello rubio-fresa captó un rayo de sol. Anna sonrió mientras recuperaba el aliento.

—Vaya, qué guapo eres… y además rápido como el viento —dijo mientras le daba un beso en la frente—. Voy a tener que mandar una nota a la escuela pidiendo que te mantengan alejado de todas las niñas bonitas.

Kyle se sonrojó y se quejó con un largo lamento:

—Mamá… ya para. Me estás avergonzando.

—Oye, es verdad. Eres un joven muy apuesto —respondió ella, al tiempo que comenzaba a aceptar, con ternura y asombro, que su pequeño estaba dejando de ser un niño.

El teléfono sonaba cuando entraron a la casa. Kyle corrió a contestar y reconoció de inmediato la voz del otro lado. Era Dwight, y hablaba con palabras arrastradas.

—Es papá. Quiere hablar contigo —dijo con pesar mientras le pasaba el teléfono a su madre.

—Se fue —dijo Dwight, con voz apagada.

—¿Qué quieres decir con eso, Dwight? —preguntó Anna con urgencia.

—El maldito mocoso se fue. Y es tu maldita culpa —soltó Dwight, y colgó el teléfono.

Anna intentó devolverle la llamada de inmediato, pero no contestó. Probó de nuevo.

—¿Hola? —murmuró Dwight, casi ininteligible.

—Dwight, pásame a Timmy —dijo ella con voz firme—. ¡Ahora! O llamo a la policía.

—Escúchame, perra, puedes llamar a quien quieras, pero eso no servirá de nada. No puede hablar. Te digo que se fue. Deja que eso te caiga encima. Pudiste haberme dejado después de todo lo que hice por ti, pero esto te pertenece. Es tu culpa. Tendrás que vivir contigo misma sabiendo que todo esto es por tu culpa

Y con eso, la línea se cortó. A Anna se le fue el alma al suelo. Casi se desmayó, pero se recompuso y llamó a la policía.

Cuando ella y Kyle llegaron a la casa de Dwight, ya había equipos SWAT y patrullas rodeando la propiedad.

Una voz retumbó por todo el vecindario desde un altavoz:

—¡Dwight, la casa está rodeada! ¡Entrega al niño y sal con las manos en alto!

Un helicóptero con reflector apareció en la escena, iluminando cualquier rincón oscuro que aún quedaba alrededor de la casa.

Dwight apareció en una ventana del segundo piso, en ropa interior y con un cuchillo de carnicero en la mano. La sangre le chorreaba por el antebrazo, y un cigarrillo colgaba de su labio inferior.

—¡El niño ya no está, les digo! ¡Lárguense y déjenme en paz! —gritó desde la ventana abierta.

—¡No disparen! —ordenó una voz por la radio policial—. ¡Esperen! No podemos arriesgarnos a perder más vidas esta noche.

Mientras los oficiales discutían si debían derribar la puerta principal, una figura familiar emergió de la oscuridad. Era John, el hermano mayor de Dwight.

Al parecer, un vecino lo había alertado de lo que estaba ocurriendo. Al enterarse, John corrió al lugar de los hechos.

—Déjenme intentarlo —dijo al oficial a cargo—. Creo que me escuchará.

No era la primera vez que John era llamado para intentar hacer entrar en razón a Dwight. Lo había hecho muchas veces a lo largo de los años. Con suerte, esta noche no sería diferente.

—Dwight, soy John —anunció a través del altavoz—. Voy solo. Solo quiero hablar. Nada más. Abre la puerta y déjame entrar.

Pasaron unos minutos y la puerta principal se abrió con un quejido. John fue dejado entrar.

Durante lo que pareció una eternidad, el silencio reinó en la oscuridad. Solo se escuchaba el sonido de los motores encendidos, mientras una ambulancia llegaba a la escena.

—Le doy cinco minutos más. Si no sale, entraremos a tomar el control de la situación —se escuchó por la radio policial.

Pasaron cinco minutos… y luego otros cinco. La policía se mantuvo paciente.

El comandante carraspeó y habló por el altavoz con voz clara:

—Dwight y John, tienen sesenta segundos para salir con las manos en alto. Si no lo hacen, entraremos por ustedes.

La puerta comenzó a abrirse.

—¡Prepárense todos! —ordenó el oficial al mando—. ¡Nadie dispara hasta que yo lo diga!

Una bota se asomó desde la parte inferior de la puerta. Era John, y cargaba lo que parecía ser un niño envuelto en una sábana.

Todos contuvieron el aliento mientras John descendía lentamente los escalones.

La cabeza de Timmy asomó desde la tela mientras sacaba un brazo del pliegue. Había estado llorando y era evidente que estaba traumatizado, pero salvo por el miedo terrible, ¡estaba vivo!

Anna corrió hacia su hijo y lo estrechó entre sus brazos mientras rompía en llanto, sin poder contenerse.

—Buen trabajo, John —dijo el comandante, mientras el hombre se dirigía con calma al camión del SWAT para informar a los oficiales sobre lo que había dentro de la casa.

—Mi hermano necesita ayuda. Está enfermo. Al parecer hizo todo esto para vengarse de su exesposa por el divorcio —

explicó John—. Envolvió a Timmy en una sábana y lo obligó a quedarse quieto mientras le lanzaba cuchillos. Luego lo metió entre la cama y la pared y le ordenó que no se moviera ni hablara. Creo que él mismo se cortó manipulando los cuchillos. Está sangrando bastante. Tal vez necesite atención médica.

—¿Está armado? —preguntó el líder del equipo SWAT.

—No lo creo —respondió John—. Cuando me fui, me agradeció por pasar a verlo como si nada hubiera ocurrido. Le dije que me llevaría a Timmy, y él solo levantó la colcha y se acostó a dormir.

—¿Me estás diciendo que… está dormido ahí arriba? —preguntó un oficial, incrédulo.

—Así lo dejé —afirmó John—. Ha estado bebiendo, y creo que finalmente se quedó inconsciente.

Los oficiales prepararon un ariete y entraron a la casa con las armas levantadas, listos para actuar.

Encontraron a Dwight profundamente dormido en medio de un mar de latas de cerveza, botellas de whisky y cuchillos de carnicero. La cama estaba cubierta de sangre, y como se sospechaba, se había cortado el antebrazo por accidente.

Fue esposado y trasladado a la cárcel del condado, donde pasó el resto de la noche.

Increíblemente, a la mañana siguiente no se presentaron cargos. El caso fue considerado una extensión de una disputa doméstica.

Como nadie había resultado herido de forma directa, se determinó que era un asunto privado que no requería intervención externa.

Una vez más, la ley había fallado a Anna y a sus hijos.

CAPÍTULO 21

Los últimos dos fines de semana habían dejado a Kyle con los nervios de punta, especialmente sabiendo que su padre seguía libre, andando por ahí como si nada. Parecía tan absurdo. Inconcebible, en realidad. Cada noche, se quedaba despierto en la cama mirando el techo de la casa amarilla, mientras los faros de los autos que pasaban se deslizaban por la oscuridad con un ritmo casi hipnótico.

Kyle observaba con atención, asegurándose de que ninguno de esos faros se detuviera en su entrada. Solo habría una razón, y una sola persona, para que alguien apareciera a esa hora de la noche, y si lo hacía, Kyle ya estaba listo.

Hacia las dos de la madrugada, cuando los bares cerraban, si en los treinta minutos siguientes no se oía ningún movimiento, Kyle sentía que podía bajar la guardia. Cada noche se dormía con la escopeta al alcance de la mano, por si llegaba a necesitarla.

Habían pasado unas semanas desde el alboroto de la policía. A diferencia de muchos chicos de su edad, a Kyle en realidad le agradaban los policías. Más de una vez lo habían detenido en la calle solo para preguntarle cómo estaba. Claro, ponían multas a los autos modificados y a veces podían intimidar, pero también tenían agallas y determinación. Operaban con un código de honor. Velaban por niños como Kyle y Timmy. Para él, los hombres de azul eran verdaderos héroes. Más de una vez habían estado ahí cuando su mamá los necesitaba. Y por eso, Kyle les estaría siempre agradecido.

Una tarde soleada, Anna y los niños estaban arrancando maleza en el jardín trasero de flores silvestres que bordeaba la propiedad del vecino. Después de que Dwight se fue, Anna había transformado la huerta en un enorme cantero de flores. Las casas del barrio eran pequeñas, pero los jardines eran amplios y no tenían cercas. Era el lugar perfecto para jugar a las escondidas con los chicos del vecindario.

Mientras Kyle se agachaba para arrancar una enorme diente de león de raíz, escuchó el rugido de un auto bajando por la calle. Un poco por curiosidad y otro poco por instinto, levantó la mirada para identificar de dónde venía el escándalo.

Era como se temía. Dwight venía a toda velocidad hacia su casa.

—¡Corran, todos! ¡Papá viene! ¡Vayan a la casa! —gritó Kyle, y todos salieron corriendo hacia la puerta trasera. Dwight los vio dispersarse. Su vehículo subió a la acera y trató de cortarles el paso, intentando atropellarlos. El parachoques del auto rozó la espinilla de Kyle, haciéndole un corte mientras saltaba para evitar ser aplastado por la parrilla del auto fuera de control. Al fallar su intento, Dwight dio un giro en el patio trasero, levantando una nube de tierra que cayó en el jardín del vecino.

Puso el pie a fondo en el acelerador y volvió a apuntar a sus posibles víctimas. Timmy se había quedado atrás y, por alguna razón, fue en dirección contraria al resto.

Anna y Kyle entraron de un salto por la puerta trasera y echaron el cerrojo. Anna corrió al dormitorio para llamar a la policía, y Kyle fue directo a su cuarto. Mientras alcanzaba la escopeta de calibre 12, cargada con cartuchos de perdigones para pavo, escuchó un estruendo potente: el auto de Dwight se había estrellado contra la parte trasera de la casa amarilla.

El corazón de Kyle se hundió. Imaginó que Timmy no había llegado a tiempo y que Dwight lo había aplastado contra el muro de piedra exterior, sepultándolo con el auto.

El motor rugió una vez más, seguido de otro gran estruendo cuando Dwight retrocedió con el auto y se estrelló contra el frente del salón de belleza.

De repente, todo quedó en silencio. Kyle aguzó el oído buscando señales de vida de su hermano. Escuchó una puerta del auto abrirse con un chirrido, seguida por el crujido de una puerta de la casa siendo derribada. Después, escuchó una tras otra ser pateadas con fuerza.

A medida que el ruido se acercaba, Kyle alzó la escopeta hasta el hombro. Las lágrimas le corrían por el rostro mientras bombeaba un cartucho en la recámara y se preparaba para apretar el gatillo y poner fin al ataque del loco que nadie, excepto él, parecía estar dispuesto a detener.

Si Dwight tenía un arma o un cuchillo, la decisión era clara: volarle la cabeza. Si estaba desarmado pero se negaba a detenerse, atravesarle el pecho con un disparo. Kyle ya había ensayado esta escena una y otra vez en su mente. No era un asesino, pero si tenía que proteger a su familia, no había otra opción.

Probablemente su hermano ya estaba muerto, o destrozado en el patio trasero. Su madre seguía al teléfono con la policía y Dwight arrasaba con la casa como si fuera el lobo feroz. Por desgracia para Dwight, este cerdito estaba listo para volarle el pecho al lobo que arrasaba con todo a su paso.

Dwight derribó la puerta de una patada y se encontró con el cañón de la escopeta de calibre 12 apuntándole directo entre los ojos. No estaba armado, así que evitó lo que, de otro modo, habría sido su muerte inmediata.

Kyle retrocedió un paso y bajó el arma hasta el centro del pecho de su padre. Dwight se quedó inmóvil y lo miró directamente a los ojos.

—Haz un solo movimiento más y te hago un agujero limpio en el pecho —dijo Kyle con una determinación que no temblaba—. No me pongas a prueba. Lo haré. Ni un solo paso más.

Las sirenas aullaban a lo lejos y, en cuestión de segundos, un grupo de policías irrumpió en la casa, equipados con trajes tácticos, fusiles automáticos y pistolas semiautomáticas, todas listas para disparar.

—¡Quietos! ¡Todos quietos! ¡Baja el arma! ¡Ahora! ¡Te dije que la bajes ya! —gritó uno de los oficiales con voz firme y autoritaria.

Anna salió del pasillo desesperada.

—¡No es culpa de mi hijo! ¡Es él! —dijo, señalando a Dwight con el rostro desencajado.

—¡Retroceda, señora! ¡Nadie se mueva! —ordenó otra vez el oficial—. ¡Nadie se mueva! ¡Deja el arma, hijo!

Dwight estaba extrañamente tranquilo. Con las manos en alto, dijo:

—Vamos, muchachos. Ustedes me conocen. Soy voluntario en los bomberos. Este chico está fuera de control, solo intento calmarlo.

—¡No le crean! ¡Está tratando de matarnos! —gritó Kyle, temblando por el torrente de adrenalina que lo recorría. Dwight no dijo más. Permaneció en silencio, manos en alto. Uno de los oficiales lo sujetó de los hombros y lo empujó al suelo.

—Quédate ahí —le ordenó.

Los otros dos policías seguían con sus armas apuntando a Kyle. Entonces, un agente de mayor edad dio un paso al frente y habló:

—Kyle, soy el oficial Stephens. Sabes que puedes confiar en mí. Ya estamos aquí. Todo va a estar bien. Entrégame la escopeta, hijo.

Kyle reconoció la voz. Era uno de los oficiales que lo había visitado de vez en cuando a lo largo de los años. La voz serena de Stephens lo fue calmando poco a poco, mientras extendía la mano y con cuidado bajaba el cañón de la escopeta hacia el suelo.

En el instante en que Kyle soltó el arma, Dwight se lanzó sobre él.

—¡Te voy a partir la cara, maldito mocoso! ¡Tú no eres el hombre de esta casa ni nunca lo serás! —vociferó.

Dos oficiales se abalanzaron sobre Dwight. Uno de ellos lo esposó de inmediato. Kyle se derrumbó contra el chaleco antibalas del oficial Stephens y hundió el rostro en su pecho.

Stephens le pasó la escopeta a otro agente y envolvió a Kyle en sus brazos mientras el chico rompía en un llanto incontenible.

El oficial, con los ojos húmedos, le murmuró con suavidad:

—Ya pasó, amigo. Ya pasó. Ahora estás a salvo.

—¡Quítale las manos de encima a mi hijo, pedazo de mierda uniformada! —bramó Dwight desde el suelo—. ¡A vos también te voy a romper la cara!

—Hoy no, Dwight —respondió de inmediato un oficial novato, de casi dos metros, que ya había visitado esa dirección en múltiples ocasiones—. Dame una razón, y con gusto te saco de aquí en camilla.

Levantaron a Dwight del suelo de un tirón y lo arrastraron fuera por lo que quedaba del frente de la casa, para luego empujarlo al asiento trasero del patrullero del joven agente.

Esa fue la última vez que Kyle vio a su padre en muchos, muchos años.

Anna entró al salón con el rostro desencajado, preguntando con urgencia si alguien había visto a Timmy.

En ese momento, el señor y la señora Brown aparecieron caminando con cuidado entre los restos del caos que se había desatado en la casa. Dwight no había perdido el tiempo: había destruido todo lo que se le puso por delante. El suelo estaba cubierto de vidrios rotos, muebles destrozados y tierra de macetas volcadas; una puerta demolida colgaba de una bisagra solitaria, resistiéndose a caer.

—¿Están hablando de este chiquillo testarudo? —dijo la señora Brown con una sonrisa en el rostro—. Se vino derechito a nuestra casa en cuanto Dwight perdió de vista a todos.

El señor Brown añadió:

—Yo solo agradezco que todos estén bien… y que Timmy supiera exactamente a dónde correr.

—Ustedes son increíbles —dijo Anna, apretando a Timmy con fuerza contra su pecho—. Mi amorcito… gracias a Dios que no te mataron.

En los días siguientes, Dwight compareció ante el mismo juez del condado que llevaba meses lidiando con su caso. El juez le retiró sus derechos parentales de forma definitiva y le ofreció un trato: si se iba del estado por cinco años, le concedería una condena suspendida con dos años de libertad condicional. De lo contrario, tendría que enfrentar una pena considerable por la destrucción y violencia que había desatado sobre su familia.

Dwight aceptó la sentencia, tomó el trato y desapareció rumbo a California para comenzar una nueva vida.

CAPÍTULO 22

La vida sin Dwight fue muy parecida al tornado que habían sobrevivido. Después de revisar los daños, con la casa hecha ruinas, simplemente estaban agradecidos de haber salido con vida.

Cuando se trataba de su infancia, los chicos solían decir que no tenían buenos recuerdos de Dwight. Era triste, pero cierto. Por más que intentaran recordar un momento en el que se hubieran divertido o reído con él, simplemente no podían hacerlo.

Kyle sí tenía un recuerdo que estaba teñido de felicidad, aunque al final, como la mayoría de sus recuerdos con Dwight, terminó cubierto de tristeza.

Durante años, Kyle había estado fascinado con la aviación. Uno de sus sueños era convertirse en piloto de avión. Ese sueño se vino abajo cuando descubrió que era daltónico y que no podría calificar para obtener la licencia. Aun así, desarrolló un interés por los aviones a control remoto y se propuso ahorrar su mesada para comprarse un kit con el que pudiera construir su propio avión modelo de control por cable.

Los aviones modelo de control por cable lucían como aviones reales, tenían motores reales y volaban atados al extremo de un cable. Una vez encendidos, el operador podía hacerlos volar en círculos hasta que se les acababa el combustible y planeaban hasta detenerse, o bien podía aterrizarlos en cualquier momento durante el vuelo.

En su décimo cumpleaños, Kyle recibió de sus abuelos exactamente el avión que tanto había soñado. No podía creer lo que veían sus ojos cuando sacó el U-Control Junior Aviator Aircraft de su empaque. Fue, sin duda, uno de los momentos más felices de su vida.

Al ver la emoción en el rostro de Kyle, Dwight le arrebató el avión de las manos, llenó el pequeño motor de combustible y caminó con él hasta un campo abierto en el parque local.

La emoción llenaba el aire mientras Kyle esperaba con ansias lanzar su sueño hacia las nubes. Pero su corazón se hundió cuando Dwight le dijo que tenía que esperar su turno, porque él iba a volarlo primero.

Dwight encendió el motor, y Kyle comenzó a saltar de emoción. Con el control del cable en la mano, Dwight jaló hacia atrás, enviando el avión al aire como lo haría un avión real.

Lamentablemente, el turno de Kyle nunca llegó.

Mientras el avión daba su primera vuelta, Dwight tropezó y cayó, haciendo que el avión subiera casi en línea recta hacia el cielo, en un ángulo de noventa grados.

Como de costumbre, Dwight reaccionó de forma exagerada: tiró con fuerza del cable guía y estrelló la nariz del avión contra el suelo. El fuselaje se hizo pedazos, las alas se desprendieron y la hélice se partió en tres trozos.

—Vaya mierda. No puedo creer que tus abuelos te hayan comprado una porquería tan barata —dijo Dwight, como si el problema hubiera sido la construcción del avión.

Los hombros de Kyle se desplomaron. Sus ojos se llenaron de lágrimas y se quedó inmóvil, atónito, mientras veía a Dwight alejarse arrastrando el avión como si fuera un perro muerto atado a una correa.

Al llegar a casa, Dwight levantó la tapa del bote de basura y arrojó los restos del avión a la basura. No se dijo nada más. El avión nunca fue reemplazado, y Kyle jamás olvidó la tristeza que sintió al ver cómo su padre literalmente enterraba su sueño en la tierra.

Eran esos los días que Kyle y Timmy estaban ansiosos por dejar atrás.

CAPÍTULO 23

—Shhh, silencio. Van a arruinar toda la operación si no se callan —susurró con cautela Randall. Era el más gracioso de la banda de hermanos que Kyle llamaba amigos. El grupo de chicos, aunque amable y bien educado, tenía una habilidad especial para meterse en travesuras tan descabelladas que por poco no acababan en la cárcel más de una vez.

Esa noche en particular, el objetivo era llenar de papel higiénico la casa de una porrista linda. El plan consistía en cubrir cada árbol de arriba abajo lanzando rollos de papel lo más alto posible.

Si el lanzador tenía suerte, el papel se enganchaba en la copa del árbol, y el rollo caía zigzagueando por las ramas más bajas hasta tocar el suelo, dejando un rastro blanco perfecto.

Las risas y murmullos de los ocho adolescentes casi delataban su presencia más de una vez. Los árboles del jardín parecían haber sobrevivido una nevada. Si uno ignoraba el césped verde, bien podría pensar que la porrista vivía en un paraíso invernal.

No había nada peor que despertarse y encontrar los árboles cubiertos de papel higiénico. Bueno, sí lo había: si el rocío de la mañana era intenso o si lloviznaba durante la noche. En ese caso, el papel se pegaba a las ramas y permanecía allí intacto por meses.

Por mucho que los padres lo odiaran, a las chicas les encantaba. Era un signo de popularidad. Significaba que los chicos se habían fijado en ellas y que harían cualquier cosa por llamar su atención... salvo dejarse atrapar.

—Ya casi terminamos. Ustedes vayan al auto y nosotros tocamos el timbre y los alcanzamos —susurró Randall mientras coordinaba el gran final de la misión secreta.

El último rollo fue lanzado hacia la luna. Por desgracia, fue demasiado fuerte y cayó en el techo de la casa con un golpe más sonoro de lo esperado.

Todos se congelaron entre un mar de papel higiénico cuando se encendió la luz del porche.

En un segundo, el papá de la porrista salió disparado por la puerta principal y exigió que todos se detuvieran. A pesar de sus mejores intenciones, ninguno de los chicos se quedó a saludar, despedirse ni confesar su crimen.

El hombre corrió al jardín en bata y pantuflas. Una ceniza cayó de su cigarrillo directo a una pila de papel ya usado. Mientras avanzaba hacia el borde del jardín para intentar ver mejor el auto de escape, un resplandor brillante en un gran olmo llamó su atención.

La ceniza del cigarro había encendido el papel y el fuego trepó por el árbol como una mecha de dinamita. La copa del árbol estalló en llamas, aunque se apagó casi tan rápido como se había encendido.

Si los árboles hubieran estado cubiertos de hojas secas de otoño, era probable que toda la casa se hubiera incendiado.

Afortunadamente, las hojas eran verdes y mucho menos propensas a arder en un infierno. Varios de los chicos no llegaron al auto y se quedaron escondidos entre los arbustos de los vecinos mucho después de que se apagaran las luces y el fuego en la casa de la porrista.

—Eso estuvo cerca —le dijo Randall a Kyle—. Nunca vi algo así en toda mi vida.

—Sí… ese árbol estaba casi tan caliente como Susie —bromeó otro de los chicos, riéndose mientras hacía referencia a la porrista dueña del jardín que acababan de invadir.

—¿Están listos para la próxima broma? —preguntó Phil, animando a la pequeña tribu de bandidos.

Phil era uno de los amigos de la infancia de Kyle. Se conocían desde el jardín de niños. Phil se mantenía cerca de Kyle y Timmy incluso en los días más caóticos, cuando Dwight llegaba borracho y golpeaba las puertas durante las pijamadas nocturnas.

Si las cosas se ponían demasiado locas, Phil se escabullía por la puerta trasera y caminaba hasta su casa a unas pocas cuadras. Era un amigo leal, y seguiría siéndolo durante muchos años.

—Yo me apunto —dijo Kyle, justo cuando los ocho chicos se apiñaban en el auto que había dado la vuelta para recoger a los rezagados.

—¿Qué vamos a hacer ahora? —preguntó Timmy.

—No lo van a creer hasta que lo vean —respondió Phil con una sonrisa pícara—. Digamos que... ¡va a apestar!

—¿Qué demonios estás haciendo? —preguntó Timmy al ver que Phil tenía los pantalones en los tobillos y una bolsa de papel cubriéndole el trasero.

—¿Qué parece que estoy haciendo? ¡Estoy cagando en una bolsa! —explicó Phil, usando lo que quedaba del papel higiénico.

—¿Qué? ¿Estás haciendo popó en una bolsa de papel? —dijo Kyle, perplejo—. ¿Y qué piensas hacer con esa bolsa de mierda?

—Miren esto, chicos —susurró Phil mientras se subía los pantalones y se dirigía al porche de la casa del director de su escuela secundaria.

—El señor Cramer está a punto de echarnos un bailecito. Ya verán...

Catorce ojos lo siguieron con atención total mientras Phil esquivaba plantas decorativas, estatuas de jardín y comederos para aves, acercándose al porche del señor Cramer.

Una vez allí, sacó un encendedor Zippo, lo encendió y acercó la pequeña llama a la punta de la bolsa de papel llena con lo que sin duda era más de medio kilo de popó.

En segundos, la bolsa estaba en llamas.

Phil tocó el timbre y golpeó fuerte la puerta principal. Luego, saltó por encima de los comederos y se reunió con sus amigos en el borde de la oscuridad.

La luz del porche se encendió. Un señor Cramer medio dormido vio las llamas en los escalones de su entrada. A pesar de ser las dos de la madrugada, se activó por completo y comenzó a pisotear el fuego con los pies descalzos.

Fue más el instinto que la razón lo que lo llevó a aplastar la bolsa con todas sus fuerzas.

Y entonces se dio cuenta: había sido víctima de una broma.

El olor del contenido le golpeó de lleno los sentidos. Levantó el puño al cielo con furia y corrió a buscar una manguera del jardín. Pisotear caca de perro ya era desagradable. Pero el hedor a excremento humano tibio, pegado entre los dedos de los pies, fue sencillamente insoportable. El olor a humo mezclado con desechos humanos se le quedó en las fosas nasales por días.

Los chicos hicieron hasta lo imposible por no estallar en carcajadas. Sabían que si los atrapaban, se metían en un lío serio. Pero la recompensa valía mucho más que el riesgo.

Cuando comenzó el ciclo escolar ese otoño, era casi imposible ver al señor Cramer en los pasillos sin echarse a reír al recordar al director, de pie en medio del desastre humeante de Phil, pisando llamas como si estuviera machacando uvas en una prensa de vino.

CAPÍTULO 24

os chicos habían sobrevivido a casi todo el verano sin
ser atrapados. Sus bromas se habían vuelto cada vez más
rutinarias, así que comenzaron a idear travesuras más
ingeniosas para aumentar la emoción de sus aventuras. Esta vez
se trataba de una serie de fechorías con automóviles.

Como la mayoría de los forajidos, los chicos habían
desarrollado cierto patrón en su estilo de travesuras.

En general, era fundamental no romper ninguna ley, no
dañar propiedad privada y asegurarse de que, aunque las bromas
resultaran incómodas para la víctima, al final lograran sacarles
una sonrisa resignada.

Los chicos crecieron en una época en la que casi nadie
cerraba con llave las puertas de su casa, y mucho menos las de
sus vehículos. Esto resultaba especialmente conveniente para las
bromas que involucraban autos.

—Pásame la linterna. Está más oscuro que una mazmorra
bajo este cofre —dijo Kyle, con la cabeza metida en el
compartimiento del motor del Chevy Impala 1975 de su
maestra favorita de la secundaria. Los profesores solían ser un

blanco ideal para los chicos. Ser víctima de una de sus bromas era más bien una muestra de cariño y simpatía que de rencor o venganza.

—Olvídalo. Necesito las dos manos para esto. Tú agarra la luz y alúmbrame justo detrás del faro mientras conecto este cable —insistió Kyle, esforzándose por instalar un puente entre los faros y la bocina del auto. Sus veranos en las granjas de sus abuelos y primos le habían enseñado bastante sobre maquinaria.

—Eso debería bastar —dijo al cerrar el cofre y limpiarse las manos grasientas en la parte delantera de sus viejos jeans azules—. La próxima vez que la señorita Hatcher encienda los faros, ¡la bocina va a sonar! Y no se va a dar cuenta hasta esta noche...

Como un reloj, los chicos se acomodaron al otro lado de la calle, en casa de un amigo, jugando básquet.

Al caer la noche, se sentaron en los cofres de sus autos a refrescarse con sodas, haciendo apuestas sobre a qué hora saldría la señorita Hatcher para asistir a la reunión de padres en la escuela. Poco después de las 7:30 p.m., la vieron caminar por la acera hacia su auto. Les sonrió y saludó mientras abría la puerta y encendía el vehículo.

Tal como esperaban, encendió los faros, y para su sorpresa, la bocina comenzó a sonar.

Apagó los faros y la bocina se detuvo. Los volvió a encender y la bocina volvió a sonar. Una y otra vez repitió la secuencia. Finalmente, se dio por vencida, retrocedió su auto con las luces encendidas y la bocina a todo volumen.

Los chicos se revolcaron de la risa sobre el césped al escuchar cómo la bocina se perdía en la distancia.

Unas dos horas después, se volvió a oír el sonido estridente acercándose por la calle. Para sorpresa de nadie, era la señorita Hatcher anunciando vergonzosamente su presencia a toda la cuadra.

Al estacionarse en su entrada, los chicos corrieron a ayudarla.

—¿Todo bien, señorita Hatcher? —preguntó Kyle, orgulloso de admitir que tenía un gran enamoramiento por ella.

Ella bajó la ventanilla del auto y respondió:

—Hola, Kyle. No sé qué está pasando, pero cada vez que enciendo las luces, suena la bocina.

—¿Le molesta si echo un vistazo bajo el cofre? —preguntó Kyle con una sonrisa encantadora—. Jale la palanca y veré qué puedo hacer.

Los chicos se daban codazos entre ellos mientras Kyle fingía ser un mecánico experto, jugueteando bajo el cofre del vehículo.

—Ah, creo que ya encontré el problema —dijo mientras se giraba, se untaba un poco de grasa en la mejilla y les guiñaba un ojo a sus cómplices—. Encienda ahora las luces.

—¡Lo arreglaste! —exclamó la señorita Hatcher emocionada—. Muchas gracias, Kyle. Fue la cosa más extraña.

La maestra bajó del auto, se acercó a Kyle, le dio un pequeño abrazo y un beso en la mejilla.

—Eres un chico tan dulce. Muchas, muchas gracias.

Los ojos de Kyle se abrieron como platos mientras, durante el abrazo, miraba por encima de su hombro y le guiñaba un ojo a sus compañeros de fechorías.

Mientras la señorita Hatcher se alejaba, el aroma de su perfume quedó flotando en el aire, y Kyle la observó mientras el viento jugaba con el vestido que le rodeaba las pantorrillas.

Quizás era unos años mayor que él, pero esa fue una broma que bien valió el esfuerzo. La repetiría una y otra vez, sin dudarlo, si eso le garantizaba un beso y un abrazo de la maestra más linda de toda la escuela.

No estaba seguro, pero creía que quizá... estaba enamorado.

Aún con la noche joven, los chicos hicieron un recorrido por el vecindario, buscando autos de compañeros de clase que estuvieran sin seguro.

Cuando encontraban uno sin cerrar, colocaban un palo del tamaño exacto entre el asiento del conductor y la bocina del auto.

En el momento justo, soltaban el palo para que ejerciera presión sobre el claxon y lo hiciera sonar de forma continua, hasta que algún residente saliera, confundido, en busca de la fuente del ruido.

Repitieron la misma broma una y otra vez durante toda la noche, sus carcajadas elevándose como aullidos de coyotes bajo la luna llena.

CAPÍTULO 25

—¿Viste que el señor Jenkins puso en venta su viejo Rambler? —preguntó Kyle a Phil mientras conducían por una calle lateral—. Me pregunto cuánto querrá por ese carro.

Kyle se detuvo y llamó a la puerta del señor Jenkins.

—Hola, señor Jenkins —dijo Kyle mientras estrechaba la mano del anciano—. Quería saber en cuánto está vendiendo ese hermoso AMC Rambler del 67.

—¿Así que quieres comprar mi viejo Rambler? —preguntó el señor Jenkins—. Mira, te voy a decir algo. Si te lo llevas hoy mismo, no sé qué te parecerá el precio, pero si me lo quitas de la vista antes del anochecer, te lo dejo en un dólar.

—¡Está bromeando! —exclamó Kyle.

—Un dólar y es tuyo. Ya estoy harto de lidiar con él —respondió con seriedad.

—¡Hecho! —dijo Kyle, sacando de su billetera un billete de un dólar. El Rambler encendió al primer intento. El indicador de gasolina marcaba poco más de medio tanque.

Kyle llamó a Phil para que se reuniera con él en el estacionamiento del supermercado local.

—¿Qué piensas hacer con esta carcacha? —preguntó Phil con una expresión de desconcierto—. Seguro que no vas a conseguir citas manejando este monstruo azul.

—Tengo una idea loca —respondió Kyle.

—Ya conozco esa mirada, y casi siempre significa problemas —dijo Phil.

—¿No te encanta ver esas carreras de demolición en la tele? —preguntó Kyle.

—¡Son buenísimas! —respondió Phil, ahora interesado.

—¿Y si llevamos esta mole al rancho de tu familia y le damos con todo? Hacemos nuestra propia carrera de demolición —propuso Kyle con entusiasmo.

Los chicos condujeron unos 16 kilómetros hasta las afueras del pueblo. Phil abrió la tranquera de la entrada del rancho. Eran unas 320 hectáreas de pastizales, llenas de terrazas de irrigación para evitar la erosión con las lluvias fuertes.

Phil se subió al asiento del acompañante del Rambler, y salieron disparados.

Si el Rambler hubiera tenido alas, habría volado por encima del pasto alto, según lo que marcaba el velocímetro. Kyle retrocedió hasta una cerca y luego pisó el acelerador a fondo. Sin pensarlo dos veces, se lanzó con el Rambler por las colinas y las terrazas. El auto pasaba tanto tiempo en el aire como en el suelo.

Después de un rato, los saltos empezaron a aburrirlos, así que comenzaron a hacer giros cerrados a toda velocidad. La meta era levantar el auto sobre dos ruedas sin volcarlo por completo.

Kyle y Phil estaban levantando tal nube de polvo que parecía una tormenta de arena, justo cuando la fuerza centrífuga hizo que el Rambler se recostara sobre el lado del copiloto. Si Phil no hubiera estado amarrado con el cinturón, probablemente habría salido volando y terminado aplastado por el peso del auto.

Mientras el polvo y la tierra se asentaban dentro del auto, los chicos se limpiaron los ojos, se miraron con asombro y gritaron al unísono con toda la emoción del mundo.

—¡Increíble, hermano! ¿Estás bien? —preguntó Kyle.

—Estoy bien, pero creo que tu carro ya vivió sus mejores días —contestó Phil.

Kyle salió por la ventana del lado del conductor y se subió al techo del auto. Phil lo siguió, se chocaron las palmas en un "high five" y luego saltaron al suelo.

—¿Crees que podamos ponerlo de vuelta sobre sus ruedas? —preguntó Kyle.

—Solo hay una forma de averiguarlo —respondió Phil.

Durante unos diez minutos empujaron con todas sus fuerzas, pero el viejo Rambler no se movía.

—Tengo una idea. Espera aquí —dijo Phil—. Ya regreso.

Quince minutos después, Phil apareció sobre una lomita montado en un pony Shetland.

—¿Qué estás tramando? —preguntó Kyle, sin poder creer lo que veía.

—Este es Clyde. O más bien "el Clydesdale" —dijo Phil con orgullo—. Ya sé que no parece gran cosa, pero este enano tiene fuerza de sobra. Clyde le va a enseñar al Rambler quién manda.

Phil ató una cuerda para terneros a un lado del auto y el otro extremo al arzón de la montura. Cuando la cuerda se tensó, dio la orden:

—Cuando cuente tres, tú empuja el carro y yo espoleo a Clyde. Te apuesto cincuenta dólares a que lo volcamos de vuelta al primer intento.

Para sorpresa de Kyle, el plan funcionó. Clyde se paró en dos patas, relinchó y cayó de nuevo sobre las cuatro, y con un tirón poderoso, puso al Rambler de nuevo sobre sus ruedas.

—¡Eso fue una locura! —exclamó Kyle—. ¡Qué día, y qué caballo!

Kyle volvió a subirse al asiento del conductor, giró la llave, y el Rambler arrancó de nuevo, listo para más acción.

Phil se acercó montado en Ol' Clyde hasta la ventanilla del carro de Kyle.

—¿Quieres echar una carrera hasta el granero? —preguntó.

—¡Dale, vaquero! Cuando toque la bocina, arranca —dijo Kyle, aplastando el claxon con una mano mientras la otra hundía el pie en el acelerador.

El sonido hizo que Ol' Clyde diera un salto de susto justo cuando las llantas del Rambler escupían tierra a casi cuatro metros detrás del escape.

Phil se inclinó y le susurró al oído al pony:

—¡Vamos, compañero, a toda máquina!

Al principio parecía que el Rambler iba a ganar sin competencia, pero las terrazas se convirtieron en un verdadero problema. Kyle tenía que frenar en cada subida para no enterrar el parachoques contra los montículos de tierra.

Mientras tanto, Ol' Clyde avanzaba con fuerza, levantando nubes de pasto seco. Justo cuando se acercaban al portón de alambre entre dos postes, Phil se dio cuenta, demasiado tarde, de que había dejado el cerrojo puesto.

En una serie de eventos tan absurda como inevitable, la montura empezó a deslizarse hacia el lado izquierdo del caballo, y Phil apenas si se sostenía. En ese mismo instante, Ol' Clyde se estrelló contra el alambre. El impacto hizo que el caballo diera una vuelta completa, lanzando a Phil por los aires. Voló unos tres metros, mientras la silla de montar terminaba colgando del vientre del pony como si fuera una bufanda mal puesta.

Phil cayó de pecho y se deslizó boca abajo como si estuviera robando base en una final de béisbol. Solo que esta vez, en lugar de llegar a home, aterrizó justo en el centro de una boñiga fresca de vaca. Milagrosamente, nadie resultó herido. Ni siquiera Ol' Clyde.

Mientras Phil intentaba incorporarse, Kyle llegó derrapando en el Rambler y soltó una carcajada al ver a su amigo sacándose pedazos de estiércol de adentro de la camiseta.

—¡Phil! ¿Estás bien? ¿Qué rayos pasó? Vi que la silla se te resbalaba, y lo siguiente fue verlos a ti y al pony volando por encima del alambrado —dijo Kyle mientras bajaba del auto para asegurarse de que su amigo estuviera bien.

—Aparte de tener la camisa llena de popó de vaca... creo que voy a sobrevivir —respondió Phil entre risas, mientras recuperaba el aliento.

—Lo único que podría superar lo de hoy —dijo Kyle, sonriendo— fue aquel invierno cuando metimos tu Honda Civic en esos bancos de nieve del tamaño de una casa.

—No puedo creer que entramos los ocho en ese carrito —suspiró Phil, ya rendido de tanto reír.

—Nos habríamos quedado atascados si no fuera porque todos ayudaron a empujar. Fue una locura pasar por esa nieve, rodeados de paredes blancas por todos lados. Tuvimos suerte de no estrellarnos contra algún auto enterrado.

Se sacudieron el polvo, subieron al Rambler y volvieron al pueblo.

Kyle estacionó el auto en una esquina muy transitada y puso un cartel en el parabrisas delantero que decía: Funciona perfecto. Precio negociable. $250.

El Rambler se vendió en menos de veinticuatro horas. Kyle dividió las ganancias con Phil. Después de todo lo que habían vivido juntos, estaba seguro de que su amigo se había ganado cada centavo.

CAPÍTULO 26

Dwight siempre le decía a Kyle que no tenía nada que hacer jugando baloncesto. El que había nacido con talento para los deportes era Timmy. Kyle, en cambio, debería encontrar algo más acorde a sus habilidades. Y el baloncesto no era una de ellas. Pero Kyle estaba decidido a demostrarle lo contrario. El problema era que Dwight tenía razón. Kyle tenía el físico ideal para el fútbol americano y el béisbol. El baloncesto simplemente no era lo suyo, pero eso no lo detuvo.

Cuando estaba en segundo año de secundaria, formaba parte del equipo escolar de baloncesto. Por su tamaño —más por su peso que por su altura— el entrenador Wilson solía usarlo en las prácticas para defender a los titulares del equipo A. Ninguno de ellos medía menos de 1,88 metros. El entrenador sabía que Kyle era fuerte y que no se intimidaba con facilidad, un rasgo que había aprendido de su papá.

—¡Entra, Kyle, y empuja a esos grandotes! ¡Haz que se lo ganen! —decía el entrenador mientras alineaba a Kyle en la línea de fondo frente a tipos que le sacaban entre 15 y 25 centímetros de estatura.

Era un trabajo brutal. Los de último año lo codeaban, lo empujaban al suelo, le pellizcaban los brazos y hacían todo lo posible para que se aflojara un poco en la marcación durante las prácticas.

Pero nunca funcionó. Kyle jamás cedía. Se mantenía firme con tal de endurecer a sus compañeros y ayudarlos a prepararse para enfrentar rivales difíciles. Y la estrategia del entrenador dio resultado. Aunque Kyle no formó parte del equipo que viajaba a competir, miró desde las gradas cómo su escuela ganaba el campeonato estatal de secundaria. Fue un día glorioso. Puede que Kyle no haya estado en la cancha cuando cortaron las redes, pero sabía que había sido parte del proceso que los llevó hasta allí. Y vaya que lo lograron.

Ser parte del equipo B significaba que a veces podía viajar con el equipo A. Los suplentes sabían que probablemente no jugarían, pero al menos les tocaba sentarse más cerca de las porristas. Solo por eso, a Kyle no le molestaba ocupar el último puesto del banco. Todo jugador del equipo B sabía que solo pisaría la cancha si el marcador mostraba una diferencia de por lo menos 30 puntos en el último cuarto.

En un partido fuera de casa, Kyle tuvo la oportunidad de calentar el banco cerca de las botellas de agua. Más que un jugador, parecía el encargado oficial de las toallas. Para el último cuarto, todos habían jugado, menos él. La diferencia en el marcador seguía creciendo, y Kyle supo lo que eso significaba: había una gran posibilidad de que el entrenador gritara su nombre. Cuando el reloj bajó de los 20 segundos, Kyle intentó desaparecer. Se recostó lo más que pudo sobre el respaldo del banco y rezó para que no lo eligieran. Era el único que seguía con el uniforme de calentamiento puesto, y a esa altura, ¿a quién le importaba si jugaba? Entrar al juego con tan poco tiempo sería un chiste... una vergüenza. No es que su entrada fuera a cambiar el curso del partido.

—¡Sanderson! —gritó el entrenador desde el otro extremo del banco—. ¡Sanderson, ven aquí! ¡Entra al juego de una vez! Y ahí fue cuando todo se volvió un borrón. Como si el tiempo se moviera en cámara lenta. Kyle se arrancó el uniforme de calentamiento y pisó la cancha. Un compañero le lanzó de inmediato un pase desde la línea de fondo. ¡Estaba en el juego!

Normalmente, recibir un pase así no habría sido un problema para la mayoría de los jugadores. Pero Kyle era del equipo B y esta era su primera vez en un partido oficial del equipo A, y como alero, no como base. No era precisamente conocido por su habilidad con el balón. Su fama venía por otro lado: era más bien un destructor. Entraba al partido, provocaba al gigante del equipo contrario hasta sacarle cuatro faltas, y luego volvía tranquilo al banco.

Kyle se sentía como si estuviera en trance mientras giraba y comenzaba a botar el balón rumbo a la canasta. Las luces eran intensas, el público era enorme y las animadoras agitaban algo más que sus pompones. Parecía como si el tiempo se hubiera detenido y todo el auditorio estuviera enfocado en él.

Cuando el reloj estaba por llegar a cero, Kyle cruzó la línea de medio campo y se encontró viviendo su peor pesadilla.

Justo al pasar la mitad de la cancha, el balón se soltó de su mano izquierda, pero en lugar de rebotar sobre el piso, cayó en la punta de sus zapatos. Entonces Kyle, sin querer, lo pateó con fuerza hacia el cielo en dirección al aro. Sonó la bocina… y la multitud estalló en carcajadas.

Kyle se quedó en mitad de la cancha, completamente asombrado. ¿Qué acababa de pasar? ¿Era un sueño?

Mientras sus compañeros lo rodeaban para burlarse y unirse a las risas, Kyle se dio la vuelta y corrió hacia el vestidor. En el camino, bajando las escaleras, golpeó su cabeza contra una tubería de agua, lo que le dejó un enorme chichón en la frente. El vestidor estalló en caos y carcajadas mientras Kyle se convertía en el centro de todas las bromas.

—¡Vamos, Kyle! ¿De verdad hiciste eso a propósito? —preguntó el capitán del equipo, disfrutando el momento—. Por un segundo pensé que estabas pateando un gol de campo y que ibas a darnos un punto extra.

El vestidor entero explotó en risas incontrolables mientras todos aplaudían el comentario del capitán. Kyle recogió sus cosas, bajó la cabeza y emprendió el viaje en autobús más largo de su vida de regreso al gimnasio del equipo.

Todo lo que podía pensar durante el trayecto era en lo que su papá le había dicho: que no era lo suficientemente bueno para jugar baloncesto. Y por cómo habían salido las cosas, parecía que debió haberle hecho caso.

Unos días después, el equipo tuvo una práctica en la noche para prepararse para un torneo importante. Kyle se había acostumbrado a quedarse después de cada práctica para ayudar al entrenador a dejar todo en orden antes de cerrar el gimnasio. Esa noche, mientras él y el entrenador aseguraban las puertas, el coach Wilson se volvió hacia Kyle y le puso una mano en el hombro, como haría un padre.

—Sabes, Kyle —dijo con ternura y total sinceridad—, creo que tanto tú como yo sabemos que no es muy probable que algún día seas titular en el equipo A.

Hizo una pausa, mirándolo con atención.

—Pero déjame decirte algo: si mantienes esa ética de trabajo y esa actitud, vas a llegar muy lejos en la vida.

Fue una lección poderosa—una que Kyle supo, en ese momento, que llevaría consigo para siempre. Todos tenemos la capacidad de levantar el ánimo a alguien. Una sonrisa, una palabra de aliento, una palmada en la espalda o unas pocas palabras amables pueden cambiar la perspectiva de una persona en su momento más difícil.

Un poco de positividad no solo ilumina un instante—tiene el poder de cambiar una vida entera.

Kyle había pasado gran parte de su vida necesitando con desesperación una señal de aprobación, y su entrenador se la dio. Le brindó aliento e inspiración de una manera que, sin duda, marcaría el rumbo de su vida.

CAPÍTULO 27

El básquetbol impactó la vida de Kyle de más formas de las que imaginaba. Estar en el equipo no era solo cuestión de ganar partidos o coquetear con porristas; se trataba de pertenecer a algo. Había un grupo en especial que llamó su atención. Eran chicos extrovertidos, genuinamente buena onda, divertidos e inclusivos. No parecía importarles de dónde venía Kyle, quién era su papá o lo que decían los demás en la escuela sobre su familiar.

Un día en particular, lo invitaron a algo llamado un "huddle". El nombre sonaba genial, y por el hecho de llamarse así, asumió que se trataba de algo entre atletas. En realidad, era un espacio donde los deportistas hablaban de sus retos personales y compartían lo que estaban atravesando. También comentaban cosas que estaban aprendiendo de un libro devocional que todos estaban leyendo. Al final de la reunión, oraban juntos y se quedaban un rato para ayudarse con las tareas.

Eran distintos. No distintos en un sentido raro, sino en uno auténtico. No eran insistentes ni trataban de imponer ninguna religión. Simplemente se juntaban, aceptaban a cualquiera, fuera deportista o no, que quisiera pasar un buen rato sin groserías, rudeza ni actitudes molestas. Kyle no sabía exactamente qué era lo que lo atraía, pero le gustaba la vibra de ese grupo, y quería entender más. Siguió asistiendo a los huddles, y hasta terminó compartiendo algunos de sus propios desafíos durante las reuniones.

Un sábado por la tarde, Lynn, uno de los chicos del grupo, invitó a los del huddle a su casa para asar hamburguesas y comer helado casero. Kyle fue recibido en la puerta por el papá de Lynn, quien llevaba un delantal de cuero y una espátula en la mano.

—Adelante, soy Mike, el papá de Lynn. Él está en el patio con los demás —le dijo mientras lo guiaba hacia el fondo de la casa, donde el aroma a carne asada y pan de hamburguesa tostado hacía rugir el estómago.

La mamá de Lynn estaba ocupada preparando el helado casero, pero dejó todo de inmediato y fue a saludarlo.

—Tú debes ser Kyle. Lynn nos habló de ti. ¡Nos alegra mucho que estés aquí! Soy Mary, la mamá de Lynn —le dijo con una sonrisa cálida.

Las hamburguesas estaban deliciosas y el helado aún mejor. A diferencia de otras fiestas de adolescentes a las que Kyle había ido, los papás de Lynn se quedaban con los chicos, riéndose, contando anécdotas y haciendo bromas.

Kyle nunca había visto a una familia tan acogedora y tan interesada en sus invitados. La hospitalidad era genuina y salía del corazón. La casa estaba llena de una atmósfera de paz y aceptación. Era algo que él jamás había experimentado.

Al despedirse, los muchachos agradecieron la cena, y Mike, limpiándose con el antebrazo los restos de helado de la boca, dijo:

—Nos vemos mañana en la mañana.

Al día siguiente era domingo, y Kyle asumió que el papá de Lynn había reservado un turno temprano en el club de golf.

—¿Ustedes juegan golf? —les preguntó a los chicos mientras se dirigían a sus autos.

—No, para nada, nos gusta más la pesca —respondió Steve, uno de los encargados del equipo de fútbol.

—Ah —dijo Kyle—. Pensé que tenían una partida de golf programada para mañana.

—No, hombre —explicó Steve—. Mañana vamos a la iglesia. Creí que alguien ya te había invitado. Lo siento, de verdad. Estás más que bienvenido. Creo que te gustaría escuchar al Pastor Catt.

A la mañana siguiente, Kyle se encontró sentado en una banca de iglesia con el grupo de chicos que lo habían hecho sentir en casa. Él no era precisamente un habitual en esos lugares. Apenas entendía cómo funcionaban esas cosas, pero no podía evitar pensar que ahí era donde pertenecía.

Esos chicos no eran unos fanáticos religiosos ni raros, como solía decir su papá de la gente de iglesia. Solo les gustaba estar juntos y apoyarse en la fe.

Durante los siguientes meses, Kyle empezó a rodearse de un grupo de amigos que serían parte de su vida para siempre. Nunca lo presionaron con su fe. Simplemente lo aceptaron y lo incluyeron en todo lo que hacían. Era natural que terminara encontrando la fe entre personas así.

La fe era algo que había faltado en la vida de Kyle, y una vez que la encontró, no la soltó jamás. Gracias a sus amigos y al Pastor Catt, descubrió una nueva forma de vivir, una manera diferente de ver la vida y de relacionarse con su familia y amigos.

Algunos dirían que encontró a Jesús. A él le parecía bien, pero prefería decir que había encontrado al Padre de los que no tienen padre. No se trataba de religión; era una relación íntima con el Creador del universo.

El siguiente domingo, Kyle se bautizó. El agua en la pila estaba tan caliente que parecía que hervía. Al meterse, se le erizó el vello de las piernas. Después le dijo a su mamá que el agua estaba tan caliente que creyó que el pastor quería "sacarle el infierno a punta de calor".

Anna se rió del chiste y le respondió que, considerando su árbol genealógico, ¡probablemente era justo lo que necesitaba!

CAPÍTULO 28

La gente en la escuela, y en todas partes, comenzó a notar un cambio en Kyle. Sonreía más, se reía más y parecía estar en paz. Nunca había sido un chico problemático, pero su hábito de leer la Biblia, asistir a la iglesia y participar en las reuniones del grupo estaban convirtiéndolo en el tipo de hombre que siempre había esperado llegar a ser.

Con Dwight fuera de escena, Kyle comenzó a asumir más responsabilidades en casa. Nadie se lo pidió, pero simplemente le pareció lo correcto.

Sabiendo que su mamá trabajaba muchas horas, Kyle y Timmy se encargaban de la ropa, limpiaban la casa e incluso preparaban el desayuno para la cena de vez en cuando.

Una noche, mientras Kyle limpiaba la cocina, notó un olor realmente desagradable. Supuso que se trataba de la basura, y aunque era su tarea menos favorita, sacó la pesada bolsa del cesto, la ató y salió rumbo al contenedor grande que estaba afuera.

El problema no era la tarea de sacar la basura en sí misma, sino los gatos de la vecina. Debía tener al menos 25, y los alimentaba regularmente. Pero cuando la señora se quedaba sin comida para gatos, sus animales se dispersaban por todo el vecindario en busca de restos en los basureros ajenos.

Cuando Kyle encendió la luz del porche, vio lo que parecían cientos de pares de ojos brillando en la oscuridad. Al quitar la tapa del contenedor, cuatro gatos saltaron como resortes, chillando y lanzándose sobre él con las garras extendidas. Kyle había llegado a odiar a los gatos.

Después de sacar la basura, el olor raro seguía presente. Durante varios días, Kyle, junto con Timmy y Anna, buscó la fuente del hedor sin encontrar nada.

—Kyle, creo que tenemos un problema serio —dijo Anna con una expresión de preocupación—. Creo que hay un gato muerto debajo de la casa.

—¿Y qué quieres que haga al respecto? —contestó Kyle horrorizado.

Ella lo miró con seriedad y dijo:

—Necesito que lo saques de ahí. Por favor. Si no lo haces, ese olor va a apestar toda la casa.

Kyle no tenía problema con convertirse en el hombre de la casa por defecto, pero la idea de arrastrarse bajo la casa en busca de un gato muerto le revolvía el estómago. Aun así, con tal de complacer, salió al patio y metió la cabeza en el agujero del espacio bajo la casa.

El veredicto fue claro. Los vapores fétidos y podridos de un animal muerto provenían de lo más profundo de un túnel angosto que recorría toda la vivienda.

Para empeorar las cosas, docenas de gatos salvajes corrían descontrolados en todas direcciones mientras la luz del sol, filtrada por la tapa retirada, iluminaba apenas una franja del oscuro y estrecho calabozo repleto de felinos desquiciados.

Kyle sacó la cabeza rápidamente mientras se le erizaba la piel por completo. Había una razón por la que lo llamaban espacio para arrastrarse. No había forma de moverse ahí dentro que no fuera como una serpiente pegada al suelo.

¿Y si los gatos decidían atacarlo, sacarle los ojos y clavarle los colmillos en el cuello? Kyle se estremeció con solo pensarlo.

Tenía que haber una forma segura de sobrevivir a los gatos enloquecidos y sacar el cadáver podrido de la oscuridad.

Entonces se le ocurrió una idea: ¿y si se ponía ropa extra, guantes, un abrigo grueso y su viejo casco de motocicleta con visera? Eso podría darle la protección necesaria por si era atacado.

No lo sabía en ese momento, pero días y decisiones como esta lo estaban formando como líder. Aprendió que los líderes se despertaban preguntándose cómo podían ayudar. Que debían tomar decisiones difíciles y actuar frente a la adversidad. Y que, ante todo, los líderes servían a quienes amaban.

Estaba convencido de que arrastrar un gato muerto desde debajo de la casa de su madre calificaba como entrenamiento para el liderazgo, sin duda.

Kyle se equipó como un astronauta improvisado listo para pisar la Luna por primera vez. Al meter nuevamente la cabeza por el agujero, apuntó su linterna hacia la negrura. ¡Los gatos enloquecieron! El polvo voló por los aires y los felinos salieron disparados como cohetes en el Día de la Independencia.

Por suerte, ni uno solo se atrevió a enfrentar al intruso. Todos querían salir, incluso Kyle.

Pasados unos minutos, el polvo se asentó y un silencio extraño se apoderó del húmedo vientre de la casa. El cadáver no se veía por ningún lado, pero el olor era más intenso que nunca.

Kyle se arrastró lo que le pareció una eternidad, revisando cada rincón. Al estirarse para pasar por un hueco que separaba un lado de la casa del otro, escuchó un sonido viscoso al apoyar la mano para impulsarse.

Había encontrado el objeto de su búsqueda, y era repugnante. El cadáver de un gato yacía de lado, mientras los gusanos hacían un banquete. Era peor de lo que había imaginado.

Kyle agarró al gato por la cola y trató de salir en reversa a toda velocidad. Si alguna vez hubo una escena salida del infierno, seguro era esa.

Ya afuera, tomó una pala del cobertizo y enterró al gato muerto cerca del terreno de la vecina. Esperaba que todos los gatos del barrio estuvieran mirando y entendieran que si se acercaban a su casa, pronto se unirían a su amigo en el cementerio felino.

CAPÍTULO 29

Kyle había desarrollado un espíritu emprendedor desde muy pequeño. Cuando era niño, montó una mesa de picnic en el jardín delantero de su casa y vendía vegetales frescos de la huerta familiar. Y mientras la mayoría de los niños criaban conejos como mascotas, Kyle y Timmy los criaban para venderlos como alimento. A la gente le encantaba. Un cartel en el jardín decía: CONEJOS PARA FREÍR $1. Los chicos no daban abasto con la demanda.

Con el tiempo, ampliaron su negocio y comenzaron a cortar el césped en el vecindario. Una tarde calurosa de verano, Kyle fue en su motocicleta a revisar un jardín que Timmy estaba cortando bastante lejos de su casa. Cuando Timmy terminó el trabajo, a Kyle se le ocurrió la idea de amarrar el mango del cortacésped a la parte trasera de la moto para que el regreso fuera más fácil y rápido.

Parecía una idea divertida, sobre todo cuando Timmy se subió encima del motor del cortacésped, abrazándolo como un vaquero a un toro salvaje.

Todo empezó bastante bien, pero a medida que la moto aceleraba, el cortacésped comenzó a zigzaguear de forma incontrolable, y Timmy apenas lograba mantenerse aferrado.

Justo cuando Kyle estaba a punto de perder el control del invento, las luces intermitentes de una patrulla aparecieron detrás de ellos, indicando que se detuvieran de inmediato.

Kyle miró por el espejo lateral con la esperanza de tener suerte, al reconocer al oficial que se acercaba negando con la cabeza.

—Chicos, ¿en qué demonios estaban pensando? ¿Quieren matarse o están ensayando para un acto de circo? —preguntó el oficial, haciendo un esfuerzo por contener la risa.

—Hola, oficial Bullard —dijo Kyle con humildad—. Supongo que esta no fue una de mis mejores ideas.

—Bueno, considerando que tu hermano parecía colgado con cara de terror, y que esta moto no viene equipada con enganche para remolque, creo que te iría mejor vendiendo vegetales y sacrificando esos conejitos tiernos por los que son famosos —dijo el oficial en tono severo.

—Le propongo algo. Si desamarran ese cortacésped y empujas la moto hasta tu casa, no te decomisaré la moto ni te pondré una multa.

—Sí, señor —respondió Kyle con rapidez, bajando de la motocicleta mientras Timmy se unía para ayudar a desatar el cortacésped—. No hay problema, señor. Muchas gracias.

—Muy bien entonces. Sigan trabajando duro, pero manténganse fuera de problemas y usen la cabeza. ¡Por el amor de Dios! —dijo el oficial mientras volvía a su patrulla.

El oficial tomó el micrófono de la radio al sentarse de nuevo en su asiento.

—Unidad 39 a base —dijo al establecer conexión con la central.

—Adelante, unidad 39 —respondieron al instante.

—El escuadrón motociclista cortacésped ha sido retirado de las calles. Sin daños. Sin multas. Se les indicó que caminaran el resto del camino. Cambio —dijo el oficial al informar sobre su parada.

—Recibido. Esos chicos son un desastre, oficial Bullard — contestó la operadora entre risas.

—Buenos chicos, sin duda. Especialmente considerando la situación en su casa —agregó el oficial antes de concluir—. Me desconecto por unos 30 minutos. Voy a hacer una parada para comprar algo de verdura fresca y un par de conejos para freír.

—Recibido. Sé exactamente a dónde va. Cambio y fuera — respondió la operadora.

Por el tono de su voz, era evidente que sonreía de oreja a oreja. Conocía bien a esos chicos. Todo el departamento de policía los conocía. Llevaban años protegiéndolos y apoyándolos.

Más adelante, ese otoño, Kyle consiguió un trabajo de medio tiempo como repartidor de repuestos para una empresa eléctrica local. Una tarde, Kyle estaba haciendo una entrega en una obra cuando el operador de una máquina perforadora subterránea le preguntó si podía ayudarlo a romper las uniones de la máquina que taladraba bajo una carretera donde pronto se instalaría un cable de alta tensión.

Kyle bajó del camión de reparto, deslizó una barra de extensión sobre una gran llave para tubos y la acomodó en el suelo para hacer palanca.

Se paró con las piernas separadas, directamente frente a la llave y la barra de fuerza, y dio la señal al operador para que hiciera girar la máquina en reversa.

Pero confundido con los controles, el operador envió la máquina en la dirección contraria.

La llave para tubos y la barra giraron violentamente en la dirección contraria y golpearon a Kyle en pleno rostro. El impacto lo lanzó hacia atrás y cayó de espaldas. La sangre brotó de inmediato. En cuestión de segundos, el equipo de trabajo lo rodeó, tratando de ayudarlo como podían.

—¡Dios mío, llamen una ambulancia! ¡Le destrocé la cara! ¡Creo que lo maté! —gritó el operador, completamente fuera de sí.

Kyle entraba y salía de la conciencia mientras el personal médico llegaba al lugar y hacía lo posible por detener la pérdida de sangre. Su pecho estaba empapado, y la sangre llenaba hasta sus órbitas oculares. Las heridas eran graves.

Lo último que recordó fue el rostro del oficial Bullard, que le sostenía la mano con fuerza mientras le decía:

—Aguanta, hijo. He visto cómo te enfrentas a cosas peores que esta. Vas a estar bien. Eres un luchador.

Kyle despertó en el hospital tras una cirugía de emergencia. El oficial Bullard estaba sentado junto a su cama, con Anna. Aún llevaba el uniforme ensangrentado. No se había separado de él en toda la noche.

Kyle intentó hablar, pero su rostro estaba tan hinchado que no podía articular palabra. Además, tenía la boca cerrada con alambre.

En ese momento entró el médico, y Kyle escuchó la conversación entre su mamá y el equipo médico.

—Es afortunado de estar vivo —explicó el doctor—. Si hubiera estado un centímetro más cerca de la máquina, el golpe habría empujado su nariz directamente hacia el cerebro. Si el impacto hubiera sido un poco más a la izquierda o la derecha, habría perdido la vista. Si lo golpeaba en la mandíbula, la habría pulverizado. Pero le dio justo debajo de la nariz. Dentro de lo terrible, fue el lugar "perfecto".

El médico continuó:

—Por el daño en el labio superior y los dientes, tuvimos que cerrarle la boca con alambres. Por suerte, había un cirujano plástico en el hospital cuando Kyle llegó a emergencias. Nos ayudó con la reconstrucción. Es una herida muy fea. El golpe partió su labio completamente, hasta debajo de la nariz.

Anna se derrumbó en llanto mientras el oficial Bullard intentaba consolarla. Parecía que su vida estaba marcada por la tragedia y los sustos al borde de la muerte. Esta vez, había sido demasiado. Pudo haber perdido a Kyle antes de nacer. Casi lo pierde al momento del parto. Estuvo a punto de morir en manos de un padre trastornado. Y ahora esto. Perderlo era algo que no podía imaginar. Kyle era, sin duda, un sobreviviente.

No pasó mucho tiempo antes de que Kyle pudiera salir del hospital. Ya en casa, se alimentaba de batidos con un popote. Lo más difícil era no reírse cuando sus amigos venían a visitarlo. Tenía que apretar su labio superior con la mano para evitar que los puntos se abrieran al reír.

Sus amigos no perdieron la oportunidad de hacer bromas sobre su cara maltratada.

—Vamos, chicos —decía Kyle—, ¿no saben que a las chicas les encantan las cicatrices? Te hacen ver rudo.

—Sí, claro —se burlaban—. Con suerte, alguna te vuelve a mirar en la vida.

Kyle les lanzó una almohada. Y sí, tenía suerte. Suerte de seguir con vida. No era la primera vez que sentía eso. Miró alrededor, a los amigos que lo acompañaban, y supo que, en realidad, era afortunado de muchas maneras.

CAPÍTULO 30

Kyle regresó a la escuela con una especie de cierre en el labio. No literalmente, pero así se veía. Eso generaba muchas conversaciones y, sorprendentemente, también lo convirtió en un imán para chicas. Las compañeras de la escuela ya lo consideraban atractivo y encantador, pero ahora tenían una excusa perfecta para expresarle su simpatía y admirar su fortaleza.

—Deberías postularte para el consejo estudiantil —le sugirió una de las chicas más lindas, mientras lo miraba coquetamente, pestañeando con intención.

—¿Yo? No, nadie votaría por mí. Solo soy un chico de clase trabajadora que vive al lado de las vías del tren —respondió Kyle, restándole importancia a la idea.

—Hablo en serio —dijo ella, y claramente lo estaba—. Yo te voy a nominar y también voy a hacer tus carteles de campaña.

La elección se realizó la semana siguiente, y Kyle ganó. Fue un gran impulso para su autoestima. Fortaleció su confianza y comenzó a construir la base para los roles de liderazgo que desempeñaría el resto de su vida.

Durante su último año de secundaria, lo animaron a postularse para presidente del consejo estudiantil, compitiendo contra un oponente muy popular entre los estudiantes más adinerados de la escuela. Para sorpresa de Kyle, ganó con amplia ventaja.

—Ganaste porque la gente siente que tú eres uno de ellos. Conoces a todos y ellos te conocen a ti. Aceptas a cada quien tal como es, y no perteneces a ningún grupo cerrado —le dijo su antigua jefa de campaña—. Eres un tipo fuerte que encontró a Jesús, pero lo tuyo es auténtico, y la gente lo nota.

Kyle se sintió genuinamente conmovido por sus palabras. Lo único que sabía hacer era ser él mismo. Entendía bien lo que significaba sentirse rechazado y no formar parte de los grupos populares.

Había pasado buena parte de su infancia y adolescencia aplastado por un hombre que no sabía cómo amar. Por eso, desde hacía tiempo, Kyle se había propuesto despertarse cada mañana buscando a "alguien" a quien amar ese día. Casi nunca perdía la oportunidad de cumplir con esa misión. A veces era la cajera de la tienda de la esquina, quien necesitaba sentir que alguien la valoraba. Otras veces, la señora de la cafetería que servía puré de papa. Podía ser también el conserje que trabajaba doble turno para llegar a fin de mes, o algún compañero de clase, maestro o entrenador que simplemente necesitaba sentirse querido. No importaba quién fuera, Kyle vivía sus días buscando cómo levantar a los demás, ayudarlos a darse cuenta de que sus vidas importaban, sin importar su rol o situación.

* * *

Las habilidades de liderazgo de Kyle eventualmente le abrieron las puertas a una beca universitaria estatal. La universidad era algo que Kyle había pensado de vez en cuando, pero nunca en serio, porque no tenía idea de cómo podría pagarla algún día. La beca por liderazgo le abrió puertas que jamás pensó que se abrirían para él. Como era de esperarse, aceptó la beca y se convirtió en uno de los primeros en su familia en asistir a la universidad. La beca le dio acceso, pero mantenerse allí requeriría también que participara en un programa de trabajo y estudio.

A Kyle no le molestaba trabajar duro por lo que quería. En una etapa de su vida universitaria, llegó a tener cuatro empleos distintos al mismo tiempo para poder seguir adelante. Hubo un semestre en el que tenía suerte si lograba dormir cuatro horas antes de ir a clases.

La universidad lo expuso a un mundo completamente nuevo. Había personas de todo tipo y de todas partes del planeta. Quería conocerlas a todas y aprender cómo era la vida en sus países. Ese interés en la gente lo llevó a ser elegido como representante en el senado estudiantil de la universidad y también a convertirse en asesor residente del dormitorio internacional. Esa convivencia con estudiantes extranjeros despertó en Kyle un fuerte deseo de conocer el mundo más allá de las planicies del sur de Estados Unidos. Pronto aprendió que las normas culturales no eran incorrectas en sí mismas, solo eran distintas, y que esas diferencias eran lo que le daba sabor a la vida.

Otra cosa que Kyle descubrió sobre sí mismo era que, a pesar de toda la madurez que le habían dejado los traumas vividos, aún le faltaban muchos conocimientos básicos sobre la vida cotidiana. Uno de esos detalles era cómo hacían los demás estudiantes para que sus camisas quedaran tan rígidas. Por más que se esforzara al plancharlas, nunca lograba que sus camisas se vieran tan impecables y firmes como las de los demás.

Un día en clase, se inclinó hacia un compañero y le preguntó cuál era el truco para que las camisas quedaran tan bien planchadas. El otro se rió y le respondió: "Todo está en el almidón, hermano. ¿Nunca has oído hablar de la tintorería?"

Kyle alzó las cejas, pensativo. Recordó haber visto un negocio con ese nombre en su pueblo, pero nunca había sabido qué hacían ahí. Convencido de haber encontrado la solución, compró un aerosol de almidón, leyó las instrucciones y se lo aplicó con entusiasmo. Por desgracia, por más que se esmerara al plancharlas y aplicar el producto, sus camisas no alcanzaban el nivel de rigidez que buscaba.

Arriesgándose a parecer un tonto, Kyle volvió con su compañero y le confesó su dilema. Compré almidón y lo usé cuando planché, pero algo debo estar haciendo mal. Mis camisas no quedan tan rígidas como las tuyas."

—¡Hermano, me estás matando! —le respondió entre risas—. Lleva tus camisas a la tintorería y pide almidón fuerte. Te juro que vas a caminar derechito el resto de tu vida.

Al día siguiente, Kyle reunió sus camisas y fue a la tintorería. No sabía bien qué decir, pero la mujer detrás del mostrador se encargó de todo.

—¿Cuántas tienes, cariño, y cómo te gusta el almidón? —le preguntó mientras empezaba a llenar un comprobante.

—Eh… seis—respondió Kyle—. Seis, con almidón fuerte.

—¿Para cuándo las necesitas? —preguntó sin levantar la vista.

—¿Necesitarlas para…? —repitió Kyle, confundido.

—Corazón, ¿alguna vez has ido a una tintorería? —preguntó la señora.

—No, señora —respondió Kyle.

—Déjame ayudarte. Regresa en dos días y tendrás estas camisas colgadas, listas para usar," dijo con una sonrisa.

—Disculpe —interrumpió Kyle—. ¿Cobran extra por las perchas? Yo ya tengo en casa.

—No, cielo, no cobramos. Y déjame darte un consejo. Si quieres que tus camisas queden firmes como las de los chicos de fraternidad… no estás en una fraternidad, ¿verdad? —preguntó con una pausa.

—No, señora. No lo estoy —respondió Kyle con interés.

—Ya me lo imaginaba. En fin, si quieres que tus camisas se vean como las de ellos, necesitas camisas de algodón cien por ciento. El almidón también funciona en las de poliéster, pero el algodón lo adora. ¿Tiene sentido?

—Sí, señora. Muchas gracias —dijo Kyle mientras se alejaba con un nuevo mundo de conocimientos sobre lavandería.

En su familia siempre habían comprado camisas de poliéster. Las de algodón costaban mucho más. Además, no podías meterlas a la secadora como hacías con las de poliéster, porque salían tan arrugadas como el hocico de un bulldog.

Pocos días después, Kyle caminaba por el campus como un soldado de juguete recién salido de su caja. Hacía lo posible por mantener una buena postura. Sus camisas almidonadas no le dejaban otra opción.

CAPÍTULO 31

Llegaron las vacaciones de verano, y eso significaba más tiempo con amigos y muchas oportunidades para fiestas, parrilladas y ponerse al día con la vida después de la secundaria.

Había ocho chicos con los que Kyle se había vuelto cercano a lo largo de los años. Según sus edades, algunos ya estaban en la universidad y otros aún cursaban la preparatoria. Varios de ellos eran hermanos, así que el cruce de edades los mantenía unidos, aunque también en diferentes etapas escolares. Lo que sí tenían todos en común era su amor por asistir al campamento juvenil más grande del mundo: Falls Creek.

Falls Creek recibía a miles de jóvenes cada verano. La reunión era tan grande que el campamento tenía hasta su propia oficina postal y, de la noche a la mañana, crecía hasta convertirse en una ciudad del tamaño de la cabecera de un condado. El propósito del campamento era crecer en la fe, pero habría que ser un tonto para no notar el potencial de conocer a alguien lindo durante las caminatas entre reuniones y actividades recreativas.

Las citas para tomar ICEE eran la excusa perfecta para conocer mejor a alguien. El calor del verano tenía a las parejas haciendo fila para disfrutar de esa bebida de hielo triturado con sabor afrutado, cuya consistencia se acercaba más a la de un smoothie que a la de un raspado tradicional. Las filas no parecían molestar a nadie, mientras tuvieran la oportunidad de charlar con un chico o una chica linda mientras soportaban el calor seco y las brisas polvorientas. Si no estaban en la fila del ICEE en una cita, probablemente se encontraban animando un partido de vóleibol, jugando sóftbol, nadando en la alberca olímpica o caminando por los senderos que recorrían las estribaciones de las montañas Arbuckle.

Después del servicio nocturno, había una hora libre en la que grupos de adolescentes deambulaban por las calles del campamento, básicamente recorriéndolo a pie como sus padres lo hacían en auto en las avenidas en los años cincuenta.

En una noche en particular, Kyle y su grupo de amigos estaban haciendo el recorrido. Las chicas bonitas eran tan numerosas como estrellas en el cielo, dispersas por todos lados.

No siempre era fácil llamar la atención del sexo opuesto sin parecer tonto o dar la impresión de ser demasiado lanzado. Kyle y los chicos tuvieron una idea. Era casi ridícula, pero para ellos, una genialidad absoluta. La idea era que Kyle y Gregory fingieran que Gregory había perdido sus lentes de contacto y se arrastraran por el suelo buscándolos. El resto del grupo debía rodearlos y pedir a los demás que se mantuvieran alejados para no pisar los valiosos lentes correctivos.

Kyle tomó un pequeño frasco de líquido para enjuagar los ojos, se arrodilló, se aplicó unas gotas en ambos ojos e hizo lo mismo con Gregory. Una vez colocados los aditamentos, los malos actores comenzaron a arrastrarse fingiendo llorar y buscar desesperadamente los lentes de contacto perdidos de Gregory. Pedían ayuda a cualquiera que pasara por ahí.

Era una escena patética por donde se la mirara, pero ¡funcionó! Los chicos que pasaban notaban de inmediato la actuación, pero las chicas, ya fuera por simpatía, ingenuidad o por ver la oportunidad de conocer a un grupo de chicos, se detenían y ofrecían su ayuda con toda disposición.

Al darse cuenta de que el tiempo para prolongar la farsa se estaba acabando, Gregory "milagrosamente" fingió encontrar sus lentes. Puede que los chicos se vieran ridículos y desesperados, pero el resultado fue que estaban rodeados de chicas bonitas. ¿Qué más podían pedir?

Una en particular llamó la atención de Kyle. Su corazón se aceleró al mirarla a los ojos. Su sonrisa parecía sacada de una película de Hollywood, y cuando habló, él apenas pudo evitar quedarse viéndola embobado.

—Hola, me llamo Kyle. Gracias por ayudarnos a encontrar los lentes de contacto de Gregory —dijo Kyle, tratando de sonar convincente—. ¿Cómo te llamas?

Ella respondió, pero la mente de Kyle ya había entrado en otra órbita. Era la chica más hermosa que había visto en su vida. Todo a su alrededor desapareció y lo único que pudo hacer fue mirarla a los ojos y soñar despierto. Cuando notó que sus labios ya no se movían —lo que era, además, otra distracción—, Kyle salió del trance en el que ella parecía tenerlo atrapado.

—Perdón, discúlpame... ¿cómo dijiste que te llamabas? —preguntó Kyle mientras se acercaba un poco más y percibía el aroma de su perfume.

—Me llamo Christine —respondió ella con una sonrisa adorable—. ¿De verdad creen que nos tragamos toda su escena?

—¿A qué te refieres? —contestó Kyle con una risita nerviosa y un leve suspiro de resignación—. Él sí usa lentes de contacto.

—Nunca dije que no usara lentes. Sabes a lo que me refiero —dijo Christine mientras se alejaba para unirse al grupo de chicas con el que había llegado.

Kyle no pudo evitar mirarla, hipnotizado por cada movimiento mientras se alejaba. Se quedó paralizado, seguro de que lo que sentía era el inicio del amor.

—Oigan, ¿alguien anotó el nombre o teléfono de alguna de esas chicas? —preguntó Kyle al grupo de amigos.

—Yo me encargo —dijo Lynn mientras levantaba no uno, ni dos, sino tres papelitos con números anotados—. Puede que no sea bueno con las palabras, ¡pero con los números soy un genio!

—¿Son números de por aquí? —preguntó Kyle.

—Al parecer, sí, mi amigo —continuó Lynn—. La buena noticia es que todas viven justo al otro lado del lago. Pero también hay una mala.

—Te escucho —dijo Kyle con curiosidad.

—Ninguna tiene novio, excepto una —explicó Lynn—. ¿Adivinas quién?

—No me digas… Christine —dijo Kyle con una voz desanimada.

—¡La clavaste, campeón! Lamento darte esa mala noticia. Definitivamente era la más linda, pero, oye, ¿a poco las demás chicas no fueron encantadoras? —dijo Lynn, haciendo una seña para que todos siguieran caminando.

Kyle sabía que Christine era especial. De hecho, creía que ella era "la indicada". No podía evitar pensar que Dios había orquestado todo lo que acababa de suceder para que se encontraran.

Puede que ella se hubiera ido, y que estuviera saliendo con alguien, pero para Kyle todo eso era temporal.

—Ah, oye, Kyle... ¿te mencioné que tiene catorce? —preguntó Lynn—. Baja de las nubes, viejo. Para un universitario como tú, es zona prohibida.

—No puede ser. Se veía mucho mayor. Se comportaba tan madura... —pensó Kyle—. Era tan hermosa —se dijo en silencio—. Puede que esté loco, pero no voy a rendirme todavía. Esperaré lo que tenga que esperar —le dijo a su amigo.

Resultó que las chicas sí vivían cerca, y eran tan agradables como los chicos habían esperado. De forma inesperada, el grupo de chicos y chicas se volvió muy unido, como amigos más que otra cosa. Kyle aparecía en las fiestas de vez en cuando y Christine también estaba allí. Él hacía todo lo posible por hablarle como a cualquier otra chica, manteniéndose tranquilo, respetuoso, pero su corazón lo traía de vuelta a ella.

Sabía que había una diferencia de edad, y sabía que ella estaba saliendo con otro chico, pero nada de eso importaba si ella era "la indicada".

Con el tiempo, la diferencia de edad no sería tan relevante, y según los rumores que circulaban, el tipo con el que salía no era precisamente un buen partido. Kyle decidió tomar una medida audaz y habló con la mejor amiga de Christine: Carla.

—Carla —dijo Kyle mientras estaba junto a una hielera cerca de la piscina en una fiesta.

—¿Sí, Kyle? —respondió ella.

Carla también era una chica hermosa. Tenía el cabello rubio y largo, una gran sonrisa y una personalidad encantadora. Todos la adoraban. Al igual que Kyle, muchas veces era el alma de la fiesta.

—Carla, quería decirte algo, y espero que pueda quedar entre nosotros —dijo Kyle en voz baja.

—Claro que sí —respondió ella, mordiendo la punta de un palito de zanahoria y guiñándole un ojo—. Te escucho.

—Carla, sé que Christine está saliendo con otro chico, y sé que yo soy uno de los mayores del grupo, pero… —Kyle hizo una pausa y la miró directo a los ojos.

—¿Pero qué? —preguntó ella con una sonrisa.

—Bueno, si algo llegara a cambiar en esa relación… ¿te importaría avisarme? —preguntó casi en un susurro.

—Señor Kyle, yo me encargo —dijo Carla con una sonrisa mientras se acercaba a él, invadiendo su espacio personal—. No solo me encargo, sino que me gusta cómo piensas.

Lo empujó suavemente con la cadera, sonrió y se alejó caminando.

Kyle se quedó ahí parado, preguntándose qué había querido decir Carla. ¿Se había pasado de la raya? ¿Acaso Carla sabía algo que él no? ¿Estaba intentando jugar a la celestina? ¿Pensaba que Christine y él eran almas gemelas? ¡Eso esperaba con todo su corazón! Fuera lo que fuera, tendría que esperar. Kyle tenía que levantarse temprano para ir a trabajar, así que se despidió antes de que terminara la fiesta y se fue a casa.

Lo que no sabía era que, para algunos de los que estuvieron ahí esa noche, esa sería su última despedida.

CAPÍTULO 32

El teléfono sonó en medio de la noche. Kyle oyó a su madre contestarlo e inmediatamente percibió la preocupación en su voz mientras hablaba en voz baja con la persona al otro lado de la línea.

Anna colgó el teléfono y comenzó a llorar mientras entraba en la habitación y se sentaba al borde de la cama de Kyle.

—¿Qué pasa, mamá? ¿Todo está bien? —preguntó Kyle incorporándose en la cama.

—Hubo un accidente terrible y algunos de tus amigos murieron en un choque —dijo ella, llorando sin poder controlarse—. Algunos padres querían asegurarse de que lo supieras y creyeron que querrías estar en el hospital. Hay preocupación de que otros no logren sobrevivir la noche.

Anna no dijo quiénes habían muerto, vidas apagadas demasiado pronto. No importaba quiénes fueran, la pérdida para Kyle sería igual de devastadora. Su amor por sus amigos no distinguía entre unos y otros. Los quería a todos por igual. La noticia dolería sin importar los nombres.

La sala de espera de emergencias estaba abarrotada de padres haciendo todo lo posible por consolar a sus hijos. Todos estaban llorando. Algunos se arrodillaban en círculos para orar. Otros abrazaban a sus amigos y lloraban sin poder decir palabra. Casi todos seguían en traje de baño o con toallas de playa envueltas alrededor de la cintura para mantenerse abrigados.

El papá de Lynn, Mike, vio a Kyle desde el otro lado de la sala y cruzó como pudo ese mar de dolientes para compartirle la terrible noticia.

—Kyle, lo siento muchísimo. Es algo horrible. Es trágico en todo sentido —dijo Mike, pero fue abruptamente interrumpido por Lynn antes de poder terminar su explicación.

Lynn se lanzó sobre Kyle y hundió la cabeza en su pecho, llorando con desesperación. Intentó hablar, pero las palabras no lograban salir. Tenía la garganta cerrada, los ojos inyectados y llenos de lágrimas. Le corría moco por la nariz y en las comisuras de la boca se le acumulaba espuma.

—Se fueron. No lo puedo creer. Se fueron —logró decir Lynn, empujando las palabras como si le arrancaran el alma. Cada una estaba impregnada de un dolor que cortaba el aire.

Kyle miró fijamente a los ojos de Lynn, desesperado por entender en medio del caos que lo sacudía.

—¿Quién se fue? ¿Qué pasó? ¿Quién murió? —preguntó mientras tragaba el pánico, intentando soltarse del abrazo torturado de Lynn. Sujetándolo por los hombros, insistió—: ¿QUIÉN?

—Carla y Rick. No lo lograron. Gregory está en cirugía, y creen que puede morir o quedar como un vegetal si sobrevive —dijo Lynn, luchando por mantenerse en pie. Se apoyó en Kyle y lo abrazó con fuerza, buscando alivio del trauma que pesaba sobre los corazones de todos.

Sin poder creer lo que escuchaba, Kyle se sentó en silencio entre sus amigos, tratando de juntar las piezas. Se sentía como si caminara entre ruinas, en una zona de guerra donde los sobrevivientes de un bombardeo intentaban entender lo que quedaba.

Por lo que logró entender, poco después de que él se fuera, algunos otros amigos también salieron temprano de la fiesta. Carla y Christine habían llegado juntas, pero cuando Christine tuvo que irse antes, Gregory se ofreció a llevar a Carla a casa.

Gregory acababa de comprarse un Ford Mustang convertible. Estaba completamente equipado, con un sistema de sonido de alta fidelidad, asientos de cuero y un motor potente. Brian y su hermanito Rick se subieron con Gregory y Carla, y todos salieron a toda velocidad para tratar de que Carla llegara a su casa antes del toque de queda de medianoche.

Gregory y Brian iban sentados adelante, y Carla y Rick en el asiento trasero, mientras el cabello largo y rubio de Carla volaba por encima del baúl del convertible.

La música sonaba a todo volumen mientras los amigos se movían al ritmo desde sus asientos, haciendo mímica como si fueran parte de una banda. Si hubiera sido un concurso de karaoke, sin duda habrían sido los ganadores absolutos.

Mientras cantaban sin preocupaciones, el aire fresco de la noche acariciando su piel, Gregory se distrajo al intentar adelantar al siguiente tema de su casete.

La carretera estaba completamente oscura, y una curva apareció de repente frente a ellos. Un tramo en construcción sin señalizar provocó que las ruedas del lado del acompañante del Mustang cayeran por un borde de un pie de altura sin protección.

Gregory entró en pánico e hizo todo lo posible por mantener el control del vehículo. Se estrelló contra señales de tránsito, barreras de madera, conos de seguridad y cinta amarilla de advertencia. Al intentar evitar chocar contra una enorme máquina niveladora, giró con fuerza el volante hacia la izquierda.

Se pasó de fuerza, y pronto el auto estaba fuera de control. Cayó en una zanja cubierta de pasto que separaba el tráfico en direcciones opuestas. Girando en círculos y dirigiéndose hacia los vehículos que venían de frente, el auto salió de la zanja, se elevó por el aire y voló de forma descontrolada.

Una familia de cuatro regresaba a casa por la autopista y jamás supo qué los golpeó cuando la parte delantera del Mustang se estrelló contra la ventana del conductor de su auto.

El impacto hizo que el Mustang diera vueltas, y las cabezas de Carla y Rick fueron aplastadas bajo el peso del auto al ser expulsados.

Brian quedó atrapado dentro del auto y casi muere desangrado cuando su espalda fue desgarrada al quedar arrastrado debajo del parabrisas delantero.

Gregory fue arrojado fuera del vehículo durante el choque, pero sufrió lesiones cerebrales graves al golpear su cabeza contra el techo del otro auto.

Los informes confirmaron que nadie del otro vehículo había sobrevivido al accidente. En cuestión de minutos, seis personas habían perdido la vida. Y ahora, Gregory luchaba por sobrevivir, y Brian sufría un dolor insoportable, con necesidad de múltiples cirugías y meses de rehabilitación antes de poder volver a caminar sin ayuda.

Negando sus propias emociones, Kyle fue de amigo en amigo, consolándolos y escuchándolos mientras expresaban su angustia y dolor. Por dentro, estaba destrozado, deshecho, roto. Pero, como había hecho de niño por su madre y su hermano, el protector y guerrero que llevaba dentro se levantó para afrontar la misión. De algún modo, logró encontrar fuerza interior y se aferró a la fe que tantas veces lo había sostenido en la tragedia.

Cuando el sol comenzó a filtrarse por las puertas automáticas de la sala de emergencias, un médico y su equipo entraron al vestíbulo para brindar la esperada actualización.

—Primero queremos que sepan que hicimos todo lo posible para salvar a Carla y Rick. Sus heridas eran demasiado graves, y no pudimos hacer más. Lo lamento profundamente —dijo el cirujano con el corazón pesado.

—La situación de Gregory sigue siendo crítica. Ha sufrido una lesión cerebral severa. Pudimos detener el sangrado y estamos haciendo todo lo posible para evitar que su cerebro se inflame. Si logra sobrevivir, el camino será largo. Honestamente, podría no volver a ser el mismo.

—Brian ha recibido más de mil puntos y ha tenido que someterse a varios injertos de piel. Está sedado. Nuestra mayor preocupación ahora es la infección. Nos tomó horas limpiar sus heridas de vidrio y grava. Espero que logre una recuperación total, pero pasarán meses antes de que su vida vuelva a parecerse a lo que era.

—Por último, queremos que sepan que nuestros pensamientos y oraciones están con ustedes. Nunca he visto un grupo de amigos y familiares tan afectuoso y solidario. Son afortunados de tenerse. Abrácense fuerte mientras hacen lo posible por recuperarse de esta terrible pérdida.

El equipo médico salió del vestíbulo en silencio, mientras una dolorosa quietud se apoderaba de la sala por varios minutos.

El cansancio finalmente comenzó a hacer mella en todos. Poco a poco, y con gran esfuerzo, los amigos empezaron a dejar el hospital.

Lo ocurrido esa noche fue un recordatorio sobrio de que nadie sabe cuándo dará su último aliento. Fue un recordatorio de no dar por sentado el privilegio de la amistad. Y sin duda, fue un recordatorio de abrazar un poco más, perdonar un poco más rápido y expresar amor y gratitud en cada oportunidad que se presente.

CAPÍTULO 33

El estacionamiento de la iglesia estaba repleto más allá de su capacidad mientras agentes de policía en motocicletas hacían lo posible por dirigir el tráfico y lograr que todos entraran antes de que comenzara el funeral.

Se trajeron sillas adicionales para acomodar a la multitud. Era como si toda la comunidad hubiera salido a despedir a un alma hermosa que se había ido demasiado pronto. Carla había sido una de esas personas que hacían sonreír a todos. Iluminaba el lugar cuando entraba. Todos la querían.

Mientras Kyle estaba sentado en una fila justo detrás de Christine, no podía evitar pensar en la última conversación que había tenido con Carla. ¿Le habría contado Carla a Christine sobre su cariño, o era un secreto que se llevaría a la tumba? Kyle sabía que eso estaba lejos de ser lo importante en ese momento. El dolor que llenaba ese evento tan sombrío había atrapado la mente de todos los presentes. Era tan absurdo, trágico e injusto.

Las lágrimas no eran suficientes. Los abrazos no alcanzaban. Las palabras amables se quedaban cortas. Los amigos de Carla caminaban en silencio. La tristeza cubría sus rostros. Habían perdido al corazón del grupo. ¿Cómo seguiría la vida sin el rayo de sol que Carla era para cada persona que tocaba? El ataúd descansaba con dureza al frente del auditorio. Sonaba música de órgano, y aunque se suponía que debía ser hermosa, se sentía más fantasmal que angelical al filtrarse entre los corazones entumecidos por el dolor.

Filas y filas de flores coloridas dificultaban la vista del altar. Se decía que se habían necesitado los esfuerzos de tres floristas de dos condados distintos para cubrir las necesidades del funeral de Carla. Nadie se sorprendía. Si hubiera habido más tiempo y suficiente inventario, no habrían bastado todas las flores del estado para aliviar el dolor que se había incrustado tan profundamente en el alma de los presentes.

Las palabras del ministro parecían adecuadas, pero nadie recordaría lo que dijo. Solo podían pensar que la dulce Carla descansaba ahora bajo la tapa de una hermosa caja de nogal que, en otras circunstancias, debería haber contenido el cuerpo de una anciana, no el de una estudiante de secundaria ni ex reina de belleza.

Nadie alzaba la vista. Las cabezas permanecían agachadas mientras las lágrimas manchaban el pequeño obituario de papel que intentaba, sin éxito, capturar lo que había significado la vida de Carla. Las palabras eran inútiles en ese entorno. No había manera de resumir una vida tan bien vivida, una vida hermosa en todos los sentidos. Si alguna vez alguien fue verdaderamente bello por dentro y por fuera, era Carla.

El servicio fúnebre estaba por terminar cuando se aproximaba el momento más temido. Nadie lo había llevado peor que Christine. Apenas podía mantenerse en pie mientras la realidad del momento la aplastaba. Kyle no pudo evitar notar la falta de empatía y preocupación del novio de Christine a lo largo de la ceremonia. El chico se sentaba rígido a su lado. Ni una sola lágrima asomó en sus ojos. No la rodeó con el brazo. Mientras las cabezas de los demás se inclinaban por el peso de la pérdida, él miraba alrededor del lugar y seguía subiendo la manga para ver su reloj.

Kyle sintió un oleaje de rabia subir desde lo más profundo. Le costaba no darle un golpe en la nuca a ese imbécil. Qué tipo tan egoísta e insensible. Kyle se inclinó hacia adelante y puso la mano sobre el hombro de Christine. Le susurró al oído:

—Ella te quería. Eras su mejor amiga.

Christine dobló el brazo, sin dejar de mirar hacia el frente, y colocó su mano encima de la de Kyle, dándole unas suaves palmadas.

El corazón de Kyle se encogió al sentir que una parte del dolor de Christine se trasladaba a sus propios hombros. Ese tipo de cargas eran para compartir. Nadie debería enfrentar una pérdida tan grande estando solo, y menos en medio de un mar de amigos.

El director de la funeraria se acercó al ataúd y retiró con delicadeza un arreglo de magníficas rosas rosadas que descansaba encima. La tensión se apoderó de todos en la sala. Nadie quería vivir lo que vendría a continuación, pero todos sabían que ese momento era necesario para encontrar cierre.

Kyle se habría sentido satisfecho si el último recuerdo que tuviera de Carla fuera aquel en la fiesta. Había estado tan encantadora, juguetona y solidaria. La idea de que ese fuera su último encuentro le rompía el alma.

Cuando empujaron la tapa del ataúd hacia atrás, un silencio fúnebre y un suspiro general recorrieron cada espíritu presente.

El director funerario se alejó, y allí estaba ella, su cuerpo inmóvil, vestido con un hermoso vestido rosa. Comenzaron a formarse filas para la procesión frente al cuerpo. Un silencio reverente cubría a los dolientes. Al acercarse, Kyle apenas podía avanzar. Era ella, pero ya no se parecía a ella. Su hermoso rostro estaba hinchado más allá del reconocimiento. El maquillaje empolvado ocultaba moretones oscuros. Sus labios, sin la sonrisa que la definía, estaban cerrados con un pegamento mortuorio que había dejado una costra seca entre ellos.

Y entonces, lo que vio a continuación casi lo hizo caer de rodillas. Christine se acercó al ataúd con lentitud y calma. Su fortaleza mental y determinación eran estoicas mientras miraba el rostro de su amiga y, con una delicadeza infinita, besó la frente fría y húmeda de Carla y sostuvo su mano por última vez. Cómo había logrado llegar hasta allí era algo que Kyle no podía comprender.

Christine lloraba en silencio, pero con una tristeza profunda, mientras acariciaba el cabello de Carla. La herida había sido principalmente en la parte trasera de la cabeza. La almohada que la sostenía ayudaba a ocultar la zona donde los cirujanos habían tenido que afeitar sus mechones dorados en el intento de salvarle la vida. Los esfuerzos médicos no habían funcionado, y la vida que había estado llena de alegría y vitalidad fue aplastada y destruida en un instante. Su cuerpo seguía ahí, pero Carla ya no estaba.

Kyle tenía una comprensión profunda de que la vida era más que lo físico. Había otra dimensión, una que no se veía, pero que existía en un plano donde ahora habitaba el alma de Carla. No podía evitar pensar que algún día volverían a encontrarse, de una manera nueva y distinta.

Junto con otros amigos varones de Carla, Kyle puso sus manos en las agarraderas del ataúd. Hicieron lo posible por mantener la cabeza en alto, tratando de rendirle un último honor con dignidad. Las lágrimas corrían por sus mejillas mientras deslizaban la pesada caja de madera dentro del auto fúnebre.

La procesión se extendía por más de un kilómetro. Agentes motorizados cerraban intersecciones una tras otra mientras la larga fila de autos negros avanzaba lentamente hacia el cementerio. El viento soplaba con suavidad mientras se formaba una tormenta en el cielo del oeste. Las nubes traían un alivio necesario al calor del verano.

Una vez que los jóvenes colocaron el ataúd en su lugar de descanso final, se hicieron a un lado para que la familia de Carla y su mejor amiga pudieran despedirse. Mientras Christine lloraba de pie en soledad, Kyle ya no pudo contenerse. Pasó junto al novio de Christine y la tomó entre sus brazos. Juntos lloraron y se consolaron en un abrazo apretado, lleno de dolor y compasión. Kyle colocó una mano en la nuca de Christine y le susurró con ternura al oído:

—Lo siento tanto. Sé que ella era todo para ti. Estoy aquí para ti. No tienes que pasar por esto sola. Te amo.

Kyle limpió una lágrima de la mejilla de Christine, rozó con sus labios su frente en un suave beso y luego se apartó.

A excepción del funeral de Rick, el grupo de amigos no volvió a reunirse. No podían soportar estar juntos sin la presencia de Carla. Era su forma de hacer el duelo. Ninguno volvió a ser el mismo.

Con el paso de los años, llegó la graduación para muchos de ellos, y sus prioridades pasaron a ser la vida universitaria. Kyle había sido paciente, esperando por Christine, tal como siempre supo que haría.

Pasaron algo de tiempo juntos antes de que ella llegara al campus universitario, pero Kyle sentía la necesidad de expresar sus sentimientos con claridad y formalizar su relación antes de partir hacia un trabajo en el Senado de los Estados Unidos en Washington D.C. Las relaciones a distancia nunca eran fáciles, pero ¿cómo podía negar que esa chica le había robado el corazón?

Se preguntaba cómo podía saber uno si había encontrado el amor verdadero. Lo único que sabía era que no podía imaginar pasar el resto de su vida sin ella. Estarían separados, pero su corazón estaría con ella, sin importar cuánta distancia los dividiera.

Se habían acercado y hasta se habían besado. Había debate sobre quién había iniciado ese beso. Habían estado juntos más de un mes antes de que sus labios se tocaran. Kyle juraría por años que ella se había inclinado y le había robado un beso. Christine lo negaría para siempre. Él sabía cómo lo recordaba, y fuera como fuera, había sido más allá de sus sueños.

Antes de partir a la capital del país, Kyle encontró la oportunidad de desbordar su corazón. Sentados junto a la chimenea de la casa de su hermandad, la miró a los ojos, tomó sus manos y le dijo en voz baja:

—Te amo.

No hubo respuesta. Nada. Christine ofreció una pequeña sonrisa, le dio una palmadita en los muslos, lo abrazó y le pidió que le escribiera mientras estuviera lejos.

No sería sino hasta un receso por las fiestas que Kyle sabría que ella sentía lo mismo, pero en ese momento estaba demasiado abrumada para decirlo. En su momento, la falta de respuesta de Christine lo había lastimado un poco, pero estaba decidido a no rendirse con la chica de sus sueños.

CAPÍTULO 34

El profesor Bennett había aceptado un trabajo en Washington D.C., y cuando vio una vacante en el Senado de los Estados Unidos, pensó en Kyle. Gracias a sus contactos en liderazgo, Kyle recibió excelentes recomendaciones de parte de uno de los senadores de su estado, del presidente de una estación local de televisión y del propio profesor Bennett.

La llegada de Kyle a Washington D.C. fue verdaderamente monumental. Quedó impresionado por los majestuosos edificios, los hermosos cerezos en flor y la cantidad de líderes mundiales que estaba conociendo cara a cara. No solo eso, muchos de esos líderes eran figuras comunes en los noticieros nocturnos nacionales, y ahora él caminaba junto a ellos por los pasillos del Capitolio de los Estados Unidos.

Había recorrido un largo camino desde aquellos días en que era un niño que vivía junto a las vías del tren, cuyo padre era un estibador que golpeaba a su madre, y cuya madre se había convertido en estilista y había criado sola a dos pequeños.

Había sobrevivido a tres situaciones en las que casi pierde la vida, ahora vestía camisas almidonadas, traje y zapatos tipo Oxford. Tenía a una chica hermosa en su vida y, literalmente, trabajaba junto a líderes mundiales. ¿Podía ser verdad? ¿Esa era realmente su vida?

El profesor Bennett le ofreció a Kyle un lugar donde quedarse, y él no dudó en aprovechar la oportunidad de vivir con una familia joven, amorosa y atenta. Había algo muy especial en el profesor y su esposa, "Ollie y Nita", como le habían dicho a Kyle que los llamara. No eran perfectos, pero demostraban un compromiso mutuo, con su familia y con su fe, como Kyle nunca había presenciado. Eran ejemplos vivos de cómo amar a tu pareja, criar a tus hijos y vivir tu fe de una manera práctica y sin pretensiones religiosas.

Decir que estaba agradecido no era suficiente; para él, aquello era un verdadero milagro.

La vida con los Bennett era como una incubadora que llenaba todos los vacíos de su crianza. Era una oportunidad para desaprender y reaprender lo que significaba ser un hombre que realmente amaba y cuidaba de su familia.

Trabajar en el Senado de los Estados Unidos ya era una experiencia asombrosa, pero vivir bajo el mismo techo que la familia Bennett cambió por completo la perspectiva de Kyle sobre la hombría, la paternidad y lo que implicaba ser un esposo amoroso.

Kyle cumplía su promesa de enviar cartas a Christine. La extrañaba intensamente. Había descubierto lo que significaba estar enfermo de amor. Pensaba en Christine constantemente y se preguntaba si ella lo pensaba tanto como él a ella. Su cumpleaños se acercaba y, aunque lo odiaba, no estaría presente para celebrarlo con ella. Pero, como nunca le faltaba creatividad, Kyle ideó una idea que casi lo mete en serios problemas. Si no podía estar ahí para cortar el pastel ni soplar las velas, ¿por qué no enviarle un pastel hecho por él mismo?

Los pastelitos Hostess eran la base perfecta para lo que él llamaba: El Kit Compacto de Pastel. Kyle colocó los pastelitos ordenadamente en una caja para envío, junto con velitas, una tarjeta, un encendedor pequeño de butano y unas instrucciones de armado escritas a mano con todo detalle. No pensó demasiado al respecto mientras pasaba inocentemente el Kit Compacto de Pastel por la máquina de rayos X, soñando con la reacción de Christine mientras el paquete se deslizaba por la banda del control de seguridad rumbo a la oficina postal del Capitolio. Pero tan pronto como la caja atravesó la máquina, el pasillo se iluminó con luces parpadeantes, sirenas comenzaron a sonar y los policías del Capitolio se pusieron en posición.

—¿Qué hay en la caja? —preguntó con tono firme un oficial de policía mientras se acercaba a Kyle con la mano sobre la funda de su arma.

—Es un Kit Compacto de Pastel —respondió Kyle al instante, con los ojos muy abiertos y una expresión ansiosa de preocupación.

—¿Un qué? —replicó el oficial—. Según lo que estoy viendo, vamos a tener que llamar al escuadrón antibombas si no aclaras mejor. Esto parece explosivo.

—Oficial, déjeme explicarle —dijo Kyle rápidamente, tratando de aclarar el contenido de su entrega especial—. El cumpleaños de mi novia es este fin de semana y le estoy enviando pastelitos y un encendedor, junto con todo lo que necesita para armar un kit compacto de pastel. ¿Tiene sentido?

—¿Estás hablando en serio? ¿Estás intentando enviar materiales inflamables no solo a través del sistema de seguridad del Capitolio, sino también por el servicio postal? —lo interrogó el oficial, claramente exasperado—. ¿Sabes que esto es un delito federal y podrías ir a prisión?

—¡Dios mío! No, no lo sabía, oficial. Por favor, perdone mi estupidez —dijo Kyle, completamente avergonzado—. ¿Puedo abrir la caja y mostrarle? Estoy dispuesto a sacar el encendedor.

—Pasa —ordenó el oficial—. Voy a darte un pase esta vez. Te reconozco, y por eso tienes suerte. Abre la caja, dame el encendedor y luego vuelve a trabajar.

Kyle atravesó el control de seguridad, retiró los materiales evidentemente peligrosos y se los entregó sin problemas a la policía del Capitolio.

—Bueno, esto es un primero —comentó el oficial—. Te lo concedo, eres creativo. Parece que tu chica tiene un buen muchacho. Ahora mueve el trasero y ve a enviar eso antes de que se te pase el plazo.

—¡Gracias, señor! Voy a hacer que se sienta orgulloso —dijo Kyle con una sonrisa mientras se apresuraba hacia la oficina de correos.

Era casi raro que Kyle pasara por el control de seguridad del Capitolio sin que los oficiales le hicieran alguna broma. Decían cosas como: "Ahí viene el enamorado" o "¿Tienes un encendedor?" Todo era en tono de broma y le recordaba a Kyle las relaciones que había construido con policías cuando era niño.

La vida en el Capitolio de los Estados Unidos estaba llena de emoción. Kyle se había ganado un lugar como miembro del equipo de radio y televisión del Senado. El Estudio de Grabación del

Senado, como se llamaba, ofrecía servicios de transmisión a cada senador del país, así como al vicepresidente de los Estados Unidos, quien también ostentaba el título de Presidente del Senado.

Interactuar con esos líderes mundiales con tanta frecuencia hizo que Kyle se diera cuenta de que, sin importar el poder que tuvieran, todos eran vulnerables y tenían inseguridades.

Más de una vez, algún jefe de Estado había pedido la opinión o el consejo de Kyle sobre su apariencia antes de salir en vivo ante la nación por televisión y radio.

Muchas personas notables habían pasado por el Estudio de Grabación del Senado, aunque ninguna más destacada que John Glenn, el exastronauta y actual senador de los Estados Unidos.

El senador Glenn era un hombre amable, con la cabeza completamente calva y brillante. Siempre era cortés y directo. Cuando alguien sugirió que quizás sería buena idea aplicarle un poco de maquillaje en la cabeza para minimizar el reflejo de las luces, quedó claro que no estaba precisamente entusiasmado con la idea. Finalmente fue convencido y accedió a dejar la tarea en manos de los profesionales, con tal de verse lo mejor posible ante las cámaras.

La idea era buena, pero la ejecución dejó mucho que desear. Normalmente, una maquillista estaría disponible para atender las necesidades del senador, pero en esa ocasión, ella estaba de licencia por maternidad. Eso dejó a los jóvenes camarógrafos con la responsabilidad de realizar el trabajo. Nadie quería hacerlo. Después de todo, ninguno de ellos había usado maquillaje, y ¿quién eran ellos para practicar sus habilidades con los polvos, nada menos que sobre un héroe nacional y senador de los Estados Unidos?

A tan solo unos minutos de salir al aire, el director de televisión ordenó que uno de los camarógrafos se adelantara y aplicara un poco de polvo en la parte superior de la cabeza del senador. Kyle observaba con gran expectativa mientras el camarógrafo sacaba una almohadilla llena de polvo del estuche de maquillaje. Miró la borla, luego miró la cabeza del senador. Luego volvió la mirada hacia Kyle, se encogió de hombros y dio un leve golpecito sobre la calva del senador, liberando lo que se convirtió en una pequeña montaña de polvo en el centro del brillo. El estudio quedó en un silencio sepulcral.

—¿Hay algún problema? —preguntó el senador.

—Uhm… no, señor, todo se ve excelente —respondió el camarógrafo.

Y sin pensarlo dos veces, el camarógrafo cubrió el rostro del senador con una mano y sopló el exceso de polvo al aire. De inmediato se generó una tormenta de polvo. Las partículas flotaron hacia las luces brillantes del estudio y más allá.

—¡Estamos en vivo en dos minutos! ¡Alguien, quien sea, consígame un secador de pelo y quítenle el polvo al saco azul marino del senador! —ordenó una voz por el auricular—. Esto es una emergencia. Si este senador sobrevivió al espacio exterior, con seguridad va a sobrevivir la televisión en vivo en nuestro estudio. ¡Concéntrense, equipo!

La cuenta regresiva desde diez segundos comenzó mientras el senador permanecía sentado, estoico, esperando su señal.

—Hola a todos, soy el senador John Glenn, y la noticia que estoy a punto de compartir no es ninguna broma ligera —dijo el senador sin inmutarse. Podía ser un hombre serio, pero definitivamente no carecía de sentido del humor.

Cuando finalizó la transmisión en vivo y le retiraron el micrófono de solapa del cuello de la corbata, el senador Glenn se puso de pie, guiñó un ojo y dijo con una sonrisa:

—Más les vale que se dediquen a manejar cámaras y dejen el maquillaje para las chicas. Por algo dicen que lo calvo es bello. La próxima vez, creo que mejor dejo que mi cabeza brille.

Saludó a todos con un apretón de manos y, sin decir nada más, se dirigió al pleno del Senado para una votación nominal.

Kyle no pudo evitar sentirse impresionado por cómo un verdadero líder respondía ante una crisis. No se alteró ni perdió la confianza en su equipo. Se mantuvo sereno y confió en que ellos harían lo que debían hacer, mientras él cumplía con su rol de liderar.

El senador Glenn dio un ejemplo claro de liderazgo bajo presión. Las circunstancias en el estudio no eran el fin del mundo, pero la forma en que un líder de alto nivel manejaba las pequeñas cosas quedó grabada en la mente de Kyle como una verdadera lección de liderazgo, sin importar la situación.

No podía esperar a contarle a Christine todo lo que había vivido, mientras él mismo se preparaba para hacer un poco de historia en los próximos días.

CAPÍTULO 35

Habían pasado cinco años desde que se conocieron, y Kyle ya no podía esperar más. Era cierto: la distancia había hecho que su corazón se volviera más entregado. Durante el segundo año de universidad de Christine, él le pidió su mano en matrimonio. La gran boda sería en junio.

Tenía un buen trabajo y le encantaba vivir en Washington D.C., pero aparte de la ropa que llevaba puesta, Kyle tenía pocas posesiones materiales. El estribillo de Danny's Song, una popular canción country de los años 70, venía a menudo a su mente, recordándole que tal vez no tenían dinero, pero sí tenían amor, y eso era más que suficiente. Se preguntaba si un joven enamorado podía tener alguna vez suficiente dinero para casarse con la mujer que le había robado el corazón.

A pesar de la escasez de fondos, estaban llenos de amor, y él estaba decidido a hacer todo lo necesario para mantener a su familia, incluso si eso requería un esfuerzo extra y mucha creatividad. Kyle había hecho los cálculos, y según sus estimaciones, el costo de alquilar un camióN de mudanza sería de aproximadamente 1.500 dólares.

Al ver ese costo, Kyle se propuso vencer al sistema. Según sus números, podría comprar una camioneta por casi el mismo precio que un camión de alquiler y luego revenderla, haciendo la mudanza prácticamente gratis. Kyle voló a casa durante las vacaciones de primavera y se puso a buscar la oportunidad perfecta. A un día de regresar a trabajar, su brillante idea parecía un fracaso. Había visto al menos quince camionetas y ninguna era lo que esperaba. Entonces, un anuncio clasificado llamó su atención. El precio era adecuado, pero ¿podría una camioneta Ford modelo 1972, tasada en 250 dólares, recorrer todo el camino desde Oklahoma hasta Washington D.C.? Tras localizar la dirección en un mapa, Kyle y Timmy recorrieron un largo camino de entrada hasta un garaje de madera desvencijado que parecía no haber sido atendido en más de una década.

Un anciano con un overol apareció junto a un cobertizo.

—Está en el garaje. ¿Conoces ese dicho de no juzgar un libro por su portada, cierto? Pues bien, no es una belleza, pero funciona de maravilla —dijo el amable hombre canoso que los guió hasta el garaje. Los resortes oxidados protestaron al ser forzados, levantando la puerta destartalada hasta quedar torcida. Un rayo de sol se filtró por una ventana sucia, iluminando la reliquia de cuatro ruedas que debía tener al menos medio centímetro de polvo encima.

—Aquí tienes la llave. Súbete y enciéndela. Te apuesto mi primer diente de oro a que arranca con solo girar la llave —dijo el anciano con una sonrisa, revelando que su apuesta estaba asegurada.

Kyle miró a Timmy, respiró hondo, presionó el botón del pesado picaporte y observó lo que quedaba del asiento corrido.

Estaba claro que la camioneta había vivido días mejores, pero Kyle presentía que todavía podía rodar unos cuantos kilómetros más.

—¿Era tuya esta camioneta? —preguntó Kyle.

—Me temo que no. Era de mi hijo. Era carpintero, y esta era su camioneta de trabajo—explicó el anciano mientras sacaba un pañuelo rojo del bolsillo y se limpiaba las lágrimas.

—Johnny quedó paralítico al caer de un andamio. Vivió en un hogar de cuidados por quince años hasta que falleció el mes pasado. Su cumpleaños fue la semana pasada. Finalmente decidí que era hora de dejar ir la camioneta, ya que no volvería a casa a buscarla.

—Siento mucho su pérdida. Apuesto a que Johnny fue un gran carpintero —dijo Kyle con una pausa para mostrarle sus condolencias.

—Sabes, al menos le quedaban dos dedos en cada mano cuando murió —dijo el anciano soltando una carcajada—. Es broma. A Johnny le gustaban las bromas. Me hacía sentir orgulloso. No querría que estuviéramos tristes, lamentándonos por su recuerdo. Súbete y dale una vuelta.

Kyle llevaba pantalones cortos y tuvo cuidado al sentarse sobre los resortes expuestos del cojín que apenas conservaban una hebra de tela.

—Ahí voy —dijo Kyle mientras giraba la llave de encendido.

La vieja camioneta rugió al encender. El anciano tenía razón. Con solo girar la llave una vez, el motor arrancó como un auto de Fórmula 1 en boxes. Kyle encendió los limpiaparabrisas y lanzó una nube de polvo al rostro de Timmy y del hombre. Ambos tosieron y agitaron las manos tratando de recuperar el aliento.

Kyle puso la camioneta en marcha y pisó el acelerador, mientras los tubos de escape dobles dejaban claro que ya era hora de salir a la carretera. Había tanto polvo sobre la carrocería que parecía envuelta en llamas, con nubes de tierra saliendo del cofre y la caja trasera.

—¡Me la quedo! —dijo Kyle tras la prueba de manejo, mientras dejaba el motor encendido junto a la banqueta.

—¿Te la vas a quedar? —preguntó Timmy con una expresión de asombro.

—¡Vendida! —exclamó el anciano con entusiasmo y una sonrisa.

—Sí, señor. Es justo la camioneta que estaba buscando —dijo Kyle mientras le entregaba al hombre 250 dólares en efectivo.

Al alejarse, Kyle miró por el espejo retrovisor y vio al padre de Johnny parado en medio de la calle, sin moverse, hasta que la vieja camioneta desapareció de su vista.

Kyle se preguntó cómo sería tener una relación padre-hijo como la que Johnny había tenido con su papá. Era imposible no notar el amor y los recuerdos entrañables que alguna vez compartieron. Ese era el tipo de relación que Kyle deseaba tener algún día con sus propios hijos.

Kyle había aprendido a manejar una transmisión "tres en la columna" gracias a su abuelo. Al presionar el embrague y cambiar de primera a tercera usando la palanca junto al volante, su mente se llenó de recuerdos de Liam. Kyle había aprendido a conducir la camioneta de su abuelo por caminos rurales polvorientos. Esos eran los mejores tiempos.

Ya en la autopista, decidió pisar a fondo y liberar cualquier traba que impidiera que la vieja Ford de Johnny alcanzara su máximo potencial.

El velocímetro marcó 55 mph, luego 60. Y en algún punto entre 65 y 70, justo cuando la Ford del 72 parecía tomar ritmo, el cofre se soltó de las bisagras y salió volando por los aires.

Kyle se aferró al volante con todas sus fuerzas, se agachó instintivamente, y enseguida miró por el retrovisor temiendo que el cofre terminara estrellándose contra el parabrisas del auto de Timmy, que venía justo detrás.

Por suerte, el cofre cayó de espaldas y se deslizó al menos unos 100 metros, soltando chispas por todos lados mientras los autos esquivaban y zigzagueaban para no atropellarlo ni chocar entre ellos.

Los ojos de Timmy se abrieron como monedas de plata cuando el cofre se detuvo justo frente a la parrilla de su auto. Sin perder tiempo, los chicos bajaron de sus vehículos, levantaron el cofre y lo colocaron en la caja trasera de la camioneta. Se dieron un "high five" y siguieron su camino como si nada hubiera pasado.

Emocionado por su compra, y sin preocuparse demasiado por cómo se veía llegar con una camioneta sin cofre a la casa de una fraternidad femenina, Kyle estacionó justo frente a la habitación de Christine y aceleró el motor mientras los tubos de escape rugían, anunciando su poderosa pero descapotada presencia.

Algunas chicas de la fraternidad lo reconocieron y corrieron a avisarle a Christine que su Príncipe Azul había llegado en su carruaje. Christine apareció tímidamente en el césped del frente.

—Si no fueras tan lindo, te denunciaría por alterar el orden público —anunció Christine con una sonrisa, inclinándose por la ventanilla del lado del pasajero—. ¡Lárgate de aquí antes de que me arrepienta y decida no escaparme para casarme contigo!

Kyle sabía que no debía tentar la suerte. Tocó la bocina de su camioneta sin cofre mientras se alejaba, lanzándole besos a Christine con una sonrisa en el rostro.

Ella se lo había tomado con buen humor, aunque probablemente le dieron ganas de salir corriendo y esconderse. Aun así, conocía su corazón, y en el fondo ya sabía que lo seguiría hasta el fin del mundo… incluso si era en la cabina de una vieja y destartalada Ford del 72 sin cofre.

CAPÍTULO 36

La boda fue enorme. Una celebración de toda la comunidad. Tantos familiares y amigos asistieron que la iglesia estaba repleta a más no poder. Solo el cortejo nupcial contaba con más de 25 participantes. Era evidente que la joven y hermosa pareja era muy querida.

El vestido blanco de Christine fue confeccionado majestosamente por una costurera experta. Los detalles eran impecables. Con perlas, lentejuelas y delicados toques de encaje, el vestido irradiaba elegancia, gracia y encanto. Su velo cubría la inocencia de sus mejillas suaves y sonrosadas, mientras sus hermosos y seductores ojos verdes se ocultaban levemente detrás del encaje translúcido. Un sutil destello de sus dientes blancos como el marfil se asomaba entre sus labios carmesí. La curvatura de su cuerpo se delineaba con las costuras entalladas, mientras su magnífica cola se extendía casi a lo largo de todo el pasillo.

La bendición de su padre y 30 pies eran lo único que la separaba del hombre de sus sueños.

Cuando Christine hizo su entrada, fue como si la princesa Diana hubiera entrado en la sala. Todos los invitados se pusieron de pie, maravillados, mientras ella avanzaba con gracia hacia el frente de la iglesia.

El corazón de Kyle se detuvo al verla. Su belleza era incomparable. Su visión se estrechó, y la sala pareció desvanecerse cuando sus ojos se encontraron con los de ella. Esa era su novia, y pronto la tendría entre sus brazos. El amor florecía con toda su fuerza. Sintió que la pasión lo invadía por completo, cuerpo y mente. Estaba perdido en un trance, luchando por contener las lágrimas, sin poder hacer otra cosa más que sonreír. Ella era verdaderamente cautivadora. Y era suya. Sentía que estaba casándose con un ángel, y que eso era un milagro, sin más. Era un manojo de emociones cuando su futuro suegro le entregó su mano en matrimonio. Estaba hechizado, y se había enamorado profundamente de esa mujer.

Además de la ceremonia tradicional, que incluía el intercambio de votos, anillos y la comunión, Kyle había preparado una carta especial para que se leyera en voz alta como sorpresa para Christine el día de su boda.

Mi queridísima Christine,

He esperado este día desde la primera vez que te vi en las montañas Arbuckle, durante el campamento juvenil de verano. Fue tu sonrisa, tus ojos y el sonido de tu voz lo que robó mi corazón ese día.

Es cierto que, por mi edad, podría haber sido uno de los consejeros del campamento, pero ¿cómo iba a saber que era más de cinco años mayor que tú?

Aun así, guardé mis sentimientos, decidí esperar y te observé crecer hasta convertirte en la mujer que eres hoy.

Fuiste todo un desafío, mucho más madura para tu edad. Estabas distraída con otros intereses, pero nunca he tenido fama de rendirme fácilmente. Esperé, y gané.

Fue la tragedia lo que nos volvió a reunir. Gran parte de nuestras vidas se ha forjado en la dificultad y la pérdida. A veces me pregunto si eso, al menos en parte, es lo que nos ha unido tanto. Contigo me siento seguro. Puedo ser quien soy sin reservas. Me motivas, me inspiras y me desafías a ser el hombre que aspiro a ser.

Encontramos la fe por separado, y es la fe el núcleo de lo que somos. Hoy los dos nos convertimos en uno, pero sabemos muy bien que es el Señor quien nos mantiene unidos y lo seguirá haciendo, sin importar lo que venga.

Nunca olvidaré el día en que comprendí que eras tú. La sola idea de no pasar el resto de mi vida contigo se volvió insoportable. Fue entonces cuando supe que, si Dios lo permitía, algún día estaríamos juntos para siempre.

Hoy, de pie ante la familia, los amigos y el mismo Señor, quiero que sepas que estoy completamente cautivado por ti, profundamente comprometido contigo, y que prometo con cada fibra de mi ser amarte y valorarte todos los días de mi vida.

Te amo, Christine. Ningún hombre ha estado más orgulloso de llamar esposa a una mujer. Hoy, ese sueño se hace realidad. Hoy comienza de verdad mi vida, una vida nueva. Desde este día en adelante, estaré contigo, por siempre.

Con amor,
Kyle

Un profundo silencio se apoderó de la ceremonia mientras hombres y mujeres por igual se limpiaban las lágrimas de los ojos. Si alguna vez el amor verdadero debía ser presenciado, sin duda era este momento.

La ceremonia fue solo un borrón para Kyle y Christine, ya que los buenos deseos de todos los presentes envolvían por completo la celebración del amor. Estaban demasiado atrapados en el momento como para asimilar de inmediato su verdadero significado.

—Puede besar a la novia —proclamó el ministro, justo cuando Kyle comenzaba a volver a la realidad. Levantó lentamente el velo de su rostro y colocó su mano con delicadeza detrás de su oreja. La suavidad de su cuello lo invitó a acercarse aún más, mientras sentía que la energía entre ambos se intensificaba. Era como si mirara directamente a su alma al tocar sus labios con los suyos, cerrando los ojos para amplificar aún más la fuerza del instante. Sus labios eran como miel, suaves y más que deseables: eran celestiales.

Había besado a Christine muchas veces antes, y ella seguía debatiendo sobre quién había besado a quién primero, pero ese beso, su primer beso como marido y mujer, encendió su alma de una forma que ningún otro lo había hecho. Ese beso era con la mujer de sus sueños, la mujer que le había robado el corazón, que había capturado su esencia misma y que, si Dios lo permitía, sería la madre de sus hijos.

Christine estaba colmada de alegría, y se sintió extasiada al poder abrazarlo mientras Kyle colocaba ambas manos sobre su rostro, besándola con ternura. Estaba sucediendo: se convertían en esposo y esposa, y ella estaba segura de que ninguna novia se había sentido más enamorada del apuesto joven que la había conquistado y que ahora la envolvía en sus brazos para siempre.

Era más que un cuento de hadas. Era celestial, inspirador y puro. Quienes lo presenciaban eran testigos del nacimiento de un amor verdadero y eterno frente a sus propios ojos. Eran una pareja hermosa que se adoraba, se respetaba y se valoraba mutuamente. Era evidente que estaban profundamente enamorados y que eran, sin duda, un alma gemela para la otra.

La recepción de la boda estaba llena de vida y emoción mientras los invitados celebraban con entusiasmo a los recién casados. Cortaron el pastel y comenzaron los brindis, cuando de pronto el grupo de amigos de Kyle lo apartó y exigió que revelara dónde estaba estacionada la limusina para la gran salida. Kyle conocía demasiado bien a sus amigos y no estaba dispuesto a ceder ante sus peticiones. Juntos, habían pasado la vida haciendo bromas pesadas y coqueteando con el desastre, siempre al filo de la legalidad. No eran delincuentes, pero se habían acercado más de una vez. Seguramente hoy, en un día tan especial y solemne, dejarían a un lado sus locuras y estarían a la altura de la ocasión. Pero no fue así.

Siguieron insistiendo con sus demandas. Kyle se negó a ceder. Lo amenazaron con hacerlo arrepentirse de su silencio, y él se reafirmó en su negativa. Como uno de sus líderes, la pandilla no esperaba menos de él, y pronto lo sujetaron con fuerza y lo alejaron del salón de la recepción.

Le ofrecieron una última oportunidad antes de prometerle una humillación inolvidable. Kyle no cedió, así que sus amigos más cercanos perdieron el juicio y lo despojaron de su ropa, dejándolo solo con su ropa interior y los calcetines de vestir.

Con la facilidad de maleantes experimentados, le ataron las manos a la espalda, le vendaron los ojos y aseguraron sus tobillos a las patas de una silla con cinta adhesiva.

—Esta es tu última oportunidad —gruñó Nolen entre dientes apretados—. Dinos dónde está el auto o lo lamentarás para siempre.

—¡Jamás! —respondió Kyle, mientras el sudor goteaba de su frente decidida.

El grupo respondió de inmediato y cargó a Kyle en la silla sobre sus hombros rumbo al estacionamiento. Al colocarlo en una plaza de parqueo, los invitados comenzaron a acercarse, entre el asombro y la indignación. Si la intención era una broma inocente, había fallado por completo. Si lo que querían era romper corazones, lo habían logrado con creces.

Nadie sabía si reír o llorar. Era simplemente atroz que tanta estupidez se hiciera presente en una boda tan memorable. Y justo cuando todos pensaban que la tortura estaba por terminar, la situación empeoró.

El grupo había venido preparado. Cada uno sacó una botella de jarabe para panqueques y, por turnos, vaciaron el contenido sobre la cabeza y el cuerpo entero de Kyle. Para no dejar duda de su falta de piedad, rompieron bolsas de azúcar glass y esparcieron el fino polvo blanco sobre cada centímetro del cuerpo de Kyle.

Increíblemente, nadie acudió en ayuda de Kyle. Nadie podía creer lo que veía. Era como una versión moderna de empaparlo con alquitrán y plumas, pero con jarabe y azúcar. La gente estaba demasiado triste como para llorar y demasiado atónita como para intervenir. No había duda: sus amigos habían cruzado un límite. Habían hecho lo impensable. Era casi un delito, y algo de lo que se arrepentirían por muchos años.

Era como si las luchas del pasado hicieran todo lo posible para evitar que Kyle y Christine pudieran dejar atrás sus infancias difíciles. Pero, como ya lo había hecho muchas veces antes, Kyle se mantuvo firme, enderezó la espalda y se negó a ceder ante la maldad que tantas veces lo había perseguido. Ese día marcaría un punto de inflexión en sus vidas por más de una razón. Lo que sus llamados amigos no sabían era que no había ninguna limusina. Kyle y Christine habían decidido honrar a sus abuelos saliendo de la boda en su Cadillac nuevo.

Kyle no estaba dispuesto a arriesgar el auto de los abuelos de Christine. Decidió guardar silencio, y pese al precio que pagó, se sintió orgulloso de haber protegido su secreto.

Finalmente, liberaron a Kyle de la silla. Hizo lo posible por limpiarse el jarabe espeso de los ojos. La multitud soltó un grito ahogado al verlo incorporarse, cubierto de pies a cabeza en jarabe y azúcar impalpable. Al dar su primer paso alejándose del desastre, escuchó el dulce sonido de la voz de Christine y el reconfortante rugido del motor del auto que los esperaba.

—Amor. Ven, estoy aquí —llamó Christine con ternura desde el asiento del conductor del Cadillac de sus abuelos. La puerta del pasajero estaba abierta, y un alma caritativa había cubierto el asiento con una manta. Kyle hizo lo posible por llegar a ciegas hasta el auto. Nadie se atrevió a interponerse. Todos sabían que ya había tenido suficiente. El grupo de amigos había ido demasiado lejos; nadie se reía de su broma mal calculada, y ya era hora de dejar las cosas en paz.

Christine se inclinó hacia Kyle con su vestido de novia y lo besó firmemente en los labios. La multitud estalló en vítores mientras el auto se alejaba al atardecer.

—Lo siento tanto, amor. No puedo creer que esos idiotas hayan arruinado esto para ti —dijo Kyle con evidente fastidio—. ¿En qué estaban pensando?

—Ya no importa. Estamos casados, y nada va a cambiar el hecho de que te amo, aunque parezcas haber caído en un tazón de masa para panqueques —dijo Christine mientras se chupaba el dedo lleno de jarabe.

—No podemos ir al hotel así —dijo Kyle—. Esto es un desastre.

—Vamos a mi casa, y te enjuago con la manguera. Agarré tu esmoquin. Será como si nada hubiera pasado.

Llegaron a la casa de Christine. Ella levantó su vestido lo más que pudo y arrastró la manguera del jardín hasta el camino de entrada.

Kyle encontró una caja de lavavajillas abandonada que un repartidor había dejado esa misma mañana. Se metió en el centro de la caja completamente desnudo mientras Christine se le acercaba con la manguera abierta a todo volumen.

Christine se acercó al borde de la improvisada ducha, lo miró a los ojos, sonrió y asomó la cabeza por encima de la caja.

—Vaya, vaya… Parece que mi esposo va a necesitar un poco de ayuda para quitarse el azúcar y el jarabe de su parte más noble —dijo Christine con una ceja levantada—. ¿Te molesta si te ayudo? Solo lamento no haber traído jabón de manos.

Ambos se echaron a reír mientras ella lo observaba con la manguera en mano, contemplándolo en todo su esplendor. Sin duda, no era así como Kyle había imaginado que su esposa lo vería desnudo por primera vez, pero tenía que admitir que tal vez eso ayudaba a quitarle tensión al momento para ambos.

—Tengo que decir que me gusta lo que veo —dijo ella, mientras le alcanzaba la ropa por encima del cartón y le daba un beso húmedo, apretándole suavemente la parte trasera.

—Perdón, olvidé tus calcetines, y esos calzoncillos ya vivieron su mejor momento. ¡Parece que vas a andar al natural, grandote!

Pese a lo incómodo de la situación y el frío del aire, Kyle comenzaba a mostrar señales claras de que sabía muy bien lo que estaba por venir. La necesidad de ropa interior era lo último que tenía en mente. El amor estaba en el aire, y los recién casados no iban a permitir que un poco de dulce arruinara su gran día. La noche era joven, y una carroza tirada por caballos los esperaba en la suite nupcial.

Cuando el autor dio la orden de avanzar, Kyle cruzó las piernas y dejó al descubierto su tobillo desnudo para quien quisiera notarlo. Nadie lo hizo, excepto la hermosa joven a su lado. Christine posó sus dedos sobre su tobillo y acarició suavemente el punto detrás del hueso. Kyle pudo ver por el brillo en los ojos de Christine que no podía llegar lo suficientemente pronto al final del recorrido. Habían esperado toda su vida por esa noche. Era el momento en que los dos se convertirían en uno.

CAPÍTULO 37

Los recién casados escaparon al trópico y pasaron una semana jugando en el océano, caminando tomados de la mano por la playa al atardecer y explorando las maravillas del amor. El mundo se había vuelto un lugar mejor. La vida era despreocupada, sin temores ni remordimientos. Se tenían el uno al otro y un paraíso por descubrir.

La intimidad que compartían era más que romántica, era indescriptible. Sensual, provocadora, apasionada y llena de placer. Era mucho más que una experiencia física. Era profundamente emocional, espiritual y tentadora en todos los sentidos.

Sus sentidos estaban completamente despiertos, y sus corazones, almas y mentes se encendían como nunca antes, mientras el calor entre sus cuerpos desnudos los atraía cada vez más en formas que jamás habían imaginado.

Para Kyle, el misterio de conocer a una mujer se volvía cada vez más fascinante, y revelaba que aún había mucho por explorar y descubrir.

Christine encontraba un profundo consuelo en la masculinidad que sentía dentro del refugio seguro de los brazos de Kyle. Estar con él era encontrarse con más que un chico que había madurado; era entregarse sin vacilaciones ni temor. Estar con él la transportaba a otra dimensión de la vida.

La vida en el paraíso superaba toda expectativa... hasta que, inesperadamente, Christine enfermó gravemente. Al regresar a los Estados Unidos, tuvo que ser llevada de urgencia a la sala de emergencias del hospital. Pronto se descubrió que había contraído la Venganza de Moctezuma y estaba tan deshidratada que necesitó varias rondas de terapia intravenosa.

Mientras Christine se recuperaba, la situación médica dejaba poco tiempo disponible, ya que Kyle debía regresar pronto al trabajo. Enfrentaba la dura realidad de tener que transportar a la mujer de su vida y todas sus pertenencias al otro extremo del país en tan solo unos pocos días. El viaje tomaría cerca de tres días si se conducía a un ritmo relajado, algo necesario considerando el delicado estado de salud de Christine.

La vieja camioneta Ford resucitada había sido prácticamente restaurada y estaba lista para afrontar el desafío de la carretera abierta.

Para sorpresa de Kyle, se necesitaba espacio adicional para transportar todas las pertenencias de Christine. Su colección de zapatos no era precisamente pequeña. Kyle añadió paneles de madera a los costados de la camioneta. A pesar de sus mejores esfuerzos, aún se requería más espacio para poder cargar todo.

Gracias a sus contactos de pueblo, logró encontrar una caja de camioneta Chevy en venta, que había sido convertida en un remolque improvisado. Se veía extraño ser arrastrado por una Ford, pero igual cumpliría su propósito. La compró. El remolque haría posible el viaje, pero solo si se reforzaban los costados con más madera. No había otras opciones si querían trasladarlo todo en un solo viaje. Finalmente, lograron acomodar todo, asegurando lonas azules alrededor del contenido y tres neumáticos de repuesto usados amarrados en la parte superior. Los tres neumáticos usados costaban menos que uno nuevo, así que Kyle se arriesgó y eligió el trío.

La idea de la camioneta con remolque funcionó, aunque los viajeros improvisados parecían sacados del set de la famosa serie de televisión de Hollywood The Beverly Hillbillies. Solo faltaban una mecedora y una abuela.

El padre de Christine les deseó lo mejor y los miró con preocupación mientras su pequeña partía hacia el viaje de su vida con un joven ambicioso lleno de promesas y con la loca idea de confiar en una camioneta vieja y desgastada para llevarlos sanos y salvos hasta su nuevo hogar.

El optimismo sería, sin duda, el combustible necesario para sobrevivir esa aventura a través del país. Sabía que Kyle tenía lo que se necesitaba. Más tarde, el padre de Christine admitiría haber resistido el impulso de seguirlos a distancia solo para asegurarse de que llegarían bien.

En lugar de eso, no pudo dormir ni un segundo mientras esperaba junto al teléfono toda la noche, anticipando una llamada por cobrar pidiendo ayuda. Esa llamada nunca llegó, y se sintió aliviado.

Sin embargo, el hecho de que no llamaran no significaba que no tuvieran desafíos en el camino. Los viajeros no habían avanzado más de cinco millas fuera del pueblo cuando la palanca de cambios de la vieja Ford se atascó. Kyle, como siempre, no era de los que se rendían ante una dificultad, y guiado por su pura determinación, levantó el cofre y se subió encima del motor. Christine lo observaba desde el asiento del conductor preguntándose si lograrían llegar, pero tenía plena confianza en que Kyle encontraría la manera.

Kyle miró a Christine por el espejo retrovisor. Sospechaba que tal vez ella estuviera empezando a dudar de su buen juicio. Pero la expresión en su rostro lo tranquilizó: ella confiaba en su hombre, y él encontraría la manera. Después de unos cuantos martillazos y un poco de ingenio sureño, Kyle hizo los ajustes necesarios, y volvieron a ponerse en marcha. Pero no sin antes correr de regreso para robarle un beso a Christine, aún con la frente cubierta de grasa y sudor. Ella no dudó ni un segundo en devolverle el gesto. Lo adoraba profundamente y sabía que formaban un gran equipo.

Juntos aprenderían que podían superar casi cualquier cosa que se interpusiera en su camino. Sería un principio de vida, una filosofía que, con el tiempo, se convertiría en el reflejo mismo de su matrimonio. "Mejor juntos que solos" se volvió su credo. Representaba su creencia en lo que significaba estar felizmente casado con un compañero de vida.

Y sin duda eran diferentes. Él venía de una familia trabajadora, mientras que ella provenía de un hogar lleno de empresarios exitosos. Él era un chico de pueblo pequeño. Ella, de ciudad grande. Él usaba botas vaqueras, y ella, zapatos de diseñador. Él era ambicioso, energético, asertivo e impaciente. Ella, intencional, tranquila, cariñosa y extremadamente paciente. Pero en esas diferencias encontraron fortaleza y aprendieron a valorar lo que podían enseñarse mutuamente. Sobre todo, sus valores estaban enraizados en creencias compartidas. Creían que sus debilidades serían fortalecidas al ceder a la guía del Creador.

—¡Ahí viene otro! —anunció Christine a Kyle por el radio de banda civil mientras viajaban por la carretera—. ¡Es una station wagon llena de una familia de vacaciones! ¡No los decepciones! ¡Es tu momento de brillar!

Durante el viaje, los que los veían pasar no podían creer lo que veían. ¿Eran un grupo de gitanos? ¿Trabajadores de un circo perdidos? ¿Campesinos huyendo de la ley? El cargamento exagerado de la Ford y el tambaleante remolque hecho con la caja de una Chevy llamaban la atención de todo tipo de curiosos.

Los conductores olvidaban toda norma de cortesía y desaceleraban para poder ver bien. Cuando la station wagon llena de turistas se emparejó con la camioneta de Kyle, él decidió meterse en el papel y exagerar la actuación. Todo parecía ocurrir en cámara lenta mientras los pasajeros señalaban, se cubrían la boca y se doblaban de la risa. Kyle hizo su parte asomándose por la ventana del conductor, cruzó los ojos, levantó un lado del labio superior y, con precisión absoluta, se empujó el dedo índice izquierdo hasta lo más profundo de la nariz.

Luego, con una gran bocanada de aire, lanzó un proyectil de mucosidad por la fosa derecha, dejando una cuerda elástica de moco cruzando las líneas blancas de la carretera como si fuera la lengua de una rana atrapando una mosca.

Kyle estaba encantado con su actuación digna de un premio de la Academia. La audiencia estaba horrorizada, y Christine lloraba de la risa, al punto de que por momentos no podía ver bien el camino. No había duda de que los automovilistas contarían esta escena surrealista durante cenas familiares por años.

Más de un vehículo se desvió al acotamiento intentando evitar la descarga mucosa, mientras sus pasajeros trataban de limpiar el "bombazo" indeseado de sus parabrisas. Con suerte, lograban volver al carril y acelerar hacia cielos más despejados.

—¿Qué tal estuvo esa, amor? —dijo Kyle, tratando de contener la risa a través del CB.

—Espero que no nos los crucemos en la próxima parada —respondió Christine—. Si pasa, te voy a evitar como si tuvieras la peste. Pero debo admitir que mereces una ovación de pie.

Kyle se alegró de saber que su fan número uno había quedado satisfecha con su actuación.

Mientras el circo ambulante seguía su camino hacia la capital del país, Kyle tomó un sorbo de su bebida favorita para los viajes: una botella helada de Pepsi llena hasta el tope con maní salado. Era algo que su abuelo Liam solía compartir con él cada vez que lo visitaba en las vacaciones de verano. Uno de sus recuerdos más entrañables. Compartir el asiento del tractor con su abuelo bajo el ardiente sol de verano, mientras una sombrilla improvisada intentaba prevenir el bronceado de granjero, era casi un rito de iniciación. Hacía calor, uno sudaba, el polvo se pegaba a todo, pero de algún modo, una Pepsi con maní salado hacía el día más soportable y más memorable.

Liam le había enseñado a Kyle lo que significaba ser un hombre. Le enseñó que la ternura no estaba reñida con la fortaleza. Que ser un hombre de familia implicaba hacer lo necesario para proveer, pero sin sacrificar a los que más se aman. De alguna manera, Kyle sentía que su abuelo lo acompañaba mientras sintonizaba una canción country en la vieja radio AM de la camioneta.

Estaban en algún punto entre las colinas de Tennessee y Virginia. Tendrían que hacer una última parada antes de llegar, pero estarían estacionando frente a su pequeño estudio de una sola habitación a primeras horas de la tarde siguiente.

Habían dejado atrás un mundo lleno de dolor. De Dwight no se sabía nada desde hacía años. La distancia ayudaba a calmar la amenaza que aún rondaba en la mente de Kyle. ¿Los dejaría en paz? ¿Los buscaría para arruinarles su nuevo comienzo? Dwight estaba fuera de vista, pero nunca fuera de sus pensamientos.

CAPÍTULO 38

El viaje a Washington D. C. no estuvo exento de desafíos, pero nada los hizo sentirse más en casa que ver el porche lleno de nuevos amigos listos para ayudarlos a descargar. Con toda esa ayuda extra, desempacar no les tomó nada de tiempo. Kyle sabía que eso incomodaría a Christine, pero, como lo hacía desde su adolescencia, durmió con una escopeta calibre 12 cargada bajo la cama. Prefería estar preparado antes que lamentarlo. Dwight, y otros como él, siempre serían una amenaza. Pero Kyle estaría listo para cualquier cosa que se presentara.

Solo tenían un armario, pero eso no significaba que Christine no tuviera el doble de zapatos para llenarlo. Verlos todos hizo que a Kyle se le escapara una carcajada. Christine era famosa por su estilo. Los zapatos eran el eje central de su guardarropa. Era algo que nunca cambiaría. Los zapatos eran esenciales.

Christine no tardó en convertir el pequeño bungalow en un hogar. A Kyle le encantaba llegar a casa y encontrar sus sabrosas comidas caseras. Ella era una excelente cocinera y ama de casa, además de trabajar a tiempo completo. Eventualmente compraron un sofá que, siendo sinceros, se parecía bastante a un mueble de jardín, pero estaban felices como lombrices porque era suyo. Todo, excepto una mesa prestada por los Bennetts.

Cumpliendo su plan financiero, Kyle publicó un anuncio clasificado poniendo en venta el vehículo de viaje. Un día salió temprano del trabajo para mostrarle a su primer comprador interesado el paquete completo: camioneta, remolque, laterales de madera, lonas y tres llantas de repuesto.

—¡Corre de maravilla! —dijo Kyle con orgullo mientras caminaba alrededor del vehículo—. Llegamos desde Oklahoma sin el menor problema y ni siquiera usamos una sola de las llantas de repuesto.

—Por aquí no se ven muchas camionetas así. La mayoría está oxidada. Esta se ve sólida —comentó el comprador potencial mientras iba a hablar con su esposa.

Después de unos minutos, el hombre regresó con expresión derrotada.

—No me deja comprarla. Dice que se ve demasiado "Appalachian" para su gusto —dijo—. Me da pena haber hecho que salieras temprano del trabajo. Aquí tienes cincuenta dólares por tu tiempo. Buena suerte, amigo.

Kyle se sorprendió de que no se concretara la venta, pero tenía otra cita con un nuevo interesado el sábado por la mañana.

—¡La compro! ¡Es perfecta! —proclamó el segundo comprador—. Solo te pido algo: ¿me la apartas si te doy quinientos dólares ahora? El sábado que viene te doy el resto. Te prometo que te pago los mil que faltan. ¿Qué opinas?

—Supongo que está bien —dijo Kyle con cierta duda—. Te la aparto.

Pasó una semana y no hubo señales del comprador. Luego

otra más, y nada. Finalmente, el hombre apareció, pero no tenía el dinero.

—Lo siento. No voy a poder cerrar el trato. Sé que te lo prometí, y el dinero que te di es tuyo —confesó.

—Te digo algo. Te estaría mintiendo si no dijera que pude haberla vendido ya, pero aprecio que hayas regresado a dar la cara —respondió Kyle con gentileza—. ¿Qué te parece si lo partimos? Aquí tienes 250 de vuelta y me quedo con la otra mitad por las molestias.

—¿Hablas en serio? No eres de por aquí, ¿verdad? Nadie hace esto. ¡Gracias, de verdad! —el segundo comprador le estrechó la mano a Kyle y se fue en el auto de un amigo.

Kyle no había vendido el vehículo de viaje, pero ya había recuperado 300 dólares de su inversión.

La camioneta le había costado 250, las reparaciones otros 250, y el remolque, llantas de repuesto, lonas y laterales de madera, 500 más. En total, había gastado 1,000 dólares. ¡Y ahora solo le faltaban 700 para salir hecho!

El tercer comprador llegó al día siguiente con el dinero en mano. Tenía un negocio de jardinería, y el vehículo era justo lo que su equipo necesitaba. Le ofreció a Kyle 1,200 dólares, y él no dudó ni intentó negociar.

Cuando la vieja Ford se alejó jalando el remolque hecho con la caja de la Chevy, una gran sonrisa se dibujó en el rostro de Kyle. Acababa de cerrar un trato por 1,500 dólares que le dejaba 500 de ganancia. Incluso mejor que la ganancia que había hecho vendiendo el Rambler en la preparatoria.

—Hice las cuentas. Entre el vehículo, gasolina, hoteles y comida, gastamos casi 1,450 dólares para traer tu linda carita hasta aquí —dijo Kyle con aire triunfal—. ¡Eso significa que te puedo llevar a una cita de 50 dólares para celebrar!

No sería la última vez que sintieran que habían sido bendecidos por poner su fe en acción. No era magia, pero definitivamente no era simple casualidad.

Esa noche, mientras oraban antes de cenar, agradecieron al Creador por la aventura en la que estaban y por la emoción de saber que estaban juntos en todo.

CAPÍTULO 39

Kyle se destacaba en su trabajo en el Senado de los Estados Unidos. Su ética laboral era insuperable, y lo eligieron para varios proyectos especiales, incluyendo uno con el vicepresidente Bush.

Con frecuencia, terminaba participando en programas relacionados con televisión nacional y personas notables de todo el mundo. No era raro encontrarse en el estudio con estrellas de cine, astronautas, figuras públicas, magnates de Wall Street y políticos muy influyentes. Fue durante ese tiempo que Kyle comprendió que, sin importar cuán reconocible o exitoso fuera alguien ante los ojos del mundo, todos eran vulnerables e inseguros de alguna manera.

A pesar de esa barrera invisible que muchos creaban como coraza personal, incluso los más famosos, ricos, populares o poderosos necesitaban saber que importaban. Ver esas necesidades en la vida de personas prominentes le dio a Kyle una nueva confianza. Sabía que, salvo por el destino y las circunstancias, esos líderes no eran distintos a él. Sí, era un joven de un pequeño pueblo de Oklahoma, criado en una familia disfuncional, pero también tenía un enorme potencial.

Mientras que los días de semana los pasaba atendiendo las demandas de personas de alto perfil, los fines de semana los dedicaba a relajarse y compartir la vida con la familia Bennett. Después del almuerzo del domingo, jugaban Pictionary como forma de entretenimiento. Por más que practicaran para mejorar sus habilidades de dibujo, la práctica no los llevaba a la perfección. Kyle y Christine simplemente no encontraban la manera de ganar. Kyle siempre había sido competitivo, y perder una y otra vez comenzaba a afectarle.

Al llegar a casa, Kyle tomó una hoja de papel y dibujó una figura. Se la mostró a Christine, acercándosela a la cara mucho más de lo necesario.

—Mira, este es un muñequito de palitos. Si le agrego un sombrero y una horqueta, ¿qué es? —preguntó Kyle, visiblemente frustrado.

—No soy tonta, Kyle. Estás tomando esto demasiado en serio —respondió Christine, y la conversación empezó a calentarse.

—No lo entiendo. Parece que todos saben lo que dibujo menos tú. ¿Lo haces a propósito? —dijo Kyle, perdiendo la perspectiva.

—Te voy a decir quién no lo entiende. ¡Tú! —contestó Christine, dándole la espalda y saliendo de la discusión—. ¿En serio? ¿Crees que el problema soy yo? ¡No inventes! —exclamó Kyle, desbordado—. Yo soy la única razón por la que casi ganamos alguna vez.

Su deseo de tener la razón había superado su necesidad de ser amable.

—Está bien, señor Picasso —replicó Christine con firmeza—. Estoy harta. Vas a tener que buscar a alguien más que entienda tus garabatos.

No era su primera pelea, pero sí una de las más fuertes. A Kyle no le asustaba una buena discusión. Había aprendido a pelear de los mejores. En la casa de Dwight, si querías hacerte escuchar, levantabas la voz. Y si realmente querías imponerte, arrojabas algo o golpeabas a alguien. Era un ambiente terrible.

Aunque Kyle jamás usaría la violencia con su familia, todavía tenía mucho que aprender sobre el tacto, el momento oportuno y el tono con el que decía las cosas.

Christine había crecido con una manera muy distinta de manejar los conflictos. Si te enojabas, era fácil: te ibas y no decías nada. Ignorabas el asunto el tiempo suficiente y, en teoría, desaparecía. O al menos eso parecía.

Estaban aprendiendo a discutir, pero si no hacían un cambio de rumbo, nunca aprenderían a pelear de forma justa ni saludable. Con el tiempo, aprendieron a escuchar mejor, a empatizar y a ver las cosas desde la perspectiva del otro. Estaba bien criticar ideas o métodos, pero nunca era correcto atacar identidades o motivaciones. Eso no significaba que siempre estuvieran de acuerdo. Pero sí coincidieron en nunca irse a dormir enojados. Parecía algo sencillo, pero cumplir con ese compromiso los llevó a muchas conversaciones nocturnas. El compromiso mutuo era clave. Recordar que estaban en el mismo equipo les trajo pequeñas victorias que, poco a poco, los ayudaron a triunfar como pareja.

Ocasionalmente, alguno terminaba durmiendo en el sofá. Y casi siempre, ese alguien era Kyle.

Así fue también en esta ocasión. Habían hablado del tema, pero la irritación no se iba. Kyle resopló mientras trataba de acomodarse en el sofá, que más parecía un sillón pequeño. Se dio vueltas una y otra vez hasta que finalmente se quedó dormido.

Alrededor de las 3:30 a.m., Kyle despertó al percibir el aroma familiar del perfume de Christine y el suave roce de su mano en su antebrazo. Se acercó a él y frotó su nariz contra la suya.

—Deberías venir a la cama. Esto es una tontería. ¿Necesitas que te dibuje un mapa para llegar? Capaz que así ganamos el próximo domingo —dijo ella, ofreciéndole una tregua con dulzura y humor.

—He sido un idiota. No eres tú. He sentido en mi interior que debo cambiar todo mi enfoque —confesó Kyle—. ¿Sabes? Creo que realmente no lo entiendo.

El tiempo que pasó solo en el sofá lo llevó a reflexionar sobre su actitud frente a los juegos. Recordó una ocasión, cuando era niño, en la que su tío Gene fue a visitar la casa de sus padres. Pronto comenzó una partida de póker con abundante cerveza y cigarrillos como acompañamiento. A mitad del juego surgió una discusión y, antes de que las familias pudieran reaccionar, Dwight y Gene estaban en plena pelea campal en la sala, todo por culpa de un estúpido juego de cartas.

Las plantas salieron volando, los muebles terminaron destrozados, hubo labios partidos y ojos morados cuando dos hombres adultos se enfrentaron como toros en un ruedo. ¿Por qué? Todo porque el papá y el tío de Kyle habían perdido de vista el verdadero sentido del juego.

El objetivo de los juegos no era ganar a toda costa ni destruir al oponente. La verdadera intención era compartir tiempo, crear recuerdos, fomentar la conversación y profundizar en las relaciones. Ganar no lo es todo. Ganar un juego de mesa a expensas de dañar los vínculos con los demás era, en definitiva, perder en el gran juego de la vida.

Kyle se dio cuenta de que su actitud era tóxica y contraproducente. Se había convertido en un aguafiestas, pero gracias al amor incondicional y la paciencia de su esposa, comprendió que había una mejor manera de relacionarse con los demás al jugar. En las primeras horas de la mañana, Kyle regresó a los brazos acogedores de Christine. Como muchas parejas, encontraron la manera de reconciliarse con un beso, de esa forma que casi hacía que todo el conflicto valiera la pena. ¡Si tan solo pudieran jugar Pictionary con ese mismo nivel de habilidad!

Las fiestas de Navidad se acercaban y ofrecían un respiro muy necesario de los juegos de mesa. Sería su primera Navidad lejos de la familia, y la sola idea de perdérsela empezaba a ser más de lo que podían soportar.

Las reuniones en la granja de la familia de Christine eran como salidas de una pintura de Norman Rockwell. Cinco generaciones se reunían para disfrutar de jamón jugoso criado en la granja, albóndigas y fideos caseros, ejotes envueltos en tocino, panecillos recién horneados y un pavo salvaje cazado en los propios terrenos. El aroma de las tartas de manzana y nuez pecana recibía a todos con calidez al entrar en la casa. Abundaban las risas y los abrazos apretados. En la pantalla grande se veía fútbol americano, los caballos se montaban en la pista, y debajo del árbol de Navidad esperaban los regalos especiales para cada uno.

Kyle apenas podía recordar las Navidades con la familia de su padre. Después de que se concretó el divorcio y Dwight desapareció, Kyle perdió contacto con muchos de sus seres queridos. Nadie sabía cuándo podía aparecer Dwight para desatar el caos, así que eventualmente, las grandes reuniones familiares de los Sanderson dejaron de suceder.

A medida que se acercaba el día de Navidad, tomaron la decisión: ¡iban a hacerlo! ¡Volverían a casa! Nadie los esperaba, y esa sorpresa en sí misma sería el mejor regalo. Si conducían sin parar durante la noche, podrían estar con la familia en menos de 24 horas. ¡Valdría la pena!

Prepararon una hielera llena de comida, trazaron la ruta más rápida y apuntaron el Toyota Celica de Christine en dirección a las Llanuras del Sur.

CAPÍTULO 40

Llevaban muy buen ritmo. Sin darse cuenta, ya estaban de regreso en las colinas de Tennessee, rodeados por una oscuridad absoluta. La carretera estaba completamente a oscuras mientras los faros del auto abrían paso en lo profundo de la noche.

De repente, sin previo aviso, el Toyota perdió potencia. El motor se apagó y el vehículo siguió avanzando solo por inercia. Finalmente, se detuvo por completo en medio de la nada. Estaban completamente solos y sumamente vulnerables. No se veían otros vehículos, ni luces de ciudad ni faros en la distancia. Solo la luna en cuarto creciente y miles de estrellas los acompañaban.

—Esto no es bueno. El motor no arranca —dijo Kyle, y Christine percibió un atisbo de pánico en su voz.

Kyle salió del auto y usó una linterna pequeña para examinar de dónde salía el humo.

—Creo que se nos rompió la cabeza del motor o lo fundimos por completo. No le dimos ningún descanso al auto, y lo llevamos al límite todo el tiempo —dijo, compartiendo las malas noticias con Christine.

—¿Y ahora qué vamos a hacer? —preguntó ella, con miedo en la voz.

—No podemos hacer mucho por ahora. Tendremos que esperar hasta que amanezca —explicó Kyle—. Vamos a cerrar bien las puertas e intentar descansar un poco. Tal vez en unas horas podamos entender mejor qué pasó.

Se acomodaron tomados de la mano y, con el tiempo, se quedaron dormidos por ratos, esperando que el amanecer trajera algo de claridad frente a su problema.

Sin previo aviso, ráfagas de viento con fuerza de huracán comenzaron a sacudir el auto con violencia. Una lluvia torrencial golpeaba el vehículo, mientras relámpagos estallaban y los truenos iluminaban el cielo nocturno.

Entonces, como sacado de una película de terror, la silueta de un desconocido apareció y comenzó a golpear la ventanilla del lado de Kyle. El viento, la lluvia y la oscuridad le impedían ver claramente al visitante inesperado. Un rayo cayó sobre un árbol cercano, que inmediatamente se prendió fuego.

El corazón de Kyle latía con fuerza mientras le susurraba a Christine:

—No te muevas.

Alcanzó la pistola que tenía guardada junto al asiento. El terror lo había invadido por completo mientras se preparaba para proteger lo que más amaba.

Susurró de nuevo:

—Si intenta forzar la puerta, puede que tenga que hacer un disparo de advertencia. No creo que sepa que estamos aquí. Debe pensar que el auto está abandonado.

Casi como si aquella figura fantasmal pudiera oír susurros desde dentro del auto, desapareció tan misteriosamente como había aparecido. Su figura sombría se desvaneció en la oscuridad. Más que una experiencia espeluznante, fue aterradora, peligrosa y extraña.

Con las primeras señales del amanecer, Kyle abrió con cautela la puerta del auto y miró a su alrededor, buscando señales de que alguien estuviera merodeando. Al sentirse seguro, volvió a revisar el motor. Con la pistola metida en la cintura, se agachó y vio lo que parecía un charco de aceite... ¿o era sangre?

Volvió al asiento del conductor y giró la llave del encendido. El motor luchó un poco, pero finalmente arrancó. Tosió, gruñó, se detuvo, explotó por la parte trasera... y después murió por completo.

El impulso de aquel motor herido fue suficiente para que cruzaran la cima de una montaña. Con suerte, tomaron suficiente velocidad para rodar cuesta abajo hasta una estación de servicio que apareció a la vista en el fondo del valle.

El motor estaba muerto, pero el Toyota seguía avanzando por su cuenta.

Increíblemente, llegaron hasta los surtidores de gasolina.

La estación estaba cerrada. No sabían si era por las fiestas o simplemente porque aún no era hora de abrir.

Alrededor de las 6:30 a.m., un hombre mayor, desaliñado, llegó en una camioneta con el nombre de la estación pintado en las puertas: Raw's.

—Tal vez tengamos suerte —dijo Kyle.

—¿Qué hacen aquí tan temprano, muchachos? —preguntó el hombre mientras comenzaba a abrir la puerta principal de la estación.

Entró, encendió las luces y puso a hacer café. Kyle lo siguió y esperó a que se acomodara. Pero cuando el hombre mayor se dio vuelta para mirarlo, lo hizo con miedo en los ojos.

—¿Vienes a asaltarme? —dijo el hombre con un leve tic nervioso—. Hay unos cuantos cientos de dólares en la caja registradora. Son tuyos, solo llévatelos. Pero por favor, no me dispares.

—¿Perdón? —preguntó Kyle, con una expresión de desconcierto—. ¿Dispararte? ¿Por qué demonios pensarías que quiero dispararte?

—¿Y entonces para qué traes esa pistola escondida en los pantalones? —dijo el hombre mayor, encogiéndose de hombros.

—¡Por el amor de Dios! ¡Lo siento muchísimo! Nos quedamos varados en la autopista y solo tenía la pistola a mano por seguridad. De verdad, discúlpame —dijo Kyle, apenado.

—Bueno, si no me vas a disparar, ¿te gustaría un cafecito de estación de servicio? —respondió el viejo con alivio en la voz.

Kyle aceptó su oferta y, juntos, levantaron el capó del Toyota. No tardaron en confirmar que el motor estaba completamente arruinado.

—Nadie va a poder meterle mano a esto hasta después de Navidad. Y además, estamos como a 160 kilómetros del lugar más cercano donde conseguiríamos los repuestos —dijo el hombre, dándole a Kyle una noticia que no quería oír.

—Va a tomar por lo menos una semana, tal vez dos, antes de que podamos arreglarlo.

La gravedad de la situación comenzaba a pesar. Kyle se alejó hacia un teléfono público mientras intentaba contener las lágrimas. Esta vez se había arriesgado demasiado y ahora estaba a merced de desconocidos.

Tomó el teléfono y, con cierta resignación, hizo una llamada por cobrar a su madre.

—Mamá, soy Kyle. Estoy bien, pero tengo un problema —dijo con voz triste, mientras explicaba todo.

—Quédense ahí. Vamos a buscarlos y cargamos el auto en una plataforma. Lo arreglaremos mientras pasan la semana con la familia —dijo Anna con firmeza.

Kyle y Christine pasaron las siguientes 12 horas charlando con el dueño de la estación. Ni un solo cliente cruzó la puerta en todo el día. Ambos sabían que habían tenido suerte de encontrar un lugar seguro donde esperar, y aún más con un anciano tan amable y hospitalario a su lado.

—¿Dónde fue que se descompusieron? ¿Sabían que anoche un pequeño tornado pasó por esas colinas de allá? —comentó el hombre con despreocupación.

—¿Un tornado? ¿Anoche? ¡Nosotros estábamos justo por ahí! —respondió Kyle con sorpresa.

—Así es. Dicen que el viejo Rawlings desvió la tormenta para que no arruinara su alambique de aguardiente que tiene justo al lado de la autopista. Cuentan que se paró en el borde del camino, sacudiendo el puño contra Dios y contra el tornado. ¿No lo vieron por ahí?

Christine y Kyle se miraron fijamente. ¿Habría sido ese el hombre que golpeó su ventanilla en plena noche?

—Me da vergüenza admitirlo, pero creo que dormimos durante toda la emoción —dijo Kyle, intentando no dar más detalles.

Una camioneta Ford F-250 familiar interrumpió la conversación al aparecer tirando una plataforma vacía. Era Anna, junto al padrastro de Kyle, Reed.

Anna se había vuelto a casar hacía un tiempo, y a Kyle le agradaba mucho Reed. Él adoraba a Anna y la cuidaba con esmero. Habían venido a rescatarlos, y Kyle y Christine se sintieron profundamente agradecidos, aunque algo tristes de que su sorpresa navideña no saliera como esperaban.

Anna abrazó con fuerza a Kyle y luego atrajo a Christine para incluirla en el abrazo.

—Feliz Navidad, chicos —dijo Reed—. ¿Listos para volver a casa?

—¡SÍ! —exclamaron Kyle y Christine al unísono.

—¡Entonces vámonos! Ya estamos perdiendo luz —agregó Reed.

Reed aseguró el Toyota a la plataforma y giró el dedo en el aire, indicando que era hora de subir. No había suficientes asientos en la camioneta, así que Kyle y Christine se metieron en el Toyota y viajaron dentro de él, mientras era remolcado. Hacía frío, pero se acurrucaron juntos para entrar en calor.

Christine rió y levantó la vista hacia los ojos de Kyle.

—No es precisamente un paseo en trineo, pero definitivamente es una aventura que jamás vamos a olvidar.

Kyle saludó desde el asiento del Toyota mientras el anciano salía por la puerta de la estación de servicio cargando lo que parecía ser una caja de aguardiente. Fue entonces cuando notó el cartel sobre la entrada: Rawling's Quick Stop, Abierto 24/7, llueva o brille el aguardiente.

La revelación de quién era realmente ese hombre le dibujó una gran sonrisa a Kyle. ¡Raw's era el viejo Rawlings! Ese viejo fabricante de aguardiente había sido un ángel guardián para una pareja de chicos ambiciosos que solo querían llegar a casa para Navidad.

Negando con la cabeza y con una sonrisa en los labios, Kyle dijo:

—El Señor sí que obra de formas misteriosas.

Cuando llegaron al pueblo, su familia se reunió alrededor de la camioneta y el remolque, con voces emocionadas llenando el aire.

El tiempo juntos pasó volando, pero pronto llegó el momento de regresar a Washington D.C. El Toyota estaba programado para una reparación completa justo a tiempo para que pudieran emprender el viaje de regreso a la capital para la toma de posesión de George H. W. Bush como el próximo presidente de los Estados Unidos. A todos los miembros del Senado que formaban parte del equipo inaugural se les había advertido claramente: debían estar de vuelta a tiempo o no regresar en absoluto.

Con apenas 36 horas antes de la fecha límite para presentarse a trabajar, Kyle estaba en el taller del mecánico, mirando la parte inferior del Toyota, aún elevado mientras se le realizaban las reparaciones finales.

—¿Cuánto más falta? —preguntó Kyle al mecánico, intentando sonar diplomático.

—Probablemente al menos otras cuatro horas. Tal vez cinco —respondió el hombre.

—Uf... eso es apuradísimo. Me tomará 24 horas llegar a D.C., incluso si manejo sin parar. Eso fue justamente lo que me metió en este problema —explicó Kyle con urgencia—. En serio, estoy muy justo. Si no llego a tiempo, pierdo mi trabajo.

El mecánico se encogió de hombros y dijo:

—Entiendo, amigo. Haré lo mejor que pueda.

Trabajó cinco horas más, y luego una más. Finalmente bajó el Toyota del elevador, lo encendió y dijo que lo llevaría a dar una vuelta de prueba.

—No hay tiempo para eso. Tengo que salir ya, y digo ya — dijo Kyle con firmeza.

Y con eso, pagó al mecánico y volvió a la carretera. Justo al este de Little Rock, Arkansas, la luz de "check engine" se encendió en rojo brillante en el tablero del Toyota. Kyle decidió que ya no podía hacer nada al respecto, así que siguió conduciendo y lanzó una pequeña oración al cielo. Estaba decidido a llegar al Capitolio a tiempo para la inauguración, incluso si tenía que hacer dedo, aunque Christine le recordó que esa no era una opción viable.

Más de una vez pensó si su vieja camioneta Ford de 1972 le habría dado tantos problemas. Por ahora, su esperanza estaba puesta en el recién reparado Toyota, con esa luz de advertencia brillando intensamente como una mala señal.

Llegaron a Washington D.C. con cuatro horas de sobra. Kyle había manejado durante 24 horas seguidas, completamente solo. Estaba demasiado alterado para dormir, así que le dejó ese privilegio a Christine. Él logró dormir tres horas en el apartamento, se dio una ducha rápida y se dirigió al Capitolio para cumplir con sus tareas asignadas.

Los días siguientes fueron un torbellino mientras el país celebraba a su nuevo presidente, un hombre que Kyle no podía creer haber conocido en persona y para quien trabajó directamente. También fue el hombre cuyo documental inaugural oficial Kyle sería elegido para ayudar a producir.

Kyle debía admitirlo: se sentía orgulloso de su trabajo, que rendía homenaje al presidente de los Estados Unidos. Teniendo en cuenta todo lo que él y Christine habían vivido para lograrlo —averías mecánicas, encuentros fantasmas, rayos, tornados, tiempo con seres queridos y una agotadora travesía de 24 horas sin descanso para llegar a tiempo y mantener su integridad profesional—, estaba completamente exhausto. Pero había resistido. Una cualidad que aprendió desde pequeño y que seguía sirviéndole bien hasta el día de hoy.

CAPÍTULO 41

El trabajo en el Senado de los Estados Unidos había sido maravilloso para Kyle en muchos sentidos, excepto en uno: necesitaba ganar más dinero si él y Christine querían comenzar una familia. Ambos acordaron convertir ese posible cambio de carrera en un asunto de oración.

Un aumento de salario era necesario para poder crecer como familia. El objetivo era contar con suficientes ingresos para mudarse del pequeño estudio a una casa adosada a pocas cuadras de distancia.

No siempre ocurría así en sus vidas, pero esta vez su oración fue respondida exactamente por la cantidad que necesitaban para hacer el cambio. Kyle aceptó una oferta muy lucrativa para convertirse en productor de televisión y radio en una agencia nacional de publicidad.

Al ver esta nueva oportunidad como una luz verde, sintieron que era el momento adecuado para abrir la puerta al "departamento de bebés". Dos semanas después de aceptar el nuevo trabajo, Christine quedó embarazada. Estaban seguros de que tomaría algunos meses, pero pronto sus amigos les dieron nuevos apodos: Fértil y Myrtle.

Kyle se sentía orgulloso de saber que tenía lo necesario para ser papá. "Esa receta familiar es prueba de que nuestra salsa secreta es la mejor del país", presumió Kyle mientras le daba la noticia a su abuelo por teléfono.

Liam se echó a reír y elogió a su nieto por todo lo que estaba logrando. Siempre había sabido cómo expresar ese amor paternal que Kyle tanto había deseado recibir de Dwight. Ahora que él mismo tenía un hijo en camino, Kyle esperaba poder imitar el enfoque afectuoso de su abuelo.

Poco después, Kyle y Christine se mudaron a su nueva casa adosada, mientras su pequeño seguía creciendo seguro dentro del vientre de su madre. Christine se quejaba de sentirse tan grande como un granero, pero Kyle le aseguraba que la encontraba más atractiva que nunca. No mentía. Christine siempre había tenido una belleza natural, pero el brillo del embarazo la hacía aún más encantadora.

Como muchas parejas jóvenes, asistieron a clases de parto Lamaze en su afán por hacerlo todo de la mejor manera. Kyle se volvió un experto en dar consuelo mientras practicaba masajes circulares en una sandía. Incluso ayudaba a Christine a practicar sus técnicas de respiración.

Christine continuó su cuidado prenatal hasta las 40 semanas. Caminaba más como un pato que como la simpática porrista que había sido en la secundaria.

—¡Estoy enorme! —le dijo al doctor—. ¿Este bebé va a salir algún día?

Se refería a su hijo por nacer como "el bebé" porque Kyle y Christine habían establecido una tradición que mantendrían en todos sus embarazos: Kyle anunciaría el sexo del bebé en el momento del parto mientras cortaba el cordón umbilical.

—Me preocupa que corras un alto riesgo si no inducimos el parto —dijo el médico con seriedad. Pero Christine estaba decidida a tener al bebé por su cuenta. Se mantuvo activa e intentó todos los remedios caseros posibles para inducir el parto.

Mientras esperaban la llegada del bebé, ambas madres estaban de visita. Para mantenerlas entretenidas, decidieron hacer un recorrido por el Capitolio. Los largos pasillos de mármol y las numerosas escaleras finalmente llevaron al grupo al centro de la rotonda del Capitolio.

Al mirar hacia arriba, contemplando la majestuosa cúpula que coronaba el edificio histórico, Christine sintió un dolor punzante. Esperó un momento y vino otro. Su fuente no se había roto, pero algo era claro: estaba en trabajo de parto, y si no se daban prisa, la policía del Capitolio iba a terminar trayendo al mundo a su bebé.

Las contracciones eran regulares pero todavía lo suficientemente espaciadas como para que fuera demasiado pronto para ser admitida en el hospital. Cerca de la medianoche, Christine tocó el brazo de Kyle y le susurró suavemente al oído:

—Es hora. Tenemos que irnos. Estas contracciones están cada vez más fuertes.

Kyle saltó de la cama, ya vestido, pues había dormido con la ropa puesta. "¡Hoy es el día! ¡Vamos a tener un bebé!" dijo emocionado mientras cargaba la maleta en su nuevo Volvo.

Kyle había deseado que el bebé naciera el mismo día de su cumpleaños. Aún faltaban diez días para su fecha, pero no le importaba, siempre y cuando el bebé naciera sano.

Christine fue preparada para el parto. Pasaron cinco horas sin señales del bebé. Luego diez. Luego quince. Y al llegar a las veinte horas, Christine parecía haber corrido más de un maratón.

Estaba exhausta, haciendo todo lo posible por respirar durante las contracciones, pero había pocas señales de que el bebé fuera a nacer pronto.

—Si esto no avanza, tendremos que hacer una cesárea— explicó el doctor—. Esto se está volviendo riesgoso para ti y para el bebé.

Kyle y Christine se aferraron a su fe y confiaron en que el parto se daría de forma natural, aunque con un poco de ayuda del Pitocin.

Dos horas después, Kyle hizo el anuncio: "¡Es una niña!" Estaba absolutamente eufórico, tanto que el doctor y las enfermeras no podían contener la risa mientras seguían atendiendo a Christine y a la recién nacida.

La pareja nombró a la hermosa niña Lori-Ellen. Era un nombre con guion. Se debía pronunciar como una sola unidad. Era un guiño a sus raíces sureñas, y sencillamente les encantaba cómo sonaba.

Kyle la miró de pies a cabeza. Era tan pequeña y delicada. Pero hubo algo que captó especialmente su atención. Llamó al doctor a un lado y expresó su inquietud.

—No sé si lo notó, y no sé si hay razón para preocuparse, pero… ¿soy yo o la bebé tiene algo así como una cabeza en forma de cono? —preguntó Kyle con total sinceridad.

El médico sonrió ampliamente y respondió: "Ha estado intentando venir al mundo durante casi 24 horas. No te preocupes. En unos días será tan bonita como su mamá."

Kyle suspiró aliviado y dijo: "Uf, a mí ya me parece preciosa, pero sí se me cruzó por la cabeza la idea de que tendría que usar sombrero de copa toda la vida."

Christine alcanzó a oír el comentario y respondió entre risas: "¡Ay, por favor! Está perfecta. Tráemela. Quiero tenerla en brazos antes de que me suba la leche y necesite una ordeñadora industrial."

Muy pronto, la pequeña familia estaba de regreso en casa, y la vida jamás había sido mejor. A Kyle le encantaba su nuevo trabajo, aunque era muy exigente. Salía antes del amanecer y regresaba al anochecer.

Con Lori-Ellen, se cumplía aquel viejo dicho: "Los días pasan lentos, pero los años vuelan." Crecía tan rápido. Verla asomarse por la ventana de la casa, esperando que su papá regresara del trabajo, era más de lo que su corazón podía soportar.

A medida que aumentaban sus responsabilidades laborales, parecía que solo la veía a la hora de la cena, jugaba un rato con ella y luego la arropaba en la cama. No era suficiente tiempo, y eso lo estaba destrozando.

Ver sus comerciales de televisión al aire en toda una región metropolitana con más de cinco millones de espectadores era emocionante, pero como joven productor, ese reconocimiento le importaba menos que su familia.

Kyle sabía que tenía que hacer un cambio por el bien de todos, pero no sabía cómo ni cuándo llegaría. En un giro inesperado, durante una reunión con un cliente junto al dueño de la agencia de publicidad, el propietario se desplomó de repente con una convulsión tónico-clónica.

Kyle reaccionó de inmediato y le administró RCP, lo que le salvó la vida. Sin embargo, las complicaciones de salud a largo plazo obligaron al dueño a cerrar la agencia.

—Tengo malas noticias —dijo Kyle una noche, mientras se sentaba a cenar con Christine—. Van a cerrar la agencia.

Nos queda alrededor de un mes antes de quedarnos sin trabajo.

—Hmm —respondió Christine—. Supongo que este es tan buen momento como cualquier otro para darte una noticia.

Kyle levantó la vista de su plato con gesto de inquietud. "¿Sí?"

—Estamos esperando otro bebé —Al decirlo, estiró la mano por encima de la mesa y tomó la de él.

La sincronía de ambos eventos trajo consigo una mezcla de felicidad y tristeza. El peso de tener que proveer para su familia mantuvo a Kyle despierto esa noche. Acostado de espaldas, mirando al techo, luchaba con la incertidumbre, preguntándose qué les depararía el futuro.

—Creo que deberíamos regresar a casa —compartió a la mañana siguiente, con la boca llena de espuma de dentífrico, mientras se cepillaba los dientes frente al espejo del baño—. Se vence nuestro contrato de alquiler. No hay garantía de que encontremos trabajo pronto. Y seamos realistas: ¿queremos que nuestros hijos conozcan a sus abuelos por cajas de UPS? A este ritmo, ni sabrán cómo se llaman. ¿Quién quiere criar hijos en una ciudad tan grande? ¡Es una jungla de cemento!

Christine apoyó la mano sobre su antebrazo y le dijo: "Tranquilo. Respira profundo. Estoy contigo."

No hubo discusión. Ninguna palabra de objeción. En cuestión de semanas, Kyle tomó un vuelo para enviar a Christine y a Lori-Ellen de regreso a casa, y él se quedó atrás para empacar sus pertenencias y cerrar aquel capítulo de sus vidas.

Llenó el camión de mudanza hasta el tope y, con su suegro como copiloto, emprendió el viaje de solo ida hacia donde realmente pertenecía: la vida en casa, entre la gente de la pradera.

CAPÍTULO 42

Era bueno estar de vuelta en casa. La gran ciudad era emocionante, pero la vida en un estado del centro del país tenía un atractivo mucho más profundo de lo que muchos llegarían a comprender. Nada se comparaba con la belleza de un atardecer en Oklahoma. Cada tarde, el cielo se transformaba en una obra de arte, con colores vibrantes y formas cambiantes pintadas sin esfuerzo sobre el vasto y abierto horizonte.

Kyle había echado de menos el olor de la lluvia cayendo sobre los caminos polvorientos y los campos de trigo ondulantes. El aire húmedo traía consigo una frescura terrosa, con una sensación de renovación y vitalidad. Las lluvias solían llegar acompañadas de enormes nubes de tormenta que se elevaban más alto de lo que el ojo podía alcanzar. Las formas y tamaños de aquellas nubes eran indescriptibles y despertaban la imaginación: osos, dinosaurios, personajes de Disney y otras figuras abstractas surgían de su contorno. Era simplemente sobrecogedor y pacífico. Era el hogar.

Por mucho que disfrutara volver a ver lugares y rostros conocidos, Kyle necesitaba relanzar su carrera. Tomó algunos trabajos de consultoría hasta que finalmente consiguió un puesto como jefe de comunicaciones para una importante institución financiera regional. Durante los siguientes diez años, su carrera floreció hasta el punto en que la junta directiva lo invitó a considerar convertirse en el próximo presidente de la institución, que manejaba millones de dólares. Kyle se lo tomó muy en serio, recordando que su abuelo, Riff, había trabajado en la banca. Se preguntaba si tal vez debía continuar el legado familiar en su generación.

Sin embargo, finalmente rechazó la oferta y aceptó un puesto como editor en jefe del periódico semanal más grande del estado. Era una enorme responsabilidad, pero también un reto que aceptó con gusto. La publicación estaba pasando por dificultades, pero bajo el liderazgo de Kyle, recuperó reconocimiento nacional y obtuvo premios gracias a su renovación y reestructuración.

Además del periódico, le pidieron que condujera un programa de radio a nivel estatal y que se desempeñara como portavoz de asuntos públicos en relación con varias políticas que amenazaban a las comunidades más vulnerables del estado. No era raro ver a Kyle en las noticias vespertinas ofreciendo su perspectiva sobre temas que generaban tensión con algunos líderes del gobierno estatal.

La vida era emocionante, ocupada y divertida. ¡Especialmente con no dos, sino seis niños corriendo por la casa! En cierto momento, Kyle y Christine tuvieron cuatro hijos menores de cuatro años. Mantener organizados los pañales por talla era uno de sus mayores desafíos. Cada uno de sus hijos tenía una personalidad distinta y traía consigo historias y dramas únicos a la vida de la creciente familia. Una cosa era segura: los niños no venían con manual de instrucciones.

Christine había crecido en una familia numerosa, donde adoptó roles maternales desde muy pequeña. Al igual que Kyle, sus padres se habían divorciado, y como hija mayor, se convirtió en un apoyo esencial cuando sus padres necesitaban ayuda. Como pareja, iban navegando juntos el camino de la crianza, decididos a proteger a sus hijos de las disfunciones que ellos mismos habían vivido. Pronto comprendieron que criar a una familia requería tanto desaprender como aprender. Para su sorpresa, sus hijos se convirtieron en algunos de sus mejores maestros.

Kyle y Christine también se sentían profundamente agradecidos con Ollie y Nita Bennett, cuyo tiempo compartido en Washington, D.C., les había dejado una huella duradera. Sus partidas de Pictionary no eran solo diversión: en silencio, les mostraban lo que significaba ser una familia amorosa y presente. Los Bennett no daban sermones ni pretendían tener todas las respuestas; simplemente vivían con el ejemplo. ¿Eran perfectos? No, pero estaban comprometidos el uno con el otro y trabajaban constantemente sobre los principios que daban estabilidad a su hogar.

A veces, la casa de los Sanderson parecía un zoológico, pero Kyle y Christine adoraban el desafío de criar hijos. Nunca permitieron que su pequeña tribu los detuviera ni limitara su actividad. A donde fueran, casi siempre llevaban a los niños con ellos.

Los chicos crecieron con un sentido de aventura y confianza, ya que la vida en casa estaba equilibrada con disciplina y muchísimo amor. Con el paso de los años, Kyle y Christine comprendieron que cuando uno lidera con amor, la misericordia y la gracia siempre le siguen. Eso era lo único que deseaban que sus hijos jamás dudaran: eran amados y profundamente, sin importar qué.

Las películas caseras eran el pasatiempo favorito de todos. Kyle organizaba jornadas enteras de rodaje donde los niños eran actores, diseñadores de escenografía y miembros del equipo técnico. Las mini películas solían tomar todo un día para producirse. Con títulos como El Chico Bazuca, Poder Perruno y Consejos de Pesca Divertidos, amigos, parientes y hasta vecinos esperaban con entusiasmo la nueva producción Sanderson. A través de esas pequeñas creaciones, los niños aprendían a trabajar en equipo. Habilidades de liderazgo, comunicación interpersonal, resolución de conflictos y pensamiento crítico para resolver problemas, todo mientras se divertían y eran creativos, hacían que cada escena valiera la pena.

Descubrir los dones y talentos únicos de cada uno de los hijos hacía que la experiencia de ser padres fuera aún más fascinante. Las personalidades, habilidades y aptitudes eran tan diversas como la cantidad de niños en casa. Nunca hubo duda de que varios de ellos terminarían produciendo programas para importantes cadenas de televisión, participando en producciones cinematográficas y no solo destacando en las artes, sino ganando premios nacionales. Algunos se convirtieron en desarrolladores inmobiliarios y diseñadores de interiores. La combinación de creatividad y espíritu emprendedor era evidente en la vida de cada uno.

Las aventuras al aire libre también eran cosa común en la casa de los Sanderson. Una tarde de verano, Kyle llenó bolsas de basura transparentes con helio que había sobrado de un evento del banco. Los niños se convirtieron en la envidia del vecindario mientras arrastraban esos globos improvisados flotantes atados a la parte trasera de sus bicicletas. El desfile de niños riendo a carcajadas hizo sonreír a todos los que los veían, mientras los pequeños saludaban y presumían de la creatividad de su papá.

Siempre lleno de ingenio, Kyle ayudó a los chicos a convertir un viejo cortacésped a motor en una mini máquina de conducción personalizada, que ellos bautizaron con cariño como Black Beauty. Los niños y su padre trabajaron durante horas usando tubos de PVC, bridas, cartón, lonas y trozos de madera para transformar Black Beauty en algo que hasta Henry Ford estaría orgulloso de presentar como prototipo. El vínculo entre el padre y sus hijos era evidente. Esos momentos juntos crearon recuerdos que durarían toda la vida. Kyle a menudo se preguntaba cómo habría sido tener experiencias como esa con su propio padre.

Observar las reacciones de los niños del vecindario y de sus padres mientras Ben e Ike recorrían las calles traseras y las aceras del suburbio sacaba muchas sonrisas y gestos de admiración. El número 34 en la puerta lateral hacía que aquel artefacto motorizado se viera más como un auto de carreras que como un montón de piezas caseras con ruedas. Pocos sabían que el número 34 representaba el orden de nacimiento de los chicos en la familia: Ben era el número tres, Ike el número cuatro. Juntos, el 34 simbolizaba al equipo de fabricación y escudería Sanderson.

Los partidos de béisbol y los recitales de ballet mantenían a la minivan de la familia yendo y viniendo sin descanso. Al principio fue difícil, pero Kyle y Christine finalmente se resignaron a cambiar su querido Volvo por una minivan totalmente equipada. Con el tiempo, ganaría el apodo de La Móvil de las Papas Fritas, debido a la certeza de encontrar al menos una papa de McDonald's petrificada escondida en algún rincón oscuro.

Hubo otros momentos en que cada uno de los niños encontraba una forma de destacar de la rutina cotidiana. Sin duda, la llegada de Lori-Ellen al mundo dejó claro que sería la líder del grupo. A menudo era ella quien actuaba como vocera del escuadrón. Un ejemplo memorable ocurrió durante un viaje familiar por carretera en unas vacaciones largas.

—Papá —dijo Lori-Ellen en voz baja desde el asiento trasero de la minivan.

El silencio repentino y la quietud que invadieron el vehículo le indicaron a Kyle que algo no andaba bien.

—¿Sí? —respondió con la esperanza de que aquello fuera solo una solicitud para ir al baño.

—Papá —repitió Lori-Ellen con un tono más insistente.

—¿Sí, Lori-Ellen? —dijo Kyle, mirándola por el retrovisor.

—Papá, Amelia tiene una papa frita atascada en la nariz —informó con total seriedad.

Kyle miró a Christine y luego de nuevo al retrovisor.

—¿Una qué? ¿Dónde?

—Una papa frita. La tiene atascada en la nariz —reafirmó Lori-Ellen con determinación.

Y era verdad. En algún punto entre los Arcos Dorados y su ubicación actual —en medio de la nada—, Amelia había logrado introducir una papa frita profundamente en su cavidad nasal. Kyle estacionó la minivan con calma en una salida y procedió a realizar una pequeña cirugía de emergencia.

La sostuvo cabeza abajo para poder ver bien dentro de su nariz. Sentado sobre el piso junto a la puerta lateral abierta de la furgoneta, con los demás niños a su alrededor observando sobre su hombro, dijo:

—Christine, pásame mi navaja.

Amelia se incorporó de golpe y gritó, mientras los demás niños corrían al fondo de la van. Con los ojos como platos, entró en pánico total, y a Kyle no le quedó más remedio que intentar tranquilizarla.

—Es una navaja suiza, cariño. Solo voy a usar las pinzas —le dijo con tono suave, intentando calmar a su agitada paciente.

Amelia se revolvía y retorcía mientras Kyle hacía todo lo posible por agarrar la punta de la papa frita que se ocultaba en el fondo de su nariz.

La sal de la papa le hacía lagrimear los ojos, mientras Kyle seguía explorando con cuidado, tratando de rescatar aquel pedazo de tubérculo.

Pero sus esfuerzos no dieron resultado. De hecho, solo empeoraron las cosas. Lamentablemente, había logrado empujar la papa aún más dentro de los senos nasales de Amelia.

—Dios… ¿y ahora qué hacemos? —preguntó Kyle a Christine, intentando no reírse—. Supongo que así es la vida en la carretera con un montón de niños. Definitivamente es toda una aventura.

Christine desplegó un mapa de carreteras de papel y localizó un hospital a una hora de distancia. Al ver que la navaja ya estaba guardada, todos se tranquilizaron y esperaron con paciencia mientras Kyle explicaba la situación al médico de guardia en la sala de emergencias.

—No se preocupen. Ni se imaginan las cosas que he sacado de narices infantiles. Esta no será mi última papa frita —dijo el doctor con una sonrisa.

—La próxima vez compren tater tots, son más grandes y no le cabrán en la nariz —bromeó.

El chiste fue bien recibido y, en cuestión de minutos, Amelia se reunió con sus hermanos con un puñado de paletas que le había dado una enfermera para celebrar la extracción exitosa de la papa.

Aunque Lori-Ellen era la líder y Amelia tenía el talento para provocar aventuras inesperadas, Ben era conocido como el tirador certero. Su coordinación ojo-mano era impresionante. Él y su hermano llegaron a jugar béisbol universitario, pero era difícil decidir si eran más destacadas sus habilidades deportivas o su puntería.

Si una mosca aparecía en el techo o en alguna pared de la casa, Ben no tardaba en acabar con ella. Mientras la mayoría se sentiría orgullosa de usar un matamoscas, a Ben solo le bastaba una liga. La distancia no representaba ningún problema. Solo tenía que estirarla, apuntar y disparar.

—¿La ves, papá? —susurraba Ben, con el ojo clavado en su blanco como un francotirador encubierto.

—¿Ver qué, hijo? —preguntó Kyle.

—Allí, en la punta de la hélice del ventilador de techo. Una enorme mosca de caballo, buscando a quién morder. La he estado acechando los últimos minutos —dijo Ben con determinación—. ¡Va a caer!

Y así fue. La vida de la mosca terminó de golpe. Ben rara vez fallaba, y ganaba muchas apuestas demostrando su talento.

Ike era conocido en la familia como el "hermano pequeño grande". Nació con 10 libras y 6 onzas. El doctor bromeó diciendo que salió fumando un puro y con una gorra de béisbol puesta. Pero la verdad es que, de no haber sido por los reflejos rápidos del equipo de parto, podría haber muerto al nacer.

—Christine, la cabeza del bebé ya está encajada, y me preocupa que no hayas dado a luz todavía. Necesito que empujes con todas tus fuerzas en la próxima contracción —dijo el médico, con una mirada grave.

La contracción llegó y Christine empujó con toda su energía. La cabeza del bebé salió… pero nada más.

—¡Empuja, Christine, empuja! —gritó el doctor.

La cabeza del bebé había salido del útero, pero su rostro se estaba poniendo morado. No se escuchaba ningún llanto, y el ambiente en la sala se volvió mortalmente silencioso. La doctora Chambers entró en acción calzando sus tenis Converse rosados favoritos. Si algo no cambiaba pronto, tanto la madre como el bebé estarían en grave peligro. Con la destreza que solo otorgan los años de experiencia, la doctora Chambers realizó una maniobra de último recurso que logró liberar el hombro del bebé a través del estrecho canal de parto de Christine. En segundos, Ike nació, y todos en la sala soltaron un enorme suspiro de alivio.

—¿El bebé está bien? ¿Va a estar bien? —logró decir Christine entre el agotamiento y la preocupación—. ¿Es niño o niña?

Mientras Kyle cortaba el cordón umbilical, exclamó:

—¡Es un niño, amor! ¡Y va a estar perfectamente! ¡Es enorme! ¡No puedo creer que acabas de dar a luz a Goliat! —gritó, con emoción y alivio—. ¡Eres una mujer increíble! ¡Te amo tanto!

—Estoy orgullosa de ti, Christine —dijo la doctora Chambers con una sonrisa—. Si no hubieras empujado en esa última contracción, habría tenido que volver a introducir al bebé y hacerte una cesárea de emergencia. Este fue el desenlace perfecto. No te imaginas el alivio que siento. Las probabilidades no eran muy buenas.

Después de un aborto espontáneo inesperado, llegó al mundo Rosemary. Entre los niños, Rosemary era conocida como "la de treinta años". De todos, fue la que maduró más rápido… pero no por elección propia.

Cuando Rosemary tenía tres años, Kyle y Christine asumieron que lo que tenía era un caso persistente de gripe. Había perdido bastante peso, estaba cansada todo el tiempo y parecía tener una necesidad constante de ir al baño. Pero cuando se volvió muy letárgica, sus padres hicieron una visita de emergencia al pediatra. El médico realizó algunas pruebas rápidas en el consultorio y regresó con su diagnóstico.

—Lamento decirles esto, pero según los análisis que acabo de hacer, creo que su hija tiene diabetes tipo 1. Ya me comuniqué con el hospital para avisar que está en camino. Tienen dos opciones: puedo llamar a una ambulancia y que la trasladen, o pueden subirla ustedes al auto y manejar los dos kilómetros hasta allá. Como sea, necesita llegar al hospital de inmediato.

Kyle y Christine se quedaron paralizados junto a la camilla donde su hija descansaba sin moverse. De todas las cosas que Kyle había vivido en su vida, esto era, sin duda, lo más doloroso que jamás había experimentado.

—Esto no puede ser —dijo Kyle, con los ojos llenos de lágrimas mientras el mundo se le venía abajo—. Es tan pequeña. Tan hermosa. Tan preciosa. Debe haberse equivocado en el diagnóstico.

Miró a Christine, tomó a Rosemary en brazos y salieron hacia sus autos.

—Nos vemos allá —dijo Christine, besando a Rosemary en la cabeza.

Mientras la acomodaba en el asiento del auto, Rosemary le dijo con voz débil:

—Papá, tengo hambre. ¿Podemos ir por un helado?

¿Cómo podía negárselo? Estaba tan enferma. ¿Qué daño podía hacer? Rosemary devoró el helado en segundos. Kyle no lo sabía en ese momento, pero en realidad estaba empeorando la situación. El cuerpo de Rosemary ya no podía convertir la glucosa en energía, y él estaba llevando su nivel de azúcar por las nubes. Si no llegaban pronto al hospital y le administraban insulina, podía caer en coma y morir.

Al llegar al hospital, el equipo médico ya los esperaba. Rápidamente, colocaron a Rosemary en una camilla con tablas laterales. Le ataron los brazos extendidos y, sin tener en cuenta su edad ni su dolor, comenzaron a insertarle agujas, sueros y otros dispositivos en sus pequeños brazos.

—¡Papá! ¡Papá, haz que paren! ¡Papá, ayúdame! —gritaba Rosemary desesperada mientras el equipo seguía con su trabajo.

Kyle se desplomó en lágrimas, mirando a su hijita a los ojos. No podía hacer nada más que llorar con ella y asegurarle que todo terminaría pronto.

Un médico alto, de ojos castaños, entró en la sala y colocó su mano sobre el hombro de Kyle.

—Aguanta, papá. Va a estar bien. Cada minuto cuenta ahora, y el equipo está haciendo todo lo posible para salvarla —dijo el doctor Domek, con profunda preocupación y empatía.

Durante un tiempo, todo fue incierto. Pero Rosemary logró salir adelante. La familia se enteró de que no había cura para la diabetes tipo 1. Sin un control estricto de por vida de sus niveles de azúcar y frecuentes inyecciones de insulina, Rosemary podría morir. Todo era abrumador.

El día en que le dieron el alta del hospital, sonó el teléfono. Era su buen amigo, Bill.

—Hola, amigo —dijo Bill—. Perdón por no responder antes. Te devuelvo la llamada.

—Yo no te llamé —respondió Kyle, algo confundido.

—¿En serio? Qué raro. Juraría que vi una llamada tuya. Bueno… simplemente sentí que tenía que llamarte. ¿Está todo bien?

—No me lo vas a creer —respondió Kyle, con la voz entrecortada—. Acabo de volver del hospital con mi hija. Tiene tres años. Le diagnosticaron diabetes.

Hubo un largo silencio al otro lado de la línea.

—¿Sigues ahí? —preguntó Kyle.

—Sí… —respondió Bill, con evidente dificultad para hablar sin llorar—. Lo siento mucho. Es una niña tan linda. Pero creo que ya sé por qué te llamé.

—¿Por qué? —preguntó Kyle.

—A mi hija le diagnosticaron diabetes tipo 1 cuando tenía tres años. Ahora está por irse a la universidad. Es duro. Apesta. Pero ustedes pueden con esto.

El momento de esa llamada no fue casualidad. Kyle necesitaba esperanza, y la esperanza llegó en forma de una llamada telefónica que solo pudo haber sido motivada por ángeles… o quizás por una línea directa con el mismísimo Señor.

Rosemary siguió luchando contra la enfermedad a lo largo de su vida, pero nunca permitió que la definiera. A menudo decía que la había hecho más fuerte, aunque en más de una ocasión estuvo cerca de no despertar tras un episodio severo de hipoglucemia.

Raelyn era la más pequeña de la familia. Siempre era el alma de la fiesta y, junto con su hermano Ike —y con el aliento de su papá—, mantenían a todos muertos de risa. Los hermanos mayores solían quejarse de que a Raelyn nunca le daban nalgadas.

—¿A poco no están felices de que al fin lo entendí? —bromeaba Kyle para defenderla—. ¡No todos mis hijos podían salir perfectos!

Los niños sabían que Kyle estaba bromeando sobre Raelyn. Como la bebé de la familia, jamás le faltó cariño ni afecto por parte de sus hermanos.

La noche de películas en familia era una de las actividades favoritas. Una noche, decidieron ver una película de ciencia ficción protagonizada por alienígenas con forma de avatar.

Raelyn tenía una habilidad natural para el drama. Podía jugar sola durante horas, inventando historias y aventuras con muñecas y peluches. Kyle solía unirse a ella, interpretando personajes y dándole vida a los juegos de su pequeña actriz. En el mundo de Raelyn, la línea entre la realidad y la fantasía era muy fina. El aroma a palomitas llenaba la casa mientras todos se acomodaban en pijama para ver la película en la pantalla grande del cuarto familiar. Todo iba bien hasta que, justo después de una escena de acción, en medio de una transición musical hacia un plano panorámico, se escuchó un fuerte golpe en medio del cuarto.

Kyle corrió a encender la luz y descubrió que Raelyn yacía en el suelo, boca abajo. Estaba inconsciente y no respondía.

—¡Raelyn! ¡Raelyn! Háblame, habla con papá —gritó Kyle mientras intentaba hacerla reaccionar—. ¡Llamen al 911! ¡Algo no está bien! ¡Tiene los ojos en blanco, casi no le siento el pulso y no parece estar respirando!

Los otros niños comenzaron a llorar. El ambiente pasó de ser alegre y emocionante a una escena de pánico y horror.

Poco a poco, Raelyn empezó a recobrar la conciencia. Su respiración se hizo evidente, pero miraba fijamente al frente como si estuviera perdida en otro mundo.

—¡Mamá! ¡Mamá! ¿Dónde estás? ¡No puedo verte! ¡Mamá, papá, ¿qué está pasando?! ¡No veo a nadie! ¡Ayúdenme! —gritaba mientras comenzaba a reaccionar.

Los paramédicos llegaron enseguida y comenzaron a revisar sus signos vitales. En cuestión de minutos, Raelyn volvió a ser la misma niña alegre de siempre.

—¿Qué demonios pasó? —preguntó Kyle al equipo de emergencias—. Solo estábamos viendo una película, y de repente ella cayó desmayada al suelo.

—Ya hemos visto esto antes —explicó uno de los paramédicos—. Apuesto a que se asustó cuando vio los ojos enormes del avatar. Simplemente dejó de respirar hasta que se desmayó. Vigílenla, pero creo que va a estar bien.

Era cierto: en la casa de los Sanderson nunca había un momento aburrido. No importaba lo caótico que hubiera sido el día, Kyle siempre hacía todo lo posible por terminarlo en paz. No quería que sus hijos se quedaran despiertos por la noche con miedo, como lo había hecho él de niño, mirando los faros de los autos pasar por la ventana y temiendo que uno de esos vehículos lo condujera su padre borracho, dispuesto a descargar su ira y violencia sobre la familia.

En la mente de Kyle, el temor a lo que Dwight pudiera hacer seguía presente. Se había instalado en el fondo de su cabeza por la mayor parte de su vida. ¿Dónde estaba? ¿Se habría vuelto loco? ¿El alcohol ya habría hecho lo suyo? Había demasiadas incógnitas como para no estar preparado para lo peor.

Los niños ya esperaban un ritual nocturno que les brindaba consuelo y una sensación de seguridad. Había una frase que escuchaban todas las noches, mientras Kyle recorría las habitaciones para rezar con ellos antes de dormir.

—Sabes que te amo. Y no hay nada que puedas hacer para cambiar eso, ¿verdad? —decía como parte de su rutina.

Al salir de las habitaciones y apagar las luces, solía detenerse, voltear y preguntar:

—¿Sabes qué?

—Sí —respondía cualquiera de los niños.

—¿Qué?

—Que me amas.

—Claro que sí. Te amo —respondía Kyle, mientras los niños se dormían con la certeza de que todo estaba bien en el mundo, y que pasara lo que pasara, su mamá y su papá los amaban. Siempre.

CAPÍTULO 43

Salir en público con seis niños siempre era una aventura. El mundo estaba diseñado para una familia de cuatro. La mayoría de los automóviles podían transportar con facilidad a una familia de ese tamaño. Cuando había cuatro personas en la mesa, los asientos en los restaurantes ofrecían espacio suficiente para comer cómodamente. Duplicar ese número implicaba enfrentarse a todo un nuevo conjunto de desafíos. El auto tenía que ser más grande y el tiempo de espera para conseguir una mesa en su restaurante favorito era siempre más largo. Mantener la cuenta de cuántos iban con ellos era una prioridad constante para Kyle y Christine. Bastaba un momento de distracción para que un niño desapareciera de vista.

En un esfuerzo por mantener a las ovejas reunidas, Kyle ideó algunas técnicas para poner orden en medio del caos. Su primera estrategia fue un silbido familiar reconocible y único. Incluso los mejores planes podían fallar, así que si alguno de los niños se perdía entre los percheros de una tienda por departamentos, en lugar de gritar o llamar al 911, la familia había desarrollado un silbido personalizado.

Si uno, dos o incluso tres niños se alejaban del grupo, bastaba con hacer el silbido y las vacas regresaban al corral. Solo había que seguir el sonido, y en un instante estarían nuevamente entre la manada.

En otras ocasiones, mantener a los niños juntos requería un enfoque más de estilo militar. En vez de vagar por los pasillos como agentes libres, Kyle aplicaba el protocolo D.I.N.A.R., que era la abreviación de "Ducks In A Row", o "Patitos En Fila".

Si las cosas empezaban a parecer un descarrilamiento inminente, Kyle simplemente anunciaba: "¡D.I.N.A.R.!" y en un instante los pequeños patitos se alineaban del menor al mayor como si fueran soldaditos de juguete.

El D.I.N.A.R. se convirtió tanto en un juego como en una necesidad. A los niños les divertía encontrar su lugar en la fila y marchar en orden.

El D.I.N.A.R. tenía sus beneficios, pero también sus inconvenientes. En una ocasión, Kyle vio la necesidad de implementar el protocolo.

"¡D.I.N.A.R.!" anunció. Y de inmediato, los niños se colocaron en fila escalonada como si fueran soldados de juguete. Kyle encabezaba la marcha y guiaba a las tropas sin problema alguno, hasta que, sin pensarlo, como solía hacer, soltó una bomba trasera, o como Christine solía llamarla, una "bocanada de amor", que fue directamente al rostro del más pequeño de los seis.

Para la vergüenza de Kyle, y sin oportunidad de frenar la reacción, Raelyn lanzó la advertencia a sus compañeros: "¡Papá se tiró un pedo!" No solo lo mencionó, sino que lo proclamó a viva voz. Como un reloj, el mensaje fue replicado a lo largo de la cadena con pasión y compromiso.

"¡Papá se tiró un pedo! ¡Papá se tiró un pedo! ¡Papá se tiró un pedo! ¡Papá se tiró un pedo! ¡Papá se tiró un pedo!" se convirtió en el anuncio de servicio público de cada uno de los niños.

Kyle estaba mortificado.

"Te dije que lo aguantaras," dijo Christine con poca compasión mientras los curiosos observaban y estallaban en carcajadas como si estuvieran en primera fila de un club de comedia.

No hace falta decir que las tropas se dispersaron al instante, y Kyle tuvo que incorporar el silbido familiar a la rutina cómica, para deleite del público improvisado. "No me divertía tanto comprando desde hace años," dijo una mamá a otra mientras observaba con un bebé en la cadera.

"Tengo que darle crédito al tipo. Mi esposo simplemente se lo habría tirado y me habría dejado lidiar con su bomba apestosa," comentó otra clienta mientras la tienda volvía a su ritmo habitual.

Tras un día completo de compras, la familia decidió disfrutar de un "brinner" —abreviación de desayuno como cena— en su restaurante favorito.

Kyle se acomodó en una mesa extragrande, diseñada para familias de su tamaño. Esa mesa era una de las razones por las que les gustaba comer en Cracker Barrel.

Christine se apartó para ir al baño mientras Kyle hacía el pedido con la mesera.

"El desayuno infantil con panqueques para todos, por favor," dijo Kyle mientras le daba las indicaciones a la mesera canosa de ojos amables que mostraban señales de haber tenido un turno ocupado.

"¿Y ustedes dos? ¿Qué van a pedir tú y tu señora?" preguntó con una sonrisa dulce y genuina. "Tus hijos son tan lindos y bien portados," añadió.

"No sé quiénes son estos niños. Vi un asiento vacío y me senté," bromeó Kyle con la mesera. "Nosotros pediremos el especial. Gracias, señora."

Los niños estaban entretenidos jugando al fútbol de papel sobre la mesa cuando Christine se acercó con una expresión de shock y miedo en el rostro.

—¿Estás bien? ¿Qué pasa? —preguntó Kyle con preocupación inmediata.

Christine se sentó junto a él con lágrimas en los ojos y fue incapaz de hablar. Le mostró el brazo izquierdo a Kyle y señaló su dedo anular.

—No entiendo. ¿Pasa algo? —insistió Kyle.

—El diamante de mi anillo de bodas. ¡Ya no está! Me di cuenta de que faltaba cuando me lavé las manos en el baño —explicó Christine, apoyando la cabeza sobre los brazos cruzados sobre la mesa mientras sollozaba.

—¿Qué pasa, mamá? —preguntó Ben. Siempre había sido sensible e intuitivo ante las emociones de los demás—. Papá, ¿por qué está triste mamá?

—Mamá perdió el diamante de su anillo de bodas —explicó Christine lo mejor que pudo, mientras la tristeza por la pérdida la invadía por completo.

—Kyle, tengo que ir a buscarlo.

—¿Dónde? Hoy estuvimos por toda la ciudad. ¿Por dónde empezarías? Además, las tiendas cerrarán en treinta minutos —dijo Kyle, tratando de hacerla entrar en razón.

—Voy a volver a Sam's Club. Siento que pudo haberse caído mientras hacíamos las compras. Le pediré al encargado que trapee el piso con agua. Seguramente se apiadarán de mí —dijo Christine justo cuando llegó la comida—. Me llevo mi auto y voy hasta allá. Tú quédate con los niños, coman tranquilos, y después te los llevas en tu auto. Nos vemos en casa.

Ese anillo significaba el mundo para ella. Tenía que intentarlo, al menos.

—Niños, mamá necesita un milagro. Vamos a dar gracias por la comida y a pedirle a Dios que la ayude a encontrar el diamante de su anillo —instruyó Kyle mientras la pequeña tribu inclinaba la cabeza con respeto y reverencia ante la pérdida de su madre.

Kyle ayudó a los niños a cortar sus panqueques y terminar la cena. Pagó la cuenta y reunió a todos para salir del restaurante. Con un bebé en un brazo y sujetando la mano de Ike con el otro, Kyle salió hacia la noche oscura. El estacionamiento había sido asfaltado recientemente, y la iluminación era escasa debido a los pocos faroles.

Al bajar de la acera, mientras Ike se desviaba en otra dirección, Kyle perdió el equilibrio intentando mantenerse firme con el bebé a un costado.

Al dar un paso para recuperar la estabilidad, un destello sobre el asfalto negro captó su atención. Kyle se quedó inmóvil.

No puede ser, pensó.

Se agachó y recogió el origen de aquel brillo que parpadeaba sobre el pavimento.

—¡ES UN MILAGRO! —gritó Kyle con todas sus fuerzas—. ¡ES UN MILAGRO!

—¿Qué pasó, papi? ¿Qué es un milagro? —preguntó Lori-Ellen, intrigada.

—¡Es el diamante del anillo de bodas de su madre! ¡Dios respondió nuestra oración! ¡Tu mamá no lo va a poder creer! —exclamó Kyle mientras colocaba con sumo cuidado la piedra preciosa en su bolsillo. Luego hizo sonar el silbido familiar de la familia.

Las tropas se reagruparon y subieron al auto para ir a Sam's Club a contarle la noticia a mamá.

Cuando llegaron, las puertas ya estaban cerradas, pero el guardia nocturno comprendió la situación y dejó que Kyle entrara. Lo dirigieron hasta el pasillo 10, donde encontró a Christine rodeada de empleados que removían polvo y suciedad con una enorme mopa industrial. Kyle notó que la esperanza se les desvanecía con cada minuto sin señales del diamante.

Christine seguía llorando cuando lo vio acercarse.

Se levantó para abrazarlo, y justo cuando lo hizo, Kyle se arrodilló sobre una rodilla y le dijo:

—Sé cuánto significó para ti cuando te lo di la primera vez. Espero que signifique lo mismo esta segunda.

Le presentó el diamante en la palma de su mano extendida. Christine abrió la boca, sorprendida, y gritó de alegría. Los empleados aplaudieron mientras todos celebraban lo que solo podía describirse como una intervención divina.

—Parece que Dios sí nos cuida —le dijo Christine a Kyle, abrazándolo con fuerza.

—Siempre lo hace —respondió él con una sonrisa.

CAPÍTULO 44

Durante años, Kyle y Christine habían vivido, en cierto modo, fuera del radar. Su número de teléfono fijo no figuraba en ningún directorio, y nunca enviaban la tradicional tarjeta navideña con una foto que mostrara cómo había cambiado la familia a lo largo del año. Nadie sabía con certeza dónde vivía Dwight. Pero en el fondo de su mente, Kyle siempre permanecía alerta, atento a cualquier señal de problemas. Dwight era errático y amenazante.

La vida estaba mejor que nunca. Y aunque todavía aparecían de vez en cuando pequeños sustos, cualquier cosa que antes se sintiera como una amenaza ahora pertenecía al pasado.

En retrospectiva, probablemente debieron haber considerado con más seriedad el riesgo constante, pero no pensaban demasiado en el nivel de exposición pública que Kyle había adquirido a través del diario informativo, su programa de radio a nivel estatal y sus apariciones en los noticieros, donde ofrecía opiniones regulares sobre políticas públicas.

El corazón de Kyle se hundió cuando recibió su primera carta inquietante en la oficina. Era de parte de Dwight.

El tono de la carta era acusatorio y despectivo. Aunque no era exactamente una vendetta, culpaba a todos menos a Dwight. Se notaba un profundo odio hacia Anna, y Dwight acusaba a Kyle de ser parte del problema familiar.

"Tu madre arruinó mi vida. Me partí el alma trabajando para ella y ¿qué obtengo? Me quedo sin nada," decía una de las líneas de la carta.

"Algún día se va a arrepentir de haberse metido conmigo. Tú tomaste su lado, y tú también pagarás el precio."

A Kyle le quedó claro que Dwight seguía luchando con problemas de salud mental y abuso de alcohol. Seguramente escribió esa carta (así como muchas otras que vendrían después) estando borracho.

Pero ¿cómo había encontrado a Kyle? ¿Cómo había conseguido la información necesaria para contactarlo? ¿Seguía en California? Seguramente estaba fuera del alcance de la señal de radio, y el periódico solo se enviaba a suscriptores. ¿Alguien le estaba pasando datos?

Kyle sentía que ya había perdonado a su padre por el dolor que le causó en su infancia. Pero todavía le costaba entender qué significaba realmente honrar a los padres. Para él, se trataba de devolverle el honor al apellido familiar. Pero honrar a su padre no tenía por qué significar permitirle un lugar de nuevo en su vida.

Sus pensamientos fueron de inmediato hacia la protección de su familia. Ellos eran su prioridad. Viejos mecanismos de defensa volvieron a activarse, y la idea de dormir con un arma bajo la almohada reapareció en su mente.

Saber de Dwight era motivo suficiente para estar en alerta. Le contó a Christine lo sucedido. Ambos acordaron ser más cuidadosos con su privacidad. Los niños jugarían solo en el patio trasero, y lamentablemente, tendrían que estar atentos por si Dwight aparecía. Era simplemente demasiado impredecible y peligroso.

Vivir con miedo no era una opción. Kyle se negó a ser prisionero del pasado. Decidió continuar con su vida como de costumbre. Su trabajo le daba la oportunidad de viajar a otros países y, aunque le costaba dejar a Christine y a todos los niños, especialmente con esa amenaza latente en la sombra, no podía permitir que Dwight lo mantuviera rehén del temor.

Christine compartía esa misma visión y lo tranquilizó asegurándole que debían seguir adelante. "Tenemos que vivir nuestra vida, Kyle. Tenemos que tener fe y confiar en que nuestros ángeles guardianes están con nosotros. Tú ve. Nosotros estaremos bien," dijo Christine con seguridad y convicción.

Aun así, a Kyle le costaba mucho la idea de dejar a su familia sola. A regañadientes, le enseñó a Christine cómo usar la pistola. Compraron un perro guardián, y Kyle pidió a sus amigos más cercanos que se turnaran para pasar por la casa y ver cómo estaban Christine y los niños mientras él estuviera fuera.

CAPÍTULO 45

De todos los lugares que había visitado, África ocupaba un lugar especial en el corazón de Kyle. África era mucho más primitiva de lo que jamás había imaginado. Pero la gente era entrañable y amable. Las ciudades principales ofrecían cierto nivel de comodidades modernas, pero en general, era como viajar al pasado. A pesar de la falta de comodidades, a Kyle le asombraba la felicidad que impregnaba sus vidas.

En una misión particular a África, Kyle visitó una pequeña isla en el centro del lago Malawi. Se hospedó en una aldea remota sin electricidad ni agua corriente. Su primera noche allí, se acomodó en una pequeña habitación de bloques de cemento, con barrotes en las ventanas abiertas.

Una red antimosquitos colgaba del techo y se extendía sobre su cama. Su linterna era su única fuente de luz. Le habían advertido que solo debía beber agua embotellada, incluso para cepillarse los dientes.

Mientras yacía en la cama, escuchaba a las criaturas nocturnas hacer notar su presencia con fuerza. Monos, aves exóticas y otros sonidos extraños de animales nocturnos se oían justo afuera de su ventana. Kyle había pasado muchas noches durmiendo bajo la luz de la luna, pero estos sonidos eran distintos a todo lo que había escuchado antes. Le costó conciliar el sueño, pero finalmente logró descansar debido al agotamiento total tras tantas horas de viaje.

A la mañana siguiente, se sorprendió al descubrir que su habitación tenía una ducha alimentada por gravedad. No la había notado la noche anterior. Solo producía agua fría, pero funcionaba bien cuando una pastilla de jabón entraba en acción. Desayunó en un gazebo al aire libre, y la comida era digna de un rey. Podía haber escasez de electricidad y agua corriente, pero los frijoles, el arroz, el maíz y el repollo abundaban. Más tarde se enteró de que los huevos y otras fuentes de proteína eran difíciles de conseguir. Los huevos que le sirvieron en el desayuno habían sido reservados para huéspedes especiales. Kyle entendía el privilegio y sintió un poco de culpa mientras comía, observando cómo otros lo atendían con disposición.

Cada mañana durante el desayuno, Kyle notaba cómo las familias locales caminaban junto al gazebo en la orilla de la playa. Siempre iban acompañadas de cabras, vacas y distintos animales de carga. No podía creer lo que veía: bañarse en las aguas poco profundas del lago era una práctica común. Pero eso no era lo más impactante. Lo que lo desconcertaba era que lo hacían en las mismas aguas donde las vacas y otros animales caminaban y hacían sus necesidades con frecuencia.

"¿No se dan cuenta de que se están bañando en el mismo lugar donde los animales defecan y orinan?", preguntó Kyle a su guía.

"Sí, claro que lo saben. Pero conocen bien dónde y cómo pararse para que funcione," explicó el guía. "Tienen mucho orgullo en mantenerse limpios. Créame, están plenamente conscientes de lo que hacen."

"No puedo imaginarme bañándome en ese tipo de agua. Ni por todo el dinero del mundo me metería en ese desastre," dijo Kyle mientras el guía simplemente le respondía con una enorme sonrisa.

Kyle pasó la semana recopilando fotografías e historias para su informe. Su única pena era que Christine no estuviera allí para disfrutarlo con él. A ambos les encantaba explorar nuevos lugares y descubrir culturas juntos. Ella habría disfrutado mucho estar con él.

En el último día de su viaje, Kyle disfrutó de otro maravilloso desayuno en la playa. Y como cada día anterior, las familias felices desfilaban hacia y desde la playa con sus hijos y animales, todos en lo suyo.

Mientras Kyle tomaba el último sorbo de café, notó a dos hombres locales cavando en la arena junto a la orilla. Finalmente, emergió el extremo de un tubo de PVC, al que los hombres le conectaron una bomba de agua portátil con motor.

Lanzaron la manguera de succión hacia el agua, justo en el área donde solían estar las vacas para orinar y defecar.

Encendieron el motor de la bomba y corrieron hacia las habitaciones de los huéspedes. Treparon por una escalera de bambú y se ubicaron junto al tanque de agua justo encima del cuarto de Kyle.

En cuestión de minutos, el agua empezó a fluir dentro del tanque mientras los hombres observaban para ver cuándo se llenaba hasta el límite.

Kyle miró a su guía, quien le mostró esa sonrisa familiar de días anteriores.

"Estás bromeando, ¿verdad?", dijo Kyle incrédulo. "¿El agua de mi ducha viene de ese lago?"

El guía permaneció en silencio, asintiendo con la cabeza mientras mostraba su amplia sonrisa, con sus dientes blancos reluciendo contra sus labios oscuros.

—¡Bueno, yo soy la prueba de que el sistema funciona! —dijo Kyle, mientras él y el guía estallaban en carcajadas—. Al menos descubrí cómo conseguir agua tibia. El calor del día calentaba el tanque por la tarde. Las duchas nocturnas eran mucho más agradables que las de la mañana. A nadie le gusta una ducha fría. ¡Y gracias a Dios no canté con la boca abierta mientras me duchaba!

Los hombres se despidieron cuando Kyle abordó el bote de regreso al continente. Pero las sorpresas para Kyle estaban lejos de terminar. El pequeño remolcador no era rápido, pero sí constante y cómodo. El capitán y su equipo cuidaban muy bien de los pasajeros y de la carga.

Aproximadamente a una milla de la costa, el motor del remolcador comenzó a dar señales de estar fallando. El capitán apagó el motor y bajó para evaluar la situación. Los ruidos de golpes metálicos y herramientas resonando fueron los primeros indicios de que algo no andaba bien bajo la cubierta, donde todos permanecían tranquilos en la superficie del bote.

Eventualmente, el capitán emergió de las entrañas del barco con la cara manchada de grasa y la bomba de agua del motor en la mano.

—Amigos míos —comenzó el capitán—, nuestro bote está a la deriva y actualmente estamos a merced del viento y de las corrientes.

El capitán dio instrucciones a su primer oficial y, en un instante, el marinero se lanzó de cabeza al agua azul cristalina.

Para Kyle, aquello parecía impensable, pero claro, esto era África. ¡El marinero estaba nadando hasta la costa para pedir ayuda!

Aproximadamente una hora después, se podía ver al primer oficial en el horizonte remando sobre un tronco ahuecado que servía como su canoa. Pronto se acercó al bote y le entregó al capitán un pequeño tubo plateado. No estaba del todo claro lo que ocurría, pero lo que se desarrolló fue simplemente ingenioso.

Kyle se enteró de que el marinero había nadado hasta un pequeño quiosco de bambú que servía como tienda general en la isla. Aunque remota, la isla había aprendido a aprovechar ciertos artículos esenciales del mundo exterior. Nada resultaba más valioso allí que… ¡el pegamento instantáneo!

África podía parecer atrapada en el tiempo, pero sus habitantes no eran en absoluto ignorantes. Sabían arreglar cualquier cosa porque debían hacerlo para sobrevivir. Kyle conocía bien ese instinto.

Observó con asombro cómo el capitán arrancaba pequeños trozos de su camisa y aplicaba capa tras capa de pegamento y tela sobre la grieta en el interior de la bomba de agua del motor.

—Esto no puede funcionar —le dijo Kyle a otro viajero. El capitán escuchó el comentario, le guiñó un ojo a Kyle y bajó de nuevo a la sala de máquinas para poner a prueba su teoría.

Para asombro de todos (menos del capitán), el motor arrancó, la reparación de la bomba aguantó, y el pequeño remolcador que pudo… llevó a todos sanos y salvos al puerto.

Nada entusiasmaba más a Kyle que compartir historias de sus viajes con Christine y los niños. A medida que hacía amistades por todo el mundo, muchas de esas personas visitaban su hogar y se quedaban por semanas, exponiendo a los niños a nuevas culturas, idiomas y formas de ver el mundo. Con el tiempo, cada uno de sus hijos se unió a él en distintas aventuras, plantando semillas de curiosidad que más adelante inspirarían sus propios viajes. Kyle creía que los grandes recuerdos valían mucho más que las cosas materiales, y siempre prefería las experiencias antes que los dispositivos o los lujos. Quería ser ese anciano en un hogar de retiro que contaba historias increíbles de vida, no uno que presumía del dinero no gastado en una cuenta polvorienta del banco. Encontrar ese equilibrio no era sencillo, pero para él, una vida sin riesgo no era vida en absoluto.

Lo que Kyle no sabía… era que el riesgo estaba a punto de adquirir un significado completamente nuevo.

CAPÍTULO 46

—¿Viste eso? —preguntó Kyle a Christine mientras se incorporaba en la cama. Era plena madrugada, y Christine dormía profundamente. Kyle, en cambio, estaba completamente despierto.

—¿Qué cosa, amor? Vuelve a dormir, es muy temprano —murmuró Christine, luchando por abrir los ojos. Tocó el brazo de Kyle y hundió la cabeza bajo la almohada.

Kyle sabía lo que había visto, y desafiaba toda lógica. Necesitaba confirmar que la figura al pie de la cama no había sido solo un sueño o una visión, sino una revelación vívida de otra dimensión. No era alguien que persiguiera señales ni se obsesionara con lo sobrenatural, pero esto no tenía nada de ordinario.

Despertado de un sueño profundo, se encontró frente a un ángel majestuoso y enorme. A pesar de su imponente presencia y poder indiscutible, Kyle sintió una paz y consuelo abrumadores. No era experto en estos temas, pero aquello tenía que ser lo que algunos llaman un arcángel: fuerte, imponente, pero curiosamente empático.

Fuera real, un sueño o una alucinación, la experiencia era imborrable. Mientras el ángel ascendía hacia el techo abovedado del dormitorio, la mirada de Kyle se fijó en sus enormes alas blancas, que envolvían suavemente una figura. Justo antes de desaparecer, emergió el rostro de un hombre anciano: Dwight, en lo que parecía ser el momento final de su vida.

Kyle sintió con fuerza que su padre había muerto, y que esto era una especie de mensaje espiritual. Un anuncio de que el final había llegado para Dwight, y de que Kyle por fin podía vivir en paz, sabiendo que su padre había encontrado descanso. Su némesis de toda la vida había sido finalmente derrotado.

—Perdón, amor. Odio despertarte. Pero creo que mi papá acaba de morir —dijo Kyle mientras trataba de conectar nuevamente con su esposa somnolienta.

Christine percibió la preocupación en la voz de Kyle y encendió la lámpara de la mesa de noche.

—Lo digo en serio. ¿De verdad no viste nada en los últimos cinco minutos? —insistió Kyle con más intensidad—. Creo que acabo de ver a un arcángel, y se estaba llevando a mi papá a su descanso final.

—Cariño, te amo, pero creo que tuviste una pesadilla —dijo Christine, tratando de consolar lo mejor posible a su evidentemente angustiado esposo—. Vuelve a dormir. Podemos hablar de esto por la mañana.

Tal vez tenía razón. Quizá todo era una reacción al estrés subconsciente que venía arrastrando desde que empezaron a llegar esas cartas no solicitadas de Dwight.

Kyle se preguntó si alguna vez lograría liberarse del tormento constante que su padre había traído a su vida. Y sin embargo, por más que odiara admitirlo, la idea de que Dwight hubiera muerto le generaba un gran alivio.

Se dio vuelta sobre su costado y trató de sacar la experiencia de su mente. Christine le acarició la espalda hasta que estuvo segura de que por fin había logrado quedarse dormido. A ella le dolía por dentro en formas que nadie más podía entender. Le partía el alma saber lo profundamente que las heridas de su padre lo habían marcado. De alguna manera, él había logrado lidiar con los daños del pasado y construir la vida increíble que ahora compartían. Y ella sabía que la fuente de su fortaleza estaba arraigada en su fe inquebrantable.

Kyle se levantó temprano a la mañana siguiente y logró salir de la casa sin que Christine ni los niños notaran que se había marchado.

¿Qué fue eso?, pensó mientras lidiaba con el tráfico de la hora pico. Fuera lo que fuera, no iba a quitarle su efecto fácilmente. La experiencia había sido tan real como cualquier otra cosa que hubiera vivido.

El nuevo día en la oficina comenzó con la rutina de siempre. Los saludos superficiales de la mañana se desvanecieron pronto cuando todos se sumergieron en sus tareas. Salvo por una nueva olla de café, todo seguía igual.

Kyle se acomodó y se puso a trabajar en una tarea. Su bandeja de entrada emitió un sonido: tenía un nuevo correo. Cuando abrió el mensaje, sintió que el estómago se le hundía y comenzó a leer las palabras como si las viera a través de un túnel.

"Querido Kyle, sé que han pasado muchos años desde la última vez que hablamos, pero quería ponerme en contacto contigo para informarte de algo relacionado con tu papá", decía el mensaje, enviado por Jean, una de sus primas más queridas.

A pesar de las desafortunadas circunstancias familiares que habían puesto distancia entre ellos, Kyle confiaba en ella. Jean siempre había sido amable y solidaria. Compartieron muchos recuerdos hermosos en su infancia, junto a sus abuelos y otros primos. Eran memorias que él atesoraba.

Kyle apartó la mirada antes de continuar leyendo. Apretó la mandíbula. Apenas podía tragar mientras las lágrimas comenzaban a acumularse en las comisuras de sus ojos. Supo de inmediato que aquel ángel lo había estado preparando para este momento. ¿Qué noticia estaba por revelarse? Habían pasado treinta y cinco años desde aquella noche en que había estado a punto de acabar con la vida de su padre. ¿Sería hoy el día en que esa posibilidad se volviera real?

"Lamento informarte…"

Kyle no estaba seguro de estar preparado para leer lo que seguía. Releyó la última línea del correo.

"Lamento informarte que tu papá está muriendo. Tiene EPOC, cáncer y otros problemas cardiovasculares graves. Han llamado a cuidados paliativos, y no están seguros de que sobreviva hasta el fin de semana. Su último deseo es verte."

"Solo quería que lo supieras. No sientas presión ni por mí ni por el resto de la familia. Entendemos todo lo que has vivido. Solo quiero que sepas que te amo. Todos te amamos. Te hemos extrañado profundamente. Independientemente de tu decisión o de lo que traigan los próximos días, siempre serás bienvenido, y nos encantaría verte."

Kyle se quedó sentado en su escritorio, abrumado por la emoción. Las últimas doce horas le habían traído revelaciones tan intensas que su mente y su corazón estaban desbordados.

Tomó el teléfono de inmediato y llamó a Christine.

—¿Estás sentada? —preguntó antes de contarle todo lo que acababa de suceder.

Christine escuchó en completo silencio mientras Kyle desmenuzaba cada detalle.

—¿Qué vas a hacer? —preguntó con voz suave.

—¿Qué quieres decir? No le debo nada. Puede pudrirse en el infierno, por mí —dijo Kyle, y su voz se endureció por la rabia—. Él tomó sus decisiones. Ahora que se quede con las consecuencias. Si cree que va a reaparecer en mi vida en su lecho de muerte, va a llevarse una gran decepción.

Christine eligió sus siguientes palabras con mucho cuidado.

—¿Pudrirse en el infierno? Pero… pensé que lo habías perdonado. Y bueno… ¿qué hay del ángel?

El silencio se apoderó de la llamada durante los siguientes treinta segundos, hasta que Kyle comenzó a llorar. El dolor, el daño y el miedo que había cargado desde niño salieron a la superficie. Tanto arrepentimiento. Tantas cosas que pudieron haber sido, pero no fueron.

Kyle empujó palabras honestas y dolidas a través del silencio.

—Sí lo perdoné. Pero esto es muy difícil. No estoy seguro de poder hacerlo.

—Te amo, amor. Eres tan fuerte. Has pasado por tanto —le dijo ella con ternura—. ¿Cómo negar lo que ha pasado desde anoche? No es un accidente ni una coincidencia. Tiene que haber una razón. Un propósito.

Hizo una pausa breve y añadió con cariño:

—¿Por qué no llamas a Todd? Estoy segura de que él irá contigo si decides que es lo mejor.

Kyle susurró su agradecimiento, profundamente conmovido por lo mucho que ella significaba en su vida. Colgó el teléfono con cuidado. Amaba tener a Christine a su lado. Había sido su confidente y consejera en tantas ocasiones. Sabía, en el fondo, que ella tenía razón.

Algo muy inusual estaba ocurriendo. Tenía más preguntas que respuestas, pero si quería encontrar un cierre real, tendría que dar un gran salto de fe. La fe los había llevado hasta allí. No había razón para rendirse ahora.

Kyle no lo sabía, pero Dwight había regresado a Oklahoma más o menos al mismo tiempo en que él volvió de Washington D.C. Sorprendentemente, habían estado viviendo a menos de 60 kilómetros el uno del otro, y Kyle nunca lo supo.

Si todo seguía como parecía, sería un viaje de apenas 60 kilómetros… que había tardado 35 años en completarse.

CAPÍTULO 47

Todd era un amigo de toda la vida, leal y de confianza. Aceptó llevar a Kyle al reencuentro con su padre.

—No puedo prometer lo que va a pasar —dijo Kyle con gravedad, mientras el SUV se acercaba al pequeño dúplex donde vivía Dwight—. Esto podría ser una emboscada... puede que él lo vea como su último gran acto. Y no sé cómo voy a reaccionar. Si empiezo a golpearle la cara, por favor intervení y evitá que termine en la cárcel.

Mientras se acercaban a la puerta mosquitera que cubría la entrada de la casa, Kyle fue invadido por la emoción. Sudaba mientras su ritmo cardíaco se disparaba. Estaba al borde de un ataque de pánico, pero sabía que tenía que seguir adelante. Tenía que enfrentar su miedo. Tenía que enfrentar al gigante que lo había aterrorizado durante tantos años.

Había llegado el día del juicio.

La tensión recorría todo el cuerpo de Kyle. Se sentía como un hombre inocente en el corredor de la muerte dando sus últimos pasos por un pasillo frío y oscuro, rumbo a una inyección letal. Con la mano húmeda, extendió los dedos y tocó la puerta del que alguna vez había sido su verdugo. El mundo se cerró a su alrededor. Una voz áspera respondió al golpe, deslizándose desde la habitación en penumbra más allá del vidrio oscuro y enviando escalofríos por la espalda de Kyle. Hacía años que no escuchaba esa voz inquietante e inconfundible. El sonido de la voz de Dwight lo atravesó como una daga, clavando el miedo profundo en su corazón y en su alma.

—¿Hola? Adelante —llamó Dwight, esforzándose por sacar el aire de sus pulmones en un intento desesperado por hacerse oír.

Kyle respiró hondo, miró a Todd, tomó el picaporte de la puerta y, con todo el coraje que pudo reunir, entró. Lo abrumó el olor a orina estancada mezclado con un mes de escupitajos de tabaco masticado sin limpiar. Estuvo a punto de vomitar mientras se abría paso en el apartamento húmedo, sofocante y recargado de muerte. El aire estaba cargado del hedor y el frío de lo inevitable. Parte de él esperaba escuchar disparos o, en el mejor de los casos, insultos y ataques verbales. Pero Kyle jamás imaginó lo que sucedería después.

Al entrar en la sala, vio la parte trasera de la calva cabeza de un anciano, y sin previo aviso, Dwight giró en su sillón reclinable y saltó de su asiento.

Kyle dio un paso atrás alarmado mientras Dwight caía al suelo y lo abrazaba por detrás de las rodillas.

Aferrándose a las piernas de Kyle, Dwight comenzó a llorar y a sollozar sin control. Mientras lo abrazaba con fuerza, repetía una y otra vez:

—Lo siento. Lo siento. Lo siento tanto. No puedo creer que hayas venido. Lo siento muchísimo. Por favor, por favor, por favor, perdóname por todo lo que hice.

Kyle cayó de rodillas, encontrándose cara a cara con su agresor. Por primera vez en su vida, sintió una conexión profunda pero incómoda con su padre

Lloraron y se abrazaron. Se sostuvieron con fuerza mientras sus cuerpos temblaban por el impacto del reencuentro. Dos corazones rotos reunidos. Tanto el que quebró como el que fue quebrado recibían misericordia y gracia.

Dwight era solo piel y huesos. Su cuerpo estaba frágil y débil. Llevaba una barba descuidada, y los costados de su cabeza estaban cubiertos de cabello rizado y blanco, mientras una cánula nasal conectada a un tanque de oxígeno sobresalía de su nariz. Estaba muriendo y tal vez solo le quedaban días, si no horas, de vida. Era apenas una sombra del joven delgado y musculoso que alguna vez había cautivado la mirada de Anna.

Kyle se sentó frente a él, rodilla con rodilla, sosteniendo las manos de Dwight, asombrado de que ese momento estuviera ocurriendo.

—Hombre... ¿así me voy a ver cuando envejezca? —dijo Kyle con una risa vacilante, intentando aliviar la intensidad del momento.

Por más que lo intentaron, lo único que pudieron hacer fue llorar. Era la única emoción que igualaba lo destrozado de sus corazones.

Lágrimas tristes, por todo el tiempo que habían perdido. Lágrimas felices, por la fuerza del momento presente.

Mientras se preparaba para ese encuentro, Kyle se había preguntado de qué podrían hablar. Recorrer el pasado sería un desastre. No tenía ni un solo recuerdo bueno con Dwight. Ni uno.

Cuando Kyle tenía doce años, Dwight le había regalado un bonito reloj de bolsillo, como una especie de rito de paso. Por alguna razón, Kyle lo había conservado todos esos años. No sabía si era porque le recordaba al que llevaba su abuelo Liam, o porque representaba la esperanza de que, en algún lugar del tiempo, las cosas pudieran mejorar con su papá. Kyle decidió llevar el reloj consigo y ver si Dwight recordaba el regalo.

Sacando el reloj del bolsillo, Kyle lo colocó en la mano de Dwight.

—¿Reconoces esto? —preguntó.

—¡Claro que sí! —respondió Dwight con entusiasmo, esforzándose por sacar aire al hablar—. Te lo di en tu cumpleaños número doce.

Kyle miró hacia el reloj sostenido por las manos consumidas de un hombre moribundo. El rostro del reloj estaba visible, y las agujas se habían detenido a las dos en punto.

Entonces le vino un pensamiento, y lo compartió con Dwight.

—Mira el reloj. Se detuvo a las dos. Creo que podría ser una señal de que tú y yo estamos teniendo una segunda oportunidad.

Kyle se secó las lágrimas y continuó:

—¿Harías algo por mí? ¿Podrías darle cuerda y ponerlo en la hora actual?

Dwight tomó el reloj de la mano de Kyle y obedeció su petición.

—Hagamos un trato —dijo Kyle—. Olvidemos el pasado y empecemos a concentrarnos en el futuro. No sé cuánto tiempo te queda. Puede que sean tres horas, tres días, tres meses o tres años. Sea lo que sea, que los recuerdos que creemos juntos sean buenos.

—¡Trato hecho! —respondió Dwight, clavando la mirada en los ojos de Kyle, con una expresión llena de profunda admiración y amor. Sentía el peso del perdón por todo lo que había hecho... y el calor innegable de un amor que le era devuelto.

—¿Y qué hace alguien como tú todo el día? No puedo imaginar lo frustrante que debe ser estar sentado aquí, sin saber si cada respiro será el último —dijo Kyle con una franqueza sincera—. Quiero decir, seamos honestos, no es como si tuvieras fila de amigos y familiares tocando la puerta para verte.

Dwight aceptó el tono directo. Él también era de hablar sin rodeos y valoraba esa cualidad en Kyle. No pudo evitar notar que algo de su propio carácter se reflejaba en su hijo.

—Bueno, déjame comenzar por esto. Tal vez te sorprenda, pero paso mucho tiempo leyendo mi vieja Biblia del Rey Jacobo —compartió Dwight con un tono honesto y apacible—. Verás, tuve demasiadas peleas de bar, y en una de ellas unos tipos me golpearon la cara contra el suelo. Uno me pisó el cuello y me fracturó la columna.

Kyle se quedó en silencio mientras Dwight continuaba.

—Me dejaron ahí, creyendo que estaba muerto. De alguna manera logré subirme al auto y traté de llegar al hospital. Nunca llegué. Perdí el conocimiento y terminé estrellado en una zanja. Entraba y salía de la conciencia hasta que desperté con los paramédicos poniéndome en una camilla.

Dwight hizo una pausa para tomar una gran bocanada de aire. Su respiración era débil y forzada.

—Sentado ahí, atrapado tras el volante, vi pasar mi vida frente a mí, y me di cuenta de que había sido una persona terrible con tanta gente. Especialmente contigo, con Timmy y con tu madre.

Hizo otra pausa, esta vez buscando los ojos de Kyle, como si intentara leer cualquier pensamiento oculto en su rostro.

—Fue en ese momento, en esa zanja, que decidí que si lograba salir con vida, haría las cosas de manera distinta. Le entregué mi vida a Dios y encontré a Jesús en el fondo.

Kyle no podía creer lo que escuchaba. ¿Dwight se había convertido? ¿Era este el mismo hombre que había enviado esas cartas tan perturbadoras? ¿Era ahora más suave, más amable, empático, menos narcisista? ¿Había cambiado realmente? Era demasiado pronto para saberlo con certeza, pero Kyle seguía escuchando con atención, aunque con emoción contenida.

—Así que eso es lo que hago. Eso y ver concursos en la televisión —siguió diciendo Dwight—. Ah, sí, también leo el diccionario y llevo un pequeño diario donde escribo lo que me viene a la mente al reflexionar sobre las palabras que leo.

Kyle pensó para sí: "Así termina una vida vivida con egoísmo. Sentado en un sillón viejo y gastado, leyendo la Biblia, viendo programas de televisión y hojeando el diccionario. Qué patético. Tristemente patético. Un desperdicio total de potencial."

—¿Tienes el diccionario a mano? ¿Te molestaría si le echo un vistazo? —preguntó con curiosidad.

—Ningún problema. Está aquí mismo —dijo Dwight, alcanzando el diccionario y entregándoselo a Kyle.

Por lo gastada que estaba la tapa, era evidente que el libro había sido usado con frecuencia.

Kyle hojeó las páginas gastadas hasta que el diccionario pareció detenerse en una página en particular. Miró hacia abajo y vio una palabra encerrada en un círculo. ¿Cuáles eran las probabilidades de que se detuviera justo en esa página y justo en esa palabra entre todas las demás?

Reconciliar.

De entre los miles y miles de palabras que había en el diccionario, ¿cuáles eran las probabilidades de que abriera justo esa página y encontrara esa palabra rodeada con un círculo? Era la única palabra marcada en todo el libro.

Kyle había perdonado a su padre hacía muchos años, pero ese día se trataba de algo más profundo que el perdón. Ese día se trataba de reconciliación.

La definición en la página decía: Reconciliar, restablecer la armonía tras una discusión o desacuerdo.

No todo el mundo tenía ese privilegio. No todos podían reconciliarse de manera segura con quien los había lastimado. A veces, el tiempo y la distancia lo hacían imposible, o tal vez la otra persona ya había fallecido.

Tal vez no todos estén en posición de reconciliarse, pero todos pueden perdonar. No perdonar era como entregarle al agresor el control continuo sobre uno mismo. El perdón liberaba a la víctima de las cadenas del pasado.

Kyle comprendió cuán bendecido era al haber podido encontrar tanto el perdón como la reconciliación.

Las palabras que Dwight había escrito en páginas posteriores lo expresaban mejor que nada.

"Lo mejor que los padres pueden heredarle a sus hijos es mostrar amor a los demás, además de cuidar, compartir y perdonar. No me mido por las actividades que puedo hacer, sino por mi fe y mi amor."

Si Kyle no lo hubiera leído con sus propios ojos y visto escrito con la letra de Dwight, no habría creído que esas palabras vinieran de él. Dwight había vivido una vida terrible, pero si alguna vez se necesitaba una prueba de que seguir a Jesús podía transformar el corazón de un pecador, el cambio de Dwight era toda la evidencia que cualquiera necesitaría.

Kyle pasó gran parte de la tarde conociendo a su padre. Aún quedaban rastros del viejo Dwight. Pero era evidente que estaba convirtiéndose en un hombre nuevo. Cuando Kyle salió al porche del dúplex, el sol se ocultaba en el horizonte. El simbolismo era claro. Otro día terminaba. Se había dado vuelta a la página. Un nuevo capítulo y un nuevo comienzo pronto emergerían. Si tan solo hubiera más tiempo.

En los días siguientes, Kyle llamó a su familia inmediata para reunirse con Dwight.

—¿Papá, hablas en serio? ¿Quieres que vayamos a encontrarnos con tu papá? ¿Es seguro? —preguntó Lori-Ellen, con sincera preocupación—. ¿Qué fue lo que cambió?

—Sé que suena una locura, pero han pasado muchas cosas en los últimos días. Tengo mucho que contarles —dijo Kyle con seguridad—. No se lo van a querer perder.

Conversaciones similares ocurrieron con cada uno de los hijos. Christine apoyó el plan solo después de hacer una visita personal para conocer a Dwight. No estaba lista para considerar la idea de presentar a sus hijos al hombre del que habían estado escondiéndose durante tantos años, hasta que tuvo la total certeza de que ya no representaba una amenaza.

El día en que la familia conocería a Dwight, Christine preparó un festín digno de un rey. La casa se llenó del aroma de comida reconfortante: pollo frito, puré de papas y mazorcas de maíz que hacían rugir el estómago de todos. No pudo evitar recordar las historias que Kyle le había contado, sobre cómo Dwight había tirado al piso las comidas caseras que Anna preparaba. Algo en su interior le decía que ese día Dwight se comportaría a la altura.

La familia esperaba ansiosa la llegada de Kyle y Dwight.

—¿Cómo creen que se verá? —preguntó Ben al grupo.

—¿Creen que será malo con nosotros? —dijo Raelyn.

—Chicos, confíen en mí. Dwight no representa ningún peligro. Está débil, frágil y muy enfermo. Les prometo que le cuesta muchísimo esfuerzo estar aquí hoy. Hagan su mejor intento para hacerlo sentir bienvenido —dijo Christine mientras sacaba un pastel de chocolate del horno. Sabía que a Dwight le encantaba el chocolate, y quería que se sintiera como en casa.

—¡Ya llegaron! —anunció Rosemary, corriendo desde la ventana del frente hacia la cocina.

Todos intentaron relajarse y actuar con naturalidad cuando vieron a Kyle abrir la puerta principal. Le costó bastante esfuerzo, pero logró cargar a Dwight hasta el interior, mientras todos se reunían en la sala para celebrar el regreso del padre pródigo.

Cada niño se presentó y le dio a Dwight un abrazo o le estrechó la mano. Él era un mar de emociones. Ver a sus nietos por primera vez era simplemente más de lo que su cuerpo frágil podía soportar. Más de lo que jamás se habría atrevido a esperar. Dwight se sintió tan abrumado por el amor y la atención, que poco después de salir del encuentro, tuvo que ser llevado de urgencia al hospital para recibir tratamiento respiratorio.

Las presentaciones familiares no terminaron ahí. Una de las mayores alegrías llegó en el Día de Acción de Gracias, cuando Kyle, junto a toda su familia, se reunió con todos los parientes del lado de Dwight. Celebraron la festividad y dieron gracias por la reunión más importante de sus vidas. Pronto, los hijos de Kyle interactuaban con sus tíos abuelos, mientras habitaciones llenas de primos y demás parientes se presentaban entre sí.

Estaban descubriendo partes de su herencia familiar que siempre habían sentido curiosidad por conocer, y ahora les emocionaba poder vivirlas. La casa estaba llena de amor, aceptación e inspiración, mientras la energía y la emoción llenaban el ambiente. Nadie podía creer del todo lo que sucedía ante sus propios ojos. ¡La familia estaba junta otra vez!

Lo único que podría haber hecho mejor la reunión habría sido que Kyle pudiera compartir ese momento con sus abuelos Sanderson. Hacía tiempo que habían fallecido, pero estaban lejos de haber sido olvidados.

Kyle también deseaba que Timmy hubiera estado presente. Le habría gustado que Dwight pudiera ver que Timmy había sobrevivido a su infancia y se había convertido en un hombre extraordinario, un empresario exitoso con una esposa maravillosa y dos hijos. Pero el recorrido de Timmy con su padre era suyo, y Kyle comprendía mejor que nadie lo difícil que podían ser el perdón y la reconciliación.

* * *

La salud de Dwight mejoró. Tener a su familia y seres queridos en su vida lo revitalizó y le dio razones para esperar con ilusión cada nuevo día.

Kyle empezó a hacerse cargo de las necesidades cotidianas de Dwight: le compraba víveres, limpiaba su casa y lo llevaba a pasear en auto por el campo. También lo acompañaba con frecuencia al médico. En una de esas visitas, el doctor dio una noticia inquietante.

—Dwight, has perdido demasiada circulación en la pierna izquierda. Si no logramos redirigir las arterias, vamos a tener que amputar —dijo el médico con absoluta seriedad—. Y en tu condición, no estoy seguro de que sobrevivas a ninguna de las dos cirugías.

—Bueno, prefiero morir antes que quedar lisiado —respondió Dwight—. ¿Hay otras opciones?

—No realmente. Puedes esperar hasta que haya que amputar, o podemos hacer el bypass ahora.

Dwight miró a Kyle y dijo:

—No envejezcas, Kyle. Es una porquería.

Después giró hacia el doctor y añadió:

—¡Vamos con todo! No pienso andar saltando como un marinero con una sola pierna. ¡Vamos con la cirugía!

Llegaron al hospital a las cinco de la mañana. Dwight estaba completamente despierto, mientras que Kyle aún tenía la mente un poco nublada. No se le escapaba que tal vez esas serían las últimas horas que pasaría con el hombre que, de una forma u otra, había sido clave en la persona en la que se había convertido.

No es que Dwight hubiese sido un gran ejemplo de lo que significaba ser un buen esposo o un buen padre; de hecho, había servido más bien como ejemplo de lo que no se debía ser.

Sin embargo, incluso los malos ejemplos podían tener valor si uno lograba aprender algo de sus vidas.

Era casi como si Kyle hubiera conocido a un hombre distinto. Los últimos dos años habían pasado volando. Ahí estaba un hombre que, no mucho tiempo atrás, no se esperaba que viviera más de un par de días, y sin embargo había logrado sobrevivir dos años completos. ¿Cómo habría sido la vida si el Dwight que

Kyle conocía ahora hubiera sido el Dwight de su infancia? ¿A dónde los habría llevado la vida?

Si bien cada persona nace con un conjunto único de ADN y una personalidad definida, gran parte de lo que uno llega a ser está moldeado por las experiencias de vida que se tienen en el camino. Quien uno termina siendo es una mezcla de naturaleza y crianza, profundamente influenciada por las decisiones que se toman.

Todos podían encontrar a alguien a quien culpar por su situación actual, pero en términos generales, no había mucho que no pudiera superarse si uno tomaba las decisiones correctas y mantenía una actitud adecuada.

Dicho eso, Kyle comprendía que nadie era realmente un hombre hecho a sí mismo. Todos tenían a alguien a quien agradecer por haberles ayudado a convertirse en quienes eran. Y él sabía que eso era verdad en su propia vida.

Kyle sentía gratitud por las muchas personas que habían influido en su camino. Y entre ellas, uno de los más importantes había sido su abuelo Liam. Liam había estado a su lado, lo había defendido y protegido cuando era apenas un niño y se encontraba en su momento más vulnerable.

¿Cómo habría podido sobrevivir sin sus amorosos vecinos de la infancia, el señor y la señora Brown? El refugio seguro que le ofrecieron en plena noche, mientras los arrebatos violentos de su padre destrozaban sus vidas, jamás podría pasar desapercibido.

Estaba también el entrenador Wilson, la figura paterna que lo animó después de uno de los momentos más vergonzosos de su vida, tras aquel infame partido de baloncesto. Todos los padres de los chicos de su grupo de estudio le mostraron a Kyle lo que significaba liderar como hombre de familia. Le enseñaron lo que implicaba corregir y disciplinar a sus hijos con firmeza, sin dejar de brindarles apoyo, cuidado y atención.

Él no sería quien era si no fuera por la dedicación de su mentor espiritual, el pastor Catt. El pastor hizo que las enseñanzas y principios de Jesús cobraran vida. Le enseñó que la fe no era una muleta, sino el secreto para convertirse en todo lo que uno estaba destinado a ser. La revelación más poderosa fue descubrir que una relación con el Creador era posible, y que Él era padre de los que no tenían padre. Que se podía confiar en Él. Que era relevante, práctico y real.

Y después estaban Ollie y Nita. Kyle y Christine habían aprendido tantas cosas de ellos sobre el matrimonio, la crianza y cómo amar la vida. Su forma de vivir no era algo que se enseñara con palabras; se contagiaba, se quedaba grabado.

Desde luego, sus propios hijos le habían enseñado lo que era amar, mostrar misericordia y ofrecer mucha, muchísima gracia. Más de una vez, Kyle tuvo que pedirles perdón. Había fallado en varias ocasiones, pero ellos siempre lo perdonaban y se aseguraban de que supiera que estaban orgullosos de llamarlo papá.

Su madre, Anna, le había enseñado lo que significaba ser una sobreviviente, trabajar duro, creer en uno mismo y, sobre todo, amar sin condiciones.

Y nadie lo había marcado tanto como Christine, su novia, su esposa, el amor de su vida. ¿Quién sería él sin ella? Lo amaba con todo su corazón, creyó en él cuando los demás dudaban, se quedó a su lado cuando se sintió completamente solo, y le mostró lo que era la paciencia de una manera que nadie jamás creería. Como lo había dicho muchas veces, simplemente no podía imaginar su vida sin ella.

Era cierto, nadie tenía una vida perfecta. Todos cargaban con su parte de podredumbre. Y aunque algunos terminaran oliendo mejor que otros, todos tenían la oportunidad de marcar la diferencia en la vida de alguien más. ¿Cuánto de lo que Kyle era se debía a Dwight? Era una gran pregunta. Por más que le costara admitirlo, mucho de lo que él había llegado a ser se debía, precisamente, a lo que Dwight no había sido.

—No puedo creer que hayamos llegado a esto —dijo Kyle mientras ayudaba a Dwight a sentarse en una silla de ruedas—. Pero me alegra mucho haber podido estar aquí contigo. Apuesto que sales de esta queriendo ir a bailar dos pasos.

—Puede que tengas razón. Incluso si este es el final del camino, esta última parada ha valido todo el viaje —respondió Dwight, dando una palmada suave sobre la mano de Kyle, mientras él lo guiaba hacia el centro quirúrgico.

Las enfermeras prepararon a Dwight en cuestión de minutos.

Y él, como siempre, coqueteaba con cada una de ellas.

Kyle sonrió por dentro. Algunas cosas nunca cambian. Incluso mirando a la muerte cara a cara, Dwight seguía siendo un galán hasta el final.

No era el momento para reírse, pero ver a ese saco de huesos comportándose con un poco de picardía ayudaba a relajar el ambiente justo cuando el cirujano entró para llevarse a Dwight al quirófano.

—Te amo, papá —dijo Kyle, conteniendo las lágrimas mientras hacía su mejor esfuerzo por mantenerte fuerte frente al hombre que le había enseñado a no rendirse nunca ante una pelea.

—Tú también mantente fuerte allá adentro. No te eches para atrás. En cuanto te recuperes, tú y yo vamos a comernos un pancho con repollo y chili.

—Te quiero, hijo. Gracias por estar aquí con este viejo —respondió Dwight mientras alzaba un brazo para darle un abrazo a Kyle—. Significa más de lo que alguna vez llegarás a saber.

Kyle compartió una breve oración con Dwight y luego lo observó mientras lo alejaban en la camilla.

Dwight levantó el pulgar en señal de ánimo, seguido de un gesto de despedida, mientras lo empujaban de pies al quirófano.

Kyle no despegó la vista del reloj. El doctor había estimado que la cirugía duraría tres horas. Cuando se cumplió la cuarta hora, Kyle pensó que seguramente las cosas iban bastante bien, o ya habrían salido a darle malas noticias.

Después de casi cinco horas, el cirujano finalmente apareció. Por la expresión en su rostro, Kyle intuyó que las noticias no serían buenas.

—Bueno, sobrevivió. Es un viejo terco —dijo el doctor mientras se quitaba la cofia quirúrgica—. Me tomó más tiempo del esperado, y por eso estoy algo frustrado. Pero espero que se recupere por completo.

Kyle esperó en la habitación privada del hospital a que trajeran a Dwight. Pasaron los siguientes días quejándose de la comida del hospital y tratando de vencer a los concursantes en los programas de juegos favoritos de Dwight.

Menos de una semana después, Kyle volvía a escoltar a Dwight por el hospital. Esta vez no había necesidad de silla de ruedas. Dwight caminaba por su cuenta con ayuda de un andador, aunque muy despacio. Al acercarse a las puertas automáticas del estacionamiento, Dwight se detuvo justo en medio, haciendo que las puertas se abrieran y cerraran repetidamente con un chirrido molesto. Dwight ni se inmutó.

Kyle empezaba a sentirse visiblemente incómodo, pues Dwight parecía ajeno al pequeño caos que estaba causando. Justo cuando Kyle iba a insistirle que siguiera caminando, Dwight giró la cabeza hacia él y dijo algo que Kyle nunca olvidaría.

—Sabes, ellos creen que ya debería estar muerto. Pero tú y yo sabemos que Dios me ha dado más tiempo contigo —dijo Dwight mientras daba un paso adelante y liberaba el paso.

Esas palabras permanecerían en la mente de Kyle por muchos años.

Más tiempo. Más tiempo contigo.

Durante gran parte de su vida, pasar tiempo con Dwight era lo último que Kyle hubiera deseado, pero en los últimos días se había convertido en el anhelo más profundo de su corazón. Vaya que habían cambiado las cosas.

CAPÍTULO 48

En los meses siguientes, Kyle siguió visitando a Dwight en el asilo de ancianos. Habían pasado ya tres años completos, y habían desafiado las probabilidades de más maneras de las que se podía contar. Comenzaba a ser evidente que la salud de Dwight estaba deteriorándose. Ya no eran posibles los paseos por el campo. Dwight estaba confinado a cuidados asistidos. A pesar de esas limitaciones, Kyle cumplió su promesa del chili slaw dog. En ese momento no sabía que sería la última comida que compartiría con su papá. Excepto por los cacahuates cubiertos de chocolate que le llevaba como regalo especial.

En una de sus visitas regulares, Kyle levantó a su débil padre del sillón reclinable, le cambió la ropa y lo acostó en la cama, tal como una madre acuesta a un bebé en su cuna.

—Nos vemos en unos días, papá. Me voy a Washington D.C. para el Desayuno Nacional de Oración. El presidente va a hablar, y no quiero perdérmelo —dijo Kyle desde la puerta—. Te quiero. Pórtate bien, y si no puedes portarte bien… ¡pórtate mejor!

—Gracias por venir. Vuelve pronto. Sé que lo harás —dijo Dwight, cerrando los ojos mientras Kyle apagaba la luz.

Sería la última vez que Kyle vería a su padre con vida.

El mensaje de texto llegó mientras Kyle y Christine estaban en una cena en Washington D.C. Era una noticia lamentable. Dwight había empeorado. Todo indicaba que había tenido un derrame cerebral y que le costaba comunicarse. Probablemente le quedaban pocas horas de vida.

Kyle se puso en contacto con sus hijos y con su buen amigo Todd, y les pidió que fueran a acompañar a Dwight. No quería que su papá muriera solo.

Llegaron justo a tiempo. Kyle le pidió a Todd que leyera el pasaje favorito de Dwight de la Biblia: el Salmo 23.

Ike tocó suavemente algunas de las canciones favoritas de Dwight en la guitarra, mientras los demás nietos se reunían alrededor de la cama de su abuelo.

Era poco probable que el avión de Kyle llegara a tiempo para despedirse, así que llamó a Lori-Ellen y le pidió que pusiera el teléfono en altavoz para que Dwight pudiera escucharlo.

—Te amo, papá. Ojalá pudiera estar contigo. Está bien, no tienes que esperarme. Estoy muy agradecido por estos últimos años que tuvimos juntos. Te amo —dijo Kyle, mientras las lágrimas brotaban y su corazón se rompía.

El derrame le había quitado a Dwight la capacidad de hablar. Pero, siendo el luchador que siempre fue, hizo todo lo posible para que su voz se oyera. Nadie podía estar completamente seguro, pero todos coincidieron en que Dwight gimió y lloró intentando decirle a Kyle: "Te amo".

En cuestión de minutos, Dwight se fue. Kyle se sintió triste y decepcionado por no haber podido estar al lado de su papá. Aun así, estaba seguro de que Dwight sabía que lo amaban. Y no había mejor manera de confirmar ese amor que sabiendo que su hijo había enviado a sus propios hijos y a su mejor amigo para acompañarlo mientras hacía la transición al otro lado.

CAPÍTULO 49

El ambiente era solemne, pero estaba cargado de expectativa mientras Kyle y su familia cruzaban el largo viaducto que conectaba El Reno con el resto del mundo.

Curiosamente, no solo era la ciudad donde Kyle había venido al mundo, también era el lugar donde Dwight había muerto. Parecía apropiado. Sí, habían existido muchas penas, problemas y dolor. Esas palabras sonaban como la letra de alguna canción country que Dwight solía cantar con su guitarra acústica cuando se encontraba en cualquiera de los extremos de su personalidad bipolar.

La capilla de la funeraria fue el lugar escogido para el servicio conmemorativo de Dwight. Kyle no estaba seguro de que su papá alguna vez hubiera puesto un pie en una iglesia. Incluso la ceremonia de bodas de sus padres se había celebrado en casa de un amigo. Aun así, Kyle sabía en lo profundo de su corazón que no era la membresía a una iglesia lo que transformaba a un hombre o aseguraba su destino eterno. Se trataba de llegar a conocer a Jesús de manera personal, reconocer quién era, admitir que uno necesitaba lo que Él ofrecía, y rendirle la vida a Su voluntad. Dwight no fue perfecto, pero al final, logró acertar en eso, si en nada más.

Cuando Kyle se puso de pie para dirigir el servicio, miró hacia la multitud y vio rostros conocidos entre familia y amigos. Su presencia le brindó consuelo mientras comenzaba a hablar con sinceridad sobre el hombre que había sido su padre biológico, el hombre al que temió durante gran parte de su vida, el hombre que finalmente encontró la fe y recibió misericordia, gracia, perdón y amor, a pesar de haber vivido una vida desordenada.

Kyle sacó un poema del bolsillo interior de su saco. Lo había escrito en el avión de regreso desde Washington D.C., el mismo día en que Dwight murió. El lugar quedó en absoluto silencio cuando el papel crujió al desplegarlo. Kyle aclaró su garganta y se acercó al micrófono.

Nunca adiós
Nació en el campo, donde crece el pasto llano,
donde se recoge el algodón y el trigo sopla temprano.
Eran cinco los hermanos, él era el menor,
lleno de energía y de buen humor.
Aunque intentaron ponerle freno,
era como un burro suelto y lleno de veneno.
Liam y Naomie no daban ni mimo ni golpe,
lo pusieron a arar como a cualquier torpe.
De día trabajaba, de noche cazaba,
nació para andar y nadie lo frenaba.
De estatura baja pero con mucho coraje,
te rompía la cara si había un ultraje.
Con rizos oscuros y ojos aceitunados,
rompía corazones por todos lados.
Tenía encanto y hablaba muy bien,

las chicas lo amaban aunque lo veían sin sostén.
Se mudó al puerto dejando el campo atrás,
formó una familia hasta que llegaron los días de más.
Los tiempos duros le hicieron perder el control,
los demonios lo acechaban en cada rincón.
Fueron años oscuros, sin un rayo de luz,
pero nunca se rindió ni perdió su cruz.
Su cuerpo fallaba, pero mente aguda tenía,
luchaba por respirar con ayuda cada día.
Entonces, un enero, para su asombro y emoción,
recibió una visita: ¡su hijo volvió del rincón!
Fue un reencuentro lleno de alegría y llanto,
el pródigo regresaba tras mucho quebranto.
Acordaron mirar hacia adelante sin mirar atrás,
crear nuevos recuerdos y avanzar sin más.
Tres inviernos compartieron con risas y juegos,
el viejo y su hijo, cruzando nuevos ruegos.
La vida es más corta de lo que queremos contar,
pero con los que amamos, es tiempo sin igual.
Dios nos junta y luego nos llama al hogar,
seguro como el Papa en Roma, ese es el final.
La vida no es fácil, está llena de golpes,
pero con Jesús somos fuertes y nobles.
Dwight ya partió, pero no es un adiós,
ahora canta en el cielo con su guitarra y con Dios.

Si hubiese sido apropiado, el poema habría merecido una ovación de pie. Nadie podía creer la forma en que se había dicho la verdad y, aun así, se había rendido homenaje con tanta gracia al fallecido. Todos en esa sala sabían muy bien cómo había sido la vida de Kyle y de toda la familia Sanderson.

Demasiados funerales ignoran la realidad y presentan al difunto como alguien que nadie reconoce. La verdad es que hay pocos santos en los funerales. Si la vida de Dwight representaba algo, era el poder de la reconciliación. No importa cuán mal puedan ponerse las cosas en la vida, siempre hay una manera de usarlas para bien. Dwight no fue un santo, pero Kyle sabía que su padre, al igual que él, había aceptado el regalo del perdón, un regalo que aseguró su destino eterno para siempre.

CAPÍTULO 50

Me alegra que hayas podido reconectar con tu padre y compartir tu experiencia en su funeral —dijo Anna mientras estaba junto a Kyle, que lanzaba un sedal al lago Arcadia, mientras los nietos chapoteaban en la orilla—. No digo que quisiera pasar tiempo con él, ni que me importara asistir a su funeral, pero me alegra que encontrara la fe y se reconciliara con tantas personas a las que había herido.

"Seamos sinceras, mamá. Era un desastre, y todos lo sabíamos. Tenemos suerte de estar vivos", dijo Kyle, hablando de Dwight como realista. "Lo que se pretendía para el mal terminó siendo usado para mucho bien. Mira a tu alrededor. Si no hubieras tomado buenas decisiones, ninguno de estos niños existiría". Anna sonrió al pensar en todo lo que había sucedido desde aquel solitario día en que se mantuvo firme en la consulta del médico y tomó la decisión que sin duda impactaría su futuro.

"Mamá, tengo una pregunta que me ha estado molestando durante años. ¿Por qué Riff no le dijo a Dwight que se largara cuando descubrió que estabas embarazada?", preguntó Kyle con toda sinceridad.

"Bueno. Las cosas eran diferentes en aquel entonces. Si una chica se embarazaba fuera del matrimonio, se esperaba que se casara con el padre del bebé", explicó Anna.

"Lo entiendo, pero Dwight era mucho mayor que tú. Tú solo tenías 15 años y él era un hombre adulto. Debería haber sido considerado responsable. La verdad es que la ley considera lo que hizo violación de menores", dijo Kyle sin intentar incomodar a su madre.

"Necesito compartir algo contigo que no sabía hasta hace unos años. —Espero que esto no cambie tu perspectiva sobre mi padre ni sobre el tuyo —dijo Anna mientras se acercaba a Kyle y bajaba la voz.

Anna continuó revelando que Riff había vivido una vida secreta. No era todo lo que fingía ser. Cuando Riff era adolescente, él y un amigo se ofrecieron a llevar a una joven a casa después de un baile. Pero, en lugar de llevársela, la llevaron al campo y la violaron. Riff alegó su inocencia y que fue el otro chico quien violó salvajemente a la joven.

Como Riff era menor de edad, finalmente recibió una sentencia menor y solo cumplió una corta condena en prisión. Logró ocultar su pasado en parte porque el secretario del tribunal había escrito mal su nombre en los documentos judiciales. Las verificaciones de antecedentes no revelaron su tiempo en prisión debido al error. Sin el error administrativo, habría sido muy improbable que Riff hubiera conseguido el trabajo en el banco.

Cuando Anna se embarazó, Riff temió que su pasado volviera para atormentarlo. Si en cambio... Si se negaba a permitir que Anna se casara con Dwight, podrían surgir preguntas y el pasado de Riff podría salir a la luz. Riff no quería arriesgarse a perder su trabajo ni su prestigio en la comunidad, así que insistió en que Anna y Dwight se casaran para no llamar la atención.

Kyle no podía creer lo que oía. ¿Cómo habría sido diferente el futuro si Riff hubiera asumido su rol de padre y hubiera priorizado el bienestar de su hija sobre sus propias aspiraciones profesionales?

—¡Vaya! Eso es absolutamente impensable. Has tenido que soportar a algunos hombres increíblemente egoístas en tu vida —dijo Kyle, aún sin salir de su asombro—. Estoy orgulloso de ti, mamá. Eres realmente una sobreviviente.

—Yo estoy orgullosa de ti, Kyle. Mira hasta dónde has llegado —respondió Anna, besándolo en la mejilla.

Qué bomba para terminar el día, pensó Kyle mientras se preparaba para dar por cerrada la jornada.

Sabía que no le correspondía a él hacer de juez ni de jurado, pero no podía evitar preguntarse cómo habría sido su vida si las personas cercanas a él hubieran tomado mejores decisiones.

¿Qué habría pasado si Riff hubiera hecho lo correcto siendo adolescente? ¿Y si Dwight hubiese sido un hombre honorable y no hubiese violado a Anna? ¿Y si Riff hubiese entendido que dos errores no hacen un acierto? ¿Y si Anna no hubiese tomado la mejor decisión posible? ¿Qué habría ocurrido si Dwight hubiese puesto a su familia primero? ¿Y si Anna nunca hubiese abierto su propia peluquería?

Había demasiados "qué hubiera pasado si" que podrían haber desviado la vida de Kyle en cualquier otra dirección. No podía retroceder el tiempo ni cambiar las malas decisiones que otros habían tomado y que tanto habían impactado su camino. Pero sí podía enfrentar los desafíos que le presentaba la vida buscando guía en el Creador y consejo sabio de las personas en las que había aprendido a confiar. Esperaba que, al hacerlo, sus decisiones nunca causaran daño a nadie ni hicieran dudar a alguien de su amor.

No todos los días eran como este, pero ese día estuvo rodeado de múltiples oportunidades para amar. Ese día eligió dejar atrás la casa amarilla y el dolor del pasado, y abrazar la oportunidad de crear un nuevo recuerdo duradero con la familia Sanderson, junto a aquellos que amaba.

—¡Todos al auto! Es hora de regresar a casa y subirnos a nuestra montaña rusa —anunció Kyle, indicando que las actividades del día habían llegado a su fin.

Los niños ya eran mayores, pero aun así apenas podían contener su emoción. Sabían exactamente a qué se refería Kyle cuando hablaba de la montaña rusa.

Había una tradición muy arraigada en la familia: al final de cada jornada en el lago, Kyle tomaba una ruta especial de regreso a casa, donde un bache en particular resultaba muy entretenido si lograban alcanzar cierta velocidad en el momento justo.

Kyle salió por la verja, aceleró el motor y pisó el pedal a fondo, haciendo que la grava saliera disparada desde las llantas traseras de la GMC Suburban. Los niños gritaban emocionados mientras anticipaban lo que les esperaba más adelante en el camino. Anna se cubrió la cabeza con su sombrero de pesca, fingiendo estar asustada y sin saber lo que ocurriría después.

Christine y los chicos chillaron con entusiasmo cuando Kyle alcanzó el punto exacto del camino a la velocidad perfecta.

La suspensión del vehículo se liberó, y todos los pasajeros desafiaron la gravedad, quedando suspendidos en el aire por un breve instante dentro del habitáculo. Literalmente estaban volando sobre la carretera. Los amortiguadores de la Suburban se quejaron al absorber el impacto del aterrizaje de regreso a la tierra.

Para sorpresa de Kyle, un comité de bienvenida apareció justo a tiempo para recibir a los viajeros espaciales. Al ver a toda la expedición en acción real, una patrulla encendió las luces del techo en una ráfaga intermitente de colores. No era precisamente el tipo de escolta que se reserva a los dignatarios o jefes de Estado.

—Bueno, esto nunca nos había pasado por aquí. No me lo esperaba hoy —dijo Kyle mientras detenía el vehículo al costado del camino, mientras los niños se tapaban la risa con los codos.

—Licencia y registro, por favor —ordenó con firmeza el alto agente de la ley, asomándose a la ventana del auto por encima de sus lentes Ray-Ban oscuros.

Kyle cooperó de inmediato, avergonzado de haber metido a su familia en semejante lío.

—Hmm. Creo que reconozco el nombre de esta licencia... me suena de alguien con cierto pasado delictivo —dijo el oficial con tono serio.

Kyle ya se sentía avergonzado, pero ahora estaba nervioso y bastante estresado.

—Recuerdo una vez que te detuvieron por transportar ilegalmente un cortacésped desde la parte trasera de una motocicleta. ¿Me equivoco? —añadió el oficial mientras se le dibujaba una sonrisa—. No tendrás verduras frescas ni conejos para freír en la hielera, ¿verdad?

—¿Oficial Bullard? ¿Qué demonios? No puede ser —respondió Kyle, totalmente sorprendido al reconocer al oficial que lo había detenido de adolescente cuando llevaba un cortacésped en su motocicleta—. ¿Qué haces patrullando por aquí?

—Me retiré de la policía en casa, y ahora estoy semi-retirado como jefe de policía aquí, en el lago —explicó el oficial—. ¿Esa es tu mamá allá atrás? Anna, ¿cómo estás?

—Estaría mejor si este hijo forajido mío no anduviera ofreciendo paseos en montaña rusa sin autorización —respondió ella, mientras el oficial Bullard y todos los demás estallaban en carcajadas.

—Te diré lo que voy a hacer, Kyle. Hoy estás de suerte. Te voy a dejar ir con una advertencia no escrita, siempre y cuando prometas obedecer a tu mamá. ¿De acuerdo? ¿Entiendes? —dijo el oficial guiñándole un ojo a Christine mientras le devolvía la licencia a Kyle.

—Gracias, oficial Bullard. Cuídese mucho —dijo Kyle mientras el agente guardaba su libreta de citaciones—. La próxima vez que vengamos al lago, te traeré un poco de quimbombó fresco, por los viejos tiempos.

Kyle volvió a la carretera y dirigió la SUV en dirección al sol poniente. La casa amarilla lo había moldeado; sus paredes conservaban los ecos de un niño que alguna vez se sintió pequeño, impotente. Durante mucho tiempo había sido más que un simple lugar: había sido una sombra imposible de dejar atrás, un peso que cargaba incluso estando lejos. Pero la casa amarilla había quedado atrás.

Mientras avanzaban por el camino, Anna iba en el asiento trasero enseñándoles a sus nietos a dejar que sus manos volaran al viento, deslizándose con gracia por encima de las cercas a lo lejos. Kyle exhaló, sintiéndose más liviano que en años. La vida había cerrado el círculo.

EPÍLOGO

Todos tenemos una historia.

Soy Ray Sanders, y soy el niño de la casa amarilla. Esta es mi historia.

Aunque muchos de los nombres han sido cambiados, yo viví esta historia. Sobreviví a un abuso horrible a manos de un hombre que debió haberme mostrado amor, pero que en su lugar me enseñó lo que era vivir con miedo constante cada día. Vi a mi madre y a mi hermano sobrevivir ese mismo abuso, temiendo muchas veces por sus vidas por culpa de quién era mi padre.

El niño de la casa amarilla bien pudo haber crecido para convertirse en un hombre con un overol naranja en la cárcel.

Pero no es así como termina esta historia.

A lo largo de mi vida, hubo personas que invirtieron en mí. Personas que vieron mi potencial, creyeron en mí y me animaron a reconocer que yo estaba hecho para algo más. Estos héroes ordinarios me enseñaron que importaba menos el lugar de donde uno venía, y mucho más cómo terminaba su camino.

Fui una víctima de abuso infantil. Pero ya no soy una víctima. Soy un vencedor, porque hubo quienes se preocuparon lo suficiente como para usar su influencia y marcar una diferencia en mi vida.

Esa es mi historia.

Tal vez tú has vivido una vida parecida a la mía. Tal vez la estás viviendo ahora. Tal vez esa es tu historia.

Existe esperanza, y no solo la esperanza del perdón y la reconciliación, sino también la esperanza de una vida llena de alegría, aventura, amor e inspiración, incluso si la reconciliación nunca llega.

Espero que hayas encontrado esperanza e inspiración entre las páginas de esta historia.

—Ray Sanders

AGRADECIMIENTOS

Gracias al mejor contador de historias que haya existido, mi dulce Jesús, mi Señor y Salvador, quien ha transformado mi vida para siempre.

Este pequeño libro nunca habría cobrado vida sin el constante aliento de mi querida familia y amigos.

A la mujer de mi vida, Stephanie. Siempre has creído en mí, me has animado y me has amado incondicionalmente. Gracias por permitir que Jesús te usara en mi vida.

A mis maravillosos hijos, Lauren-Elaine, Olivia-Christine, Joshua, Isaac, Emily-Rose y Sophia-Rae. Me han enseñado más sobre la vida de lo que jamás imaginarán. Y a mis nietos: ¡le dan tanta alegría a Papá Oso! Oro para que aprendan valiosas lecciones de vida al pasar las páginas de este libro.

A mi madre, Patsy Ann. Has sido el ancla durante muchas tormentas. Tu amor nunca falla. ¡Estoy eternamente agradecido de que hayas elegido la vida!

A mis queridos amigos Randy y Amy Davis, Brian y Vickey Banks, Oliver y Anita Powers, y Michael y Terri Catt. Soy quien soy porque cada uno de ustedes ha invertido su vida en mí. Gracias por el aliento.

A Makenzy Sanders, Anita Powers y Elizabeth Evans. ¡Gracias por sus incansables aportes, increíble aliento y maravillosas ediciones!

A todos los que alguna vez dijeron: "Tienes que escribir un libro", ¡gracias!

RECURSOS ÚTILES

Línea Nacional de Violencia Doméstica

☎ 1-800-799-SAFE (7233)

💬 Envía "START" al 88788

🌐 thehotline.org

Línea de Embarazo

☎ 1-800-712-4357

🌐 optionline.org

Línea de Prevención del Suicidio

☎ 1-800-273-TALK (8255)

💬 Envía "HELLO" al 741741

🌐 suicidepreventionlifeline.org

Administración de Servicios de Abuso de Sustancias y Salud Mental (SAMHSA)

☎ 1-800-662-HELP (4357)

🌐 samhsa.gov

Línea de Crisis y Prevención del Suicidio

☎ Marca 988

Hope is Alive (Apoyo para adictos y sus familias)

☎ 1-844-3-HOPE-NOW

🌐 hopeisalive.net

Alcohólicos Anónimos

🌐 aa.org

Celebrate Recovery

🌐 celebraterecovery.com

Fe en Jesús

☎ 1-888-JESUS20 (1-888-537-8720)

🌐 needhim.org

SOBRE EL AUTOR

 Ray Sanders es un comunicador apasionado que ha sido editor en jefe de un semanario galardonado, conductor de un programa radial premiado, y hoy continúa escribiendo activamente en su blog **RaySanders.com**, donde comparte historias y experiencias sobre su fe, su familia y sus viajes.

Los lectores y las audiencias descubren que Ray tiene una habilidad única para inspirar, motivar y desafiar a personas de todas las edades, extrayendo enseñanzas de desafíos reales, experiencias cómicas y aventuras desbordantes. Publica con frecuencia citas originales, fotos y reflexiones que hacen reír, llorar y pensar sobre los aspectos más profundos de la vida. Tiene un don especial para convertir lo cotidiano en algo significativo.

Ray ha sido director ejecutivo de organizaciones multimillonarias, ha liderado iniciativas internacionales de liderazgo, proyectos de desarrollo comunitario en regiones remotas del mundo y ha trabajado en un rol apartidista con el Senado de los Estados Unidos.

Junto a su esposa, fundó Edify Leaders, una organización con enfoque global dedicada a inspirar y movilizar líderes que usen su influencia para impactar al mundo positivamente.

Nada le emociona más que viajar por el mundo con el amor de su vida, su novia y esposa, Stephanie. Juntos tienen seis hijos y diez nietos (¡y contando!).